あらくれ

刃鉄《はがね》の人

辻堂 魁

角川文庫
21365

目次

序章　歌舞妓踊

慶長《けいちょう》十二年（一六〇七）丁未《ひのとのひつじ》のその年、二月十三日より十六日まで、江戸《えど》城御本丸と西御丸の間にて、観世《かんぜ》金春《こんぱる》勧進能興行があった。

御本丸蓮池御門より西御丸御裏御門へいたる、太田道灌《おおたどうかん》手植えと伝わる槐《えんじゅ》の木が青葉を耀《かがや》かせ、南方に二層の西御丸御太鼓櫓、東方の内濠《ぼり》を越えた三層の御本丸蓮池櫓、富士見櫓、北方の空には壮大な五層の天守閣が望まれる一角に、楽屋《がくや》と鏡《かがみ》ノ間《ま》、橋掛《はしがかり》、後座《あとざ》の鏡板に狩野《かのう》派の老松《おいまつ》を描いた方三間《けんしょ》の本舞台を設営した。

本舞台正面の別棟に、諸大名や幕府高官の見所が設けられ、のみならず、江戸町衆にも鑑賞が許されたため、舞台下の正面、脇正面、中正面の白洲《しらす》が、登城《とじょう》した町衆の見所に宛てられた。

右大将秀忠《ひでただ》公も、その折りの勧進能を鑑賞なされた。

その勧進能が終った四日後の二月二十日、同所の方三間の舞台において、出雲《いずも》の神子《かみこ》お国《くに》の勧進歌舞妓興行が催された。

　出雲のお国は、出雲の国の小村三右衛門という時宗教団の俗時宗だった鐘打《かねう》ちの娘とも、興福寺《こうふくじ》に隷属する座衆《ざしゅう》の、大和《やまと》五ヵ所十座の声聞師《しょうもじ》の女とも言われ、いずれとも出自は定かではなかったが、出雲大社の巫女《みこ》と称し、芸能を生業《なりわい》にして諸国を遍歴する歩き神子であった。

　関《せき》ヶ原《はら》の合戦をへた慶長八年（一六〇三）ごろ、京の都には主家を失くした多くの浪人者らがあふれていた。

　新たに仕えるあてのない浪人者らは、長煙管《ギセル》で新渡来の煙草を喫する盟約を交わして組を作り、人目《ひ》を惹く異相異風の扮装《ふんそう》に派手派手しい装身具を身に着け往来を闊歩《かっぽ》し、乱暴狼藉《ろうぜき》を働き、茶屋の女との遊興に日夜明け暮れていた。

　京の人々は、《傾《かぶ》き者《もの》》とそんな浪人者らを呼んで恐れながら、戦国乱世をくぐり抜けた《傾き者》が、人目を惹く異相異風の行装で京の都を横行する光景に、一方では傾き者の何ものにも縛られない自由寛闊《かんかつ》な生き方を羨望《せんぼう》を持って、また、乱世から解放されたという共感を抱いて見ていた。

　戦争が続けば軍隊限りの風俗気質《かたぎ》が、戦争が終り軍隊限りではなくなって世間に持ち出され、あらくれの《傾き者》が生まれ、人々に迎えられたのである。

そのころ、京の都に流れてきた出雲の神子お国は、念仏踊《ねんぶつおどり》ですでに人気があった。お国に歌舞妓踊《かぶきおどり》を教えたのは、かつて京の都にいて、放蕩《ほうとう》無頼でありながら、風流をも解する一世の傾き者と世に聞こえ、数々の艶聞《えんぶん》を流した名古屋《なごや》山三郎《さんざぶろう》と伝わっている。だが、これも定かではない。

真偽はともかく、お国は《傾き者》の男装に拵《こしら》えて舞台に立ち、出雲の神子お国の歌舞妓踊を始めたのである。

お国の歌舞妓踊は、大あたりをとった。

お国が伊達《だて》男役の《傾き者》に扮して茶屋の女と戯れる体を演じ、「彼男茶屋《かのおとこちゃや》ノ女トタハムル、体有難《ていありがた》クシタリ。京ノ上下賞翫《しょうがん》スル事不斜《ことなのめならず》」と、官能と倒錯、卑俗で猥雑《わいざつ》な趣向が貴賤《きせん》を問わず大受けした様子を、当時の書物が伝えている。

一躍、出雲の神子お国の歌舞妓踊は諸国に知れわたっていった。

四年後の慶長十二年二月二十日、お国は江戸城内の勧進歌舞妓の晴れ舞台に、傾き者に扮して立っていた。

笛や太鼓、小鼓大鼓の伴奏に合わせ、当世風の恋の歌を美しい声で歌いつつ、引き抜いた長刀を華麗に操り、扇を舞わせ、艶《なま》めかしく踊って見せ、見所につめかけた江戸の町衆や、未《いま》だ戦国武士の気風を遺《のこ》していた諸大名や諸侍を魅了した。

ただし、右大将秀忠公はお国歌舞妓を鑑賞なされなかった。秀忠公は、お国歌舞妓の猥雑さを、あまりお好みではなかったと、これも伝わっている。

それから、およそ百年がすぎた元禄《げんろく》十七年（一七〇四）二月十九日。

江戸野郎歌舞妓四座のひとつ、葺屋町《ふきやちょう》市村《いちむら》座の狂言『わたまし十二段』の、二番目から三番目の中入り休憩の楽屋で、佐藤忠信役を演じていた市川団十郎《いちかわだんじゅうろう》が、同じ役者仲間の生島半六《いくしまはんろく》に刺され横死した。

理由は、半六の密通をいさめた団十郎を逆恨みした、半六の倅《せがれ》・善次郎を団十郎が虐待した、などととり沙汰《ざた》されたが、確かなことはわからない。

団十郎は享年四十五。芝増上寺《しばぞうじょうじ》の常照院《じょうしょういん》にて葬儀が執《と》り行われた。

葬儀の日、「末代の役者の鑑《かがみ》と成るべき人なり」と、評された市川団十郎の死を惜しみ、江戸市中から駆けつけた多くの団十郎の贔屓《ひいき》が、大門の往来から表門をくぐって増上寺山門へ通じる参道の途中にある常照院の門前までを埋めた。

その群衆の中に、白無垢《むく》の小袖《こそで》に白裃《かみしも》を、身の丈が六尺をはるかに超え天を突くほどの体軀《たいく》に着けた大男の異形が、ひときわ異彩を放っていた。

大男は、身の丈が天を衝《つ》くばかりではなく、大きな鏡餅《かがみもち》を重ねたように、腰から腹、胸から肩、着物の袖や袴《はかま》の裾《すそ》にのぞく大きな手足までが、はちきれんほどに肥満していた。そして、これは石仏を思わせる太い首に、頰肉の丸々としてふくよかに張った顔が鎮座し、小さな丸い壺《つぼ》のような形に結った髷《まげ》を、狭い額の上の鬢《びん》づけで艶《つや》やかに整えた漆黒の総髪に乗せていた。

しかしながら、大男の異形をいっそう際だたせていたのは、市川団十郎が荒事狂言『兵根元曾我《つわものこんげんそが》』で演じて見せた、真っ赤に塗った顔面に筋隈《すじくま》を大胆に引き、不動《ふどう》明王《みょうおう》の分身となって立ち現れる化粧を施していたことだった。

大きく見開いた目は、常照院の山門を凝《じ》っと睨《にら》みすえ、あまりの悲しみゆえに、むしろ激しく燃えているかのようだった。

それは恰《あたか》も、不動明王の怪力を授かり荒行を重ねる曾我五郎《そがごろう》の怒りと古代の御霊《ごりよう》信仰の神威を、朱と墨の隈取りに漲《みなぎ》らせている相貌《そうぼう》だった。

その隈取りのため、若いのか年配なのか、男の年ごろはわからなかった。

ただ、天を衝く体軀と異相異風が、この世のものとは思えず、世間並みを超越した不可思議な違和を感じさせるばかりだった。

男の左右には、同じ白無垢の小袖と白袴に拵え、こちらは白粉《おしろい》と紅で化粧を施した若い男が六人と、くくり袴が地面に引き摺《ず》りそうな、才槌《さいづち》頭に白髪の髷を結った小男の奴《やっこ》がひとり、神妙に立ち並んでいた。

裃を着けた六人の背丈は、周りと比べれば人並みかそれ以上ながら、大男に率いられている子供のように見えたし、大男に寄り添っている才槌頭の小男は、猿回しに飼われている猿のようだった。

参道の両側を埋める老若男女は、葬儀に参列する歌舞妓役者や四座の座元、名主、家主、芝居地主、五人組らが続々と通って常照院へ入っていくたびに、あれは生島新五郎《しんごろう》、あれは中川半三郎、などとどよめき、あれは中村座《なかむら》の誰それ、とささやきつつも、白裃の大男らへ関心をそそられていた。

会葬の歌舞妓役者や江戸四座にかかり合う人々、名主や町役人らも、老若男女に囲まれた団十郎を真似た隈取り化粧の大男を参道に見つけ、意表をつかれて目を瞠《みは》り、思わずくすくす笑いをもらしてしまい、すぐに神妙な顔つきに戻って、常照院の山門をくぐっていった。

参道を埋める群衆の中の三人が、大男を見やって言い合った。

「驚いたね。あそこに見える化け物はなんだ。あれで不動明王の分身《ふんじん》かい」

「不動明王には見えないが、ありゃあ、旅芸人の一座じゃないかい。そこの神明《しんめい》の境内で小屋掛けしている田舎芝居の親方が団十郎贔屓で、団十郎の荒事狂言をそっくり真似た演物《だしもの》を、毎日かけているって聞いた。親方は、かげま団十郎と呼ばれているそうだ。きっとあの男だよ」

「かげま団十郎なら、おれも聞いたよ。芝居は下手だが、かげまの方は相当の遣《や》り手だとか。あれがかげま団十郎か。あんな化け物だったのかい」

「あれでも市川団十郎の贔屓なのかね。竹抜《たけぬ》き五郎《ごろう》の隈取りが、ゆでた赤い蛸《たこ》のふくれ面じゃないか。あれじゃあ、団十郎が気の毒だ」

三人は遠慮のない高笑いをあげたが、それでも、三人のみならずほかの者も恐れて、大男と七人が立ち並ぶそばへ近づかなかった。そのため、一角は参道の老若男女にとり囲まれる恰好《かっこう》になり、ひときわ目だっていた。

やがて、常照院の本堂において葬儀が始まった。

鐃鈸《にょうはち》などの法具が打ち鳴らされ、厳かに流れ始めた僧侶《そうりょ》らの読経《どきょう》が、参道にまで低く波打って聞こえてきた。僧侶らの読経とともに、焼香のほのかな匂いも嗅《か》げ、団十郎贔屓の人々は、みな黙然と頭《こうべ》を垂れて掌《てのひら》を合わせた。

すすり泣きがもれ、涙をぬぐう仕種《しぐさ》も見られた。

葬儀が始まると、大男は目を閉じて掌を合わせ、ぷっくりとした唇をかすかに震わせ、南無阿弥陀仏《なむあみだぶつ》を口の中で繰りかえし唱えていた。左右に並んだ七人の男たちも大男に倣《なら》い、南無阿弥陀仏の小声をそろえて合掌していた。

春二月の淡く霞《かすみ》のかかった常照院の上空には鳥影が舞い、三千世界に並びなき好色第一のぬれの男・市川団十郎の死を悼んでいた。

と、そのときだ。

厳粛に読経の流れる参道に、突然、悲鳴のような奇声が走って、常照院の上空を舞う鳥影を乱した。

驚いた老若男女は、奇声のあがったほうへふり向き、そこに、隈取り化粧をした大男の巨体が、小刻みに震えながらだんだんと丸くなり、ゆっくりと折れ曲がってすぼみ、鐘楼の釣鐘を降ろすかのように、参道の傍らへうずくまっていく様子を見たのだった。

悲鳴のように聞こえた奇声は、巨体に似合わぬ大男の、感極まった甲高い慟哭《どうこく》だった。大男は、むっちりと肉のついた大きな白い両掌で、隈取りの化粧が落ちるのもかまわず顔を覆い、地にひれ伏して泣き叫んだ。

小男が大男の丸い背中に才槌頭を擦《こす》りつけ、慰めながら背中を敲《たた》き、一緒に声を放って泣いていた。白袢の男らは、うずくまる大男の周りに白粉顔を寄せ集め、慟哭を続ける大男をいたわっていた。

参道の老若男女は、あまりに激しくあられもないその悲しみように、大男が熱烈な団十郎贔屓であったことは疑われぬものの、なんとなく気を削《そ》がれ、いつまでも止まぬ慟哭を少々耳障りにも感じていた。

中には滑稽《こっけい》な気分に捉《とら》えられ、そりゃやりすぎだぜ、と嘲笑《あざわら》う者もいた。

そのせいか、本堂の読経は流れていたが、葬儀の厳粛さは薄れ、参道は大男の奇声と老若男女の白々しいざわめきに覆われた。

第一章　かげま団十郎

一

二月二十五日、中村座、市村座、森田《もりた》座、山村《やまむら》座の江戸四座の座元、名主、家主、五人組、芝居地主らが、北町《きたまち》奉行・保田越前守宗易《むねやす》の呼び出しを受け、以後、舞台においては、竹身または塗身の刀を用いるようにと申しわたされた。

生島半六は、舞台で使う刀で団十郎を刺したからである。

その数日後の二月末、京橋《きょうばし》南の弓町《ゆみちょう》にかまえる刀工・一戸《いっこ》前国包《まえくにかね》の鍛冶《かじ》場に、その客は訪ねてきた。

昼さがりの未《ひつじ》の刻を廻《まわ》ったころだった。

その刻限、国包と弟子の千野《ちの》と清順《せいじゅん》は、卸《おろ》し鉄《がね》を沸《わか》して《下鍛え》の折りかえし鍛錬にかかっていた。

石と粘土で囲った火床には、梃子《てこ》台に載せた卸し鉄が差し入れてあり、国包がふいごの羽口との間、吹き加減、吹く長短を計りつつふいごを吹かし、火床に盛った三分角の松炭が赤々と輝き紅蓮《ぐれん》の炎をあげていた。

火床に差し入れた梃子台に載せた卸し鉄が、強熱で真っ赤に沸《わ》いていく様に、国包は目を凝らしていた。

ころ合いを見計らった国包は、真っ赤に沸いた鉄塊を松炭の炎を乱して抜き出し、横座の五寸ほどの高さの床に敷いた円座に両膝《ひざ》をついて、立てた踵《かかと》に腰を据え、梃子台においた鉄塊に槌《つち》を揮《ふる》った。

四角い形の中ほどに鏨《たがね》で横に溝を作り、手前に折りかえして叩《たた》きのばし、続いて千野と清順が向こう槌を交互に叩き落として、真っ赤に沸きたつ鉄のまじりけを叩き出していった。

かん、かんかん、かん、かんかん……

激しい下鍛えの頑固な槌音が鍛冶場の音頭をとり、火花が飛沫《しぶき》となって散った。

打ち鍛えられていくうちに、赤い鉄塊は刀鍛冶らに屈服し、怒りを鎮めて飼い慣らされ、黒い長四角の形に整えられていった。

横座の国包は、ころ合いを見計らって長四角の形に整えた鉄塊を火床に戻し、またしてもふいごの把手《とって》を押し引きして、火床に吐息を吹きかけ、松炭の炎を噴きあがらせ、鉄塊に真っ赤に沸きたつ命を甦《よみがえ》らせにかかる。

鉄塊を沸《わ》かしては、上下に、左右に、と折りかえして叩き、この下鍛えの折りかえし鍛錬を繰りかえして、強靭《きょうじん》な刃鉄《はがね》となる地鉄《じがね》を作る工程だった。

「申し……」

と声がかかったのは、折りかえし鍛錬の火花を散らしている最中だった。

三人の刀鍛冶は、声のするほうへ見向きもしなかった。鉄塊が赤く沸いているうちに、叩きのばし整えていかなければならなかった。

声の主は、槌の音にさえぎられて聞こえなかったと思い、再び、「申し」と、前よりも大きな声をかけた。

それでも、刀鍛冶は鍛錬の槌を止めなかった。

声の主はふりかえり、弓町の小路に両開きの板戸を開いた鍛冶場の戸口に立ち並ぶ人影へ、才槌《さいづち》頭を両手で抱えてかしげて見せた。

人影は、七体が数えられた。その中央の影は、鍛冶場の高い屋根裏でさえ低く見えるほど上背があり、しかも、左右の影を圧倒する肥満体だった。

昼さがりの明るい小路を背にした大男の影が、左右に六体の影を従え、不ぞろいなだらけた草履の音をたてて、鍛冶場の土間に入ってきた。

すると、鍛冶場の無双窓から射す淡い光が、真っ先に大男の丸々とした輪郭をなぞるように映し出した。

大男は、踝《くるぶし》まである派手派手しい黄丹《おうたん》の長羽織をぞろりと羽織り、羽織の下に黄《き》橡色《つるばみいろ》の小袖《こそで》を着流していた。丸い腹を、赤と緑の二色の名古屋《なごや》帯でぐるぐる巻きに支え、鬢《びん》づけで艶《つや》やかに整えた総髪に丸い壺《つぼ》の形に結った束ね髪を乗せ、狭い額と吊《つ》りあがった濃い眉《まゆ》の下のきれ長な強い眼差《まなざ》しを、国包と弟子の千野と清順が鉄塊を叩き火花を散らす様へ、物憂げに向けていた。

目の下のひと筋にくだる鼻は、異様に大きく、真紅に刷《は》いた唇がぷっくりと艶めいて、両の耳は小羽のように広がり、二重顎《あご》と分厚く太い首の肌が透きとおるように白くなめらかに見えた。

大男の目鼻だちは美しく整っていた。だが、全身の風貌《ふうぼう》は異様な妖《あや》しさを漂わせて、むしろ、この世のものとは思えぬ神々しささえ感じさせた。

大男は、国包から二間余をおいて歩みを止め、そのまま置物のように動かなくなった。それに合わせて立ち止まった左右の男らが、向こう槌の千野を見やり、女の刀鍛冶とわかって、意外そうにささやき声を交わした。

才槌頭の男が大男の傍らに並びかけたが、髷《まげ》は白髪で老いた顔つきながら、大男のふくらんだ腹のあたりまでしか背丈のない、童子ほどの小男だった。

大男と男らは、国包と弟子の鍛錬が一段落するのを、凝《じ》っと見守っていた。

火花を散らしていた赤く沸いた鉄塊が、国包らの槌に打ち叩かれ、怒りを鎮めて黒ずみ、畏《おそ》れ入ったかのように温和《おとな》しくなった。国包は、横座の槌で鉄塊を長四角に軽く叩き整え、ひと息吐いた。そして、槌をわきにおろし、

「よかろう。今日はこれまでにしよう。明日もう一日、下鍛えをやる」

と、若い呼吸を繰りかえしている千野と清順に言った。

国包と、千野と清順のかぶったもみ烏帽子《えぼし》の下に、汗が垂れていた。

国包は立ちあがって、方形の箱に集めた藁灰《わらばい》と炭の灰の中へ鉄塊を差し入れた。

大男はそれに関心をそそられたらしく、名乗りもせずに大きな背中を丸めて鉄塊を差し入れた藁灰をのぞきこみ、太い人差し指を指した。

「これは何をしているの」

大男から、脂粉の香が漂ってきた。

国包は、大男の無邪気な遠慮のなさがおかしく、笑みを浮かべてこたえた。

「刃鉄の鍛錬は一日では終りません。翌日、鍛錬の続きを行うまで、この藁灰の中で熱をゆっくりと冷ますのです。赤く沸いておらずとも、この刃鉄は紙や木を燃やすほど熱い。急に冷すとひびが入ることもあるのです」

「まあ、鉄にひびが入るのかい」

大男のきれ長な鋭い目が、はや慣れ親しんだかのように国包にそそがれた。

「入ります。藁灰には暖気がこもっておるゆえ、ひと晩かけて、刃鉄の熱をゆるやかに逃がすのです。藁灰に火床《やけ》の炭の灰もまぜています。気をつけてください。火傷《ど》をしますぞ」

国包は、大男が指先で差し入れた刃鉄の周りの藁灰を突くのを止めた。大男は、のぞきこんだ恰好《かっこう》を変えず、ふうむ、とうなり感心した。

国包は、もみ烏帽子をとり、こめかみや頬に伝う汗を手の甲でぬぐった。

「わたくしは、こちらで刀鍛冶を生業《なりわい》にしております一戸前国包と申します。声をかけていただいたのはわかっておったのですが、鉄は熱いうちに叩かねばなりませんので、ご無礼いたしました。お客人のご姓名ご用件をおうかがいいたします」

「そうだった。面白いのでつい見惚《みと》れて、肝心の用件を忘れておりました。ごもっともですとも。こちらこそ、わきまえもなく仕事中に声をかけたりして、お邪魔をいたしました。お許し願います」

あは……

と、大男は五尺八寸の国包が見あげるほどの身体を持ちあげた。

黄丹の長羽織が脂粉の香とともにゆれ、羽織の下の名古屋帯に差した小《ちい》さ刀《がたな》の白撚糸《ねんし》の柄《つか》と艶やかな赤鞘《あかざや》が見えた。

二本差しではなかった。だが、町人風体でもなかった。

それから、ふくよかな顔つきをいっそうゆるませて言った。

「一戸前国包さま、刀に彫る銘は武蔵《むさし》国包さまでございますね。お探しいたしました。国包と銘に彫られた刀工が、江戸の武蔵国包さまとわかるまで、国包は江戸の名高い刀工に違いないと思っておりました。やっぱりそうでした。ああ、嬉《うれ》しい。ここが名工・武蔵国包さまの鍛冶場なんで、ございますね」

大男は言うと、心なしか懐かしむ素ぶりを見せ、丸壺の束ね髪を乗せた総髪の頭を鍛冶場へひと廻りさせた。

鍛冶場は、入り口へ向いた正面奥の壁に、岐阜《ぎふ》の南宮《なんぐう》神社から勧請した金山《かなやま》神を祀《まつ》った神棚があり、神棚の下の松炭がまだ赤い炎をゆらす火床には、不動明王をかたどった御幣が供えてある。

鍛冶場の内壁に注連縄《しめなわ》をぐるりと廻《めぐ》らし、一方の壁には大槌《おおづち》や小槌をたてかけ、鉄梃子《かなてこ》に鉈《なた》や鑽、大小の鑢《やすり》が棚に並び、あるいは壁にさげられ、向かい側の無双窓のある壁ぎわには、炭俵や玉鋼を入れた畚《もっこ》などが積み重ねてある。板葺《いたぶき》の高い屋根裏に渡した梁《はり》や屋根板が、煤《すす》けて黒ずみ、鍛冶場のへてきた長い年月を感じさせずにはおかなかった。

「本途は、もっと立派で大きな仕事場で、お弟子さんも沢山抱えて、刀を打っている、気むずかしくて、偉そうで、恐そうな親方を思い描いていたんです。けれど、ずいぶん違っていました」

鍛冶場を見廻しながら含み笑いをした大男は、再び国包を見おろした。

「申し遅れました。あっしは、役者の熊太夫《くまだゆう》と申します。そこの芝神明で、江戸四座の大芝居ではありませんけれど、それでも櫓《やぐら》をあげてこの春から興行を打ち、江戸のみなさんに楽しんでもらっています。神明は、ここからさほど遠くはありませんので、親方もお弟子さんたちも、是非一度お出かけになってみてください。ただ今の演物《だしもの》は、つい先だって不慮の死を遂げた、江戸歌舞妓に並ぶ者のない市川団十郎を追悼し、兵根元曾我の狂言をかけております。この子たちはみな、熊太夫一座の役者で、あっしの弟子です。この男は相棒です」

と、熊太夫は傍らに寄り添う小男の才槌頭に、覆いかぶせるように肉の厚い大きな掌《てのひら》を乗せた。

「豆吉《まめきち》でございます。お見知りおきを願います」

豆吉が、熊太夫の掌の中で初老の顔を伏せた。

後ろに従う六人の男たちが、「お見知りおきを願いやす」と、豆吉に続いて少々にやけた感じの声をそろえた。

「この一月、この子たちを連れて江戸へ出てきました。江戸第一の歌舞妓役者・市川団十郎の舞台を、この子たちの役者修業のために観せてやりたかった。と言うより、本心はあっしが観たかったからなんですけれどね。去年の大地震の大火で市村座が焼けて、その新築のこけら落としの今月の舞台に団十郎があがるので、思いきって団十郎の芝居を鑑賞しに江戸に出て、そのついでに、熊太夫一座も江戸でひと稼ぎしようという魂胆だったんで、ございます。ところが、なんというつらい廻り合わせでございましょう。あの団十郎にこんな災難がふりかかるなんて、思いもよらなかったことでございます。もう団十郎の芝居が観られないと思うと、胸が締めつけられます。悲しくて堪《たま》りません。南無阿弥陀仏《なむあみだぶつ》南無阿弥陀仏……」

熊太夫が、市川団十郎の災難を思い出して急に感極まったかのように、目を赤く潤ませた。白い顔を紅潮させ、頭《こうべ》を垂れて合掌し、ぷっくりとした唇を細かく震わせ、小声で唱えた。

豆吉と一座の六人も、熊太夫を囲んで殊勝に掌を合わせた。

しかし、熊太夫はすぐに頭をあげ、潤んだ目を指先でぬぐいながら、千野と清順へ太い首を重たそうに廻した。

千野と清順は、国包と同じく、筒袖の半着にくくり袴《ばかま》の仕事着を着けていた。ともに素足で、額やこめかみに汗が垂れ、仕事着には鍛錬の火花の跡らしき米粒より小さな穴が散っていた。

二人は槌をおろし、その巨体に改めて気づいたかのように、呆然《ぼうぜん》と熊太夫を見あげていた。

熊太夫は、千野の束ねた髪が仕事着の背中に長く垂れているのを見て、真紅に刷いた唇の間に白い歯を見せ、に、と頰笑みかけた。

「若い女のお弟子さんも、いるんですね。このような形《なり》をして、身体も大きいのでてっきり若い衆かと思っていたら、器量よしの娘さんだったから驚きました」

それから、清順へきれ長の鋭い目を移し、

「こちらの童顔の若い衆も、まだ痩《や》せ法師でも、今に親方のようにたくましい刀鍛冶になりそうですね。きっと、親方の教えがよく、いい修業を積んでいるんでしょう。ここも、くる前に思っていたほど立派で大きな鍛冶場ではなかったし、お弟子さんはたった二人だけれど、名だたる刀工・武蔵国包の性根が細やかにいき届いているのがわかります。とても感じがいい。気に入りました」

と続けた。

「畏れ入ります。で、ご用件をお聞かせ願います」

国包が再び訊《たず》ねると、熊太夫は大きな顔を頷《うなず》かせ、脂粉の香をまいた。

「あっしは今、熊太夫一座の座長を務めております。団十郎が亡くなったからと言って、ただ悲しんで、嘆いてばかりはいられません。熊太夫一座の座長として、市川団十郎追悼興行を成功させたいと、願っております。それが何よりも団十郎の供養になると思うんで、ございます。まあ、それはそれとして、じつは、江戸に出てきたのには、いまひとつ、わけがございます。わけと申しますのは、あっしはこう見えても、れっきとしたお侍の血筋なんで、ございます。本途なんですよ。今はお侍の身分に未練などなく、いずれは威勢天が下に耀《かがや》くと、評文で称《たた》えられるような役者になりたいという望みしかありません。ではございますけれど、そういう血筋のかかり合いにより、江戸のお侍に縁者がおります。いつか江戸に出たおりは、縁者を訪ね挨拶《あいさつ》をしたいと、常々思っておりました。ですから、この春、江戸に出る機会に、縁者を訪ねることにしておりました。こういう機会でもなければ、諸国を廻る仕事柄、いつ縁者と会えるか、わかりませんからね」

「まことに」

国包はこたえた。

「縁者を訪ねるについては、から手というわけにはいきませんでしょう。手土産には何がよいかあれこれ考えた末に、お侍らしく、やはり打刀《うちがたな》がよかろうと、思いましてね。縁者の佩刀《はいとう》に相応《ふさわ》しく、お宝にもなる名だたる刀工の打刀なら、きっと喜んでくれるはずでございます。というわけで、名工・武蔵国包さまの打刀をひと振りお頼みするために、うかがいました。江戸に出る前、武蔵国包さまにお頼みすると決めておりました。武蔵国包さまほどの名工ならば、江戸に出ればすぐに見つかると思っていたのに、江戸は他人《ひと》ばかりがあふれており、武蔵国包が一戸前国包さまのことで、こちらの鍛冶場を捜しあてるのに手間どりました」

あは、と熊太夫はまた磊落《らいらく》に笑った。

「それは、お手数をおかけいたしました。武蔵国包と銘を彫っておりましても、このような町家の自由鍛冶・一戸前国包です。自由鍛冶の鍛冶場は、この程度のものです。裏にわが住まいがあります。まずは、ご依頼の詳細は住まいのほうでうかがいますので、そちらへどうぞ」

「いえ、親方。あっしは、身分の卑しい旅廻りの芸人です。こちらの鍛冶場でけっこうでございます……」

熊太夫は真顔になり、少々物憂く言った。

「ご依頼の詳細をうかがうのに、立ち話というわけにはまいりません。刀鍛冶は刃鉄を鍛えますが、そもそも、鍛えた刃鉄に身分はありません。鞘や鍔《つば》や柄《つか》などの拵《こしら》えはいかがなさるのか、おうかがいせねばならぬこともあります。何とぞ奥へ。千野、お客さまをご案内して差しあげなさい」

「はい。ご案内いたします。こちらへ」

千野が軽やかに、熊太夫の先に立った。

「そうですか。では、お言葉に甘えて。おまえたちはこちらで待っていなさい。いいかい。行儀よくしているんだよ。神明の芝居小屋じゃないんだから、悪ふざけをしちゃあいけないよ。豆吉、みなが羽目をはずさないように頼むよ」

熊太夫は男らに口調を変えて言いつけ、千野に続いて鍛冶場の裏戸を、大きな背中を玉のように丸めて出ていった。

二

表の小路に開いた鍛冶場の裏戸を出ると、一戸前家の主屋がある。

国包は主屋裏手の井戸端に廻って、仕事着を諸肌《もろはだ》脱ぎになり、汗や汚れや沸きたつ刃鉄の臭いの染みついた身体をぬぐった。

国包はこの春、四十八歳になった。

頬骨と顎の輪郭が張って、くっきりと見開いた目や高い鼻の顔だちは彫が深く、頑固な職人気質を思わせる、無骨で気むずかしそうな相貌《そうぼう》だった。五尺八寸の体軀《たいく》も、刃鉄の鍛錬に明け暮れて無駄な肉を削《そ》ぎ落した痩身《そうしん》ながら、肩幅が広く、手足は長く鍛え抜いて筋張り、若いころと変わらず未《いま》だ強靱だった。

国包は顔と手足を洗うと、桶《おけ》に張った井戸水に顔を映し、一文字髷に結った総髪のほつれ毛を、濡《ぬ》れた指で梳《す》き、整えた。

ただ、総髪には白い物がまじり、少しずつ目につき始めている。こうやってだんだん一人前の年寄になっていくのだな、とこのごろ思うようになった。

桶から上体を起こしたとき、肩や胸や背中の湿った肌を、かすかなそよぎが音もなくすべっていった。

霞《かすみ》を帯びた空に、すぎゆく歳月の果敢《はか》なさが感じられる。

「それにしても、大きい」

髪をなでつけながら、春の空を見あげて呟《つぶや》いた。

何気なく、熊太夫の歳はいくつなのだろう、と考えた。あの肥満した大きな身体が熊太夫の歳をわからなくしていた。堂々とした体軀に、相応の歳の貫禄《かんろく》が漲《みなぎ》っている。だが、案外あれで若いのではないか、という気もした。

そのとき不意に、熊太夫のささいなひと言が国包の脳裡《のうり》をよぎった。

国包と銘に彫られた刀工が、江戸の武蔵国包さまとわかるまで、国包は江戸の名高い刀工に違いないと……

確か、熊太夫はそんなふうに言った。

それは、熊太夫が武蔵国包の銘を知らず、武蔵でも一戸前でもなく、国包という銘の刀鍛冶を捜していたように聞こえた。

国包は、刀に銘を彫るときは必ず武蔵国包と入れ、武蔵の姓を入れず国包だけを銘に彫ることはない。国包の銘とはどういうことか、武蔵国包ではない別人の国包という刀鍛冶ではないのか、と気になった。

まあよい。気にするほどのことではあるまい、と思いなおした。

居室にいき、妻の富末《ふみ》が手伝って、仕事着を小袖と袴に着替えた。そのとき、着替えを手伝っている富末が、おかしいのを怺《こら》えているのに気づいた。

「何か、おかしいのか」

国包が訊《き》いても、「いえ。別に……」とこたえ、やはりおかしそうである。

「なんだ。何があったのだ」

なおも訊くと、富末はくすくす笑いを抑えて言った。

「お駒《こま》がお客さまに茶を運んでいきますとね、山のような身体が目の前にあって、凝っと見つめられるから、恐くて震えが止まらなかったんですって。茶托《ちゃたく》に載せた茶碗《ちゃわん》が、かたかた音をたてるので、恐がらなくてもいいんですよ、とお客さまに言われたそうです。それから、芝の神明で市川団十郎追悼興行の狂言をかけていますから、観にきてちょうだいね、とも言われたって」

お駒は住みこみで雇っている十五歳の小女である。

「それの何がおかしい」

「だって、あのよく肥えた大きな身体が、舞台にあがって女方を務める姿を思ったら、なんだか大変そうで、ちょっとおかしくて」

富未のくすくす笑いに、国包もつられて笑った。

「あの身体で女方はないと思う。市川団十郎の贔屓《ひいき》だそうだから、荒事狂言の兵根元曾我をかけていると聞いた。団十郎を真似て隈《くま》取《ど》りをし、竹抜き五郎を演じているのだと思うぞ」

「ですよね。でも、四座の大芝居と違い、宮地《みやち》の小芝居でしょう。立役《たてやく》もやれば女方も務めるのではありませんか」

富未は自分の言ったことがおかしく、また噴きそうになるのを怺えた。

ふん、そんなにおかしいか。

と、国包は真顔に戻り、客座敷へいった。

熊太夫は客座敷の、四枚の腰障子を両開きにした庭を背に、十畳の広さの半分を占めるかのような大きな身体を端座させていた。熊太夫の大きな身体に外の明るみがさえぎられ、座敷は少し薄暗く感じられた。

開け放った障子戸の外には濡れ縁がわたしてあり、濡れ縁の先の狭い庭を板塀が囲っていた。隣家の板葺の切妻屋根がその板塀の上に出て、板塀ぎわの梅の木に白い花が咲いている。だが、今は座敷に祀《まつ》った石仏のような熊太夫の身体が、ささやかな庭の景色をすっぽりと隠していた。

「お待たせいたしました」

国包は熊太夫と対座した。

「いいえ。慎《つつ》ましやかな、心地のよいお住まいですね。鍛冶場と言い、こちらのお住まいと言い、親方のお人柄がにじみ出ているように感じられます」

熊太夫は頰笑み、両手の太い指の間に、玩具《がんぐ》のように小さく見える茶碗を捧《ささ》げ、茶をすすった。

二人が対座した片側は、書院ふうの床の間と床わきを設けてあり、床わきの棚の花活《い》けに一本だけを挿した枝が、そこでも梅の白い花を咲かせていた。

床の間の掛軸は、葦雁《あしかり》の墨絵が描かれている。

「一戸前家はわたしで三代目です。先々代は美濃《みの》の農民でしたが、関派の流れをくむ刀鍛冶の徒弟奉公を始めて刀鍛冶になり、一戸前兼満《かねみつ》と名乗って、慶長年間に江戸に出てきたのです。この住居と鍛冶場は、明暦《めいれき》の大火に遭って一度焼け落ちたあと、二代目の兼貞《かねさだ》が建て替え、その折りに刀鍛冶は武家のお客さまが訪ねて見えることがありますので、それらしくこのような書院ふうの部屋を造ったそうです。わたしは先代から継いだだけです。もうおよそ五十年になる古い店です。去年の地震と大火にも、どうにかまぬがれました」

「武蔵国包さまの評判を聞いた折り、お武家と教えられたのですが、親方はお武家ではなかったのですか」

「わたしは先代の兼貞の門弟でした。師匠の兼貞に一戸前家を継ぐ子がいなかったものですから、乞《こ》われて養子縁組をし、一戸前家を継いだのです。生まれは江戸のさる大名屋敷に勤番する武家です。わたしは部屋住みの身にて、家督を継ぐ兄がおり、兄はすでに子もなしておりましたので、一戸前家と養子縁組が許されました。すなわち、主家を出た浪人者の刀鍛冶ということになります。このとおり、常日ごろは要がないため、刀は帯びておりません」

国包は脇差も差していない。

熊太夫は、はあ、とわずかにひそめた眉に落胆を見せた。武蔵国包を、いかにも武家らしい重々しい様子の刀鍛冶と、推測していたのだろう。

すると、鍛冶場のほうから槌音が、拍子をとるように聞こえてきた。

熊太夫が、きれ長の目を宙に泳がせ、話を変えた。

「親方がいなくても、鍛錬はするんですね。槌音が聞こえる」

「あれは、弟子らが稽古《けいこ》刀を打っているのです。冷暖自知《れいだんじち》と申しまして、刀鍛冶は自分で刀を作ってみなければ、上達しません。自分で数を打たねば、修業にならぬのです。しかし、一人前の刀鍛冶になっても、自分の銘を彫って客の注文を請けられる刀工は、ほんのひとにぎりです。刀鍛冶は昔から貧乏と決まっております」

熊太夫は意外そうだった。

「刀鍛冶は、身分の高いお武家の刀を作って、高額の作料をいただいていらっしゃるものとばかり、思っていましたけれど」

武蔵国包の銘を彫ったひと振りの作料は、大刀でせいぜい三両である。

近ごろの米の値段は、一両で四斗俵二俵余である。

二度ほど、幕府高官の倅《せがれ》の元服に合わせて与える差料の大小二刀で、十五両の作料を得たことがあった。これは、柄や鍔、鞘などの拵えの手間代と、材料の玉鋼や燃料の松炭の代金も含んだ額である。

そのときは、大刀の刀身ひと振りで五両以上になったが、こんなことは希《まれ》で、ひと振り三両の注文も、多い年でも五、六振りほどである。

そのような刀身を鍛錬するのに、およそ十日がかかる。

ただ、残りの日数は名工であっても、数打物《かずうちもの》で稼がなければならなかった。

数打物は、手間のかかる皮鉄《かわがね》を薄くして、四、五日でひと振りを作る。

ひと月におよそ六振りで、国包の鍛冶場でも年に五十数振りの数打物を作り、そのほか、鍛えているうちにひびや疵《きず》の入った刀も何振りかは出て、疵物まで含めて問屋《といや》に卸していた。

名刀ではないが、その中のましな刀が町家の《御刀屋《おんかたな》》で売られ、疵物などは立売り屋が西紺屋町《にしこんやちょう》の京橋沿いの大道に筵《むしろ》を敷いて並べ、

「丹波守吉道《たんばのかみよしみち》、抜けば玉散る名刀でござい」

などと声をからして競り売り、すなわち立売りでさばかれていく。

国包は熊太夫に笑みを投げた。

「そういうことは、ありません」

とかえし、ふと、気にかけることではないと思いつつ訊いた。

「先ほど、国包の銘の刀鍛冶をお捜しだったようにうかがいました。武蔵国包ではなく、国包だったのですね」

「はい。あっしが捜していたのは、江戸の刀工・国包です」

「何ゆえ、国包をお捜しだったのですか。江戸の国包の銘なら、武蔵国包だと思われます。ですが、武蔵国包より名の知られた江戸の刀鍛冶は、ほかにもおります」

「国包が名工だと思うから、国包を捜したのです。それだけではいけませんか」

熊太夫は含みのある言い方をして、物憂く頬笑んだ。

頬笑みを投げかけられ、やはり気にかけることではないと思った。

「畏れ入ります」

と、国包は言った。

「ではさっそく、ご注文の子細をおうかがいいたします。ご注文は打刀、大小の二振り、あるいは大小どちらかひと振りでしょうか。刀身のみか、金具や鞘、柄、下げ緒などはどのようになさるおつもりか、お聞かせ願います」

「打刀の大刀、ひと振りです。あの、それで、鞘や柄や金具の拵えは、これにそろえてほしいのですけれど」

熊太夫は、やおら、黄橡の小袖のふくらんだ腹の下に隠れた小さ刀を、名古屋帯から鞘ごと抜きとった。上体を国包のほうへ傾け、丸太を渡すように腕をのばし、肉の分厚い拳《こぶし》ににぎった小さ刀を、国包の膝の前に静かにおいた。

そうして、身体をなおさぬまま、上目遣いに国包を見つめて繰りかえした。

「柄も鞘も鍔も、刀身の刃紋も、これと同じにしたいのでございます」

国包は小さ刀を手にとった。

赤漆塗りの鞘が艶やかな光沢を放ち、鐺《こじり》や柄頭《つかがしら》の金具、本鉄地に二つ巴《どもえ》紋の鍔、本鮫《さめ》地に純白の撚糸の柄など、拵えは高価な一刀の趣が感じられた。なんと派手な、と思う一方、熊太夫の巨体に似合うきらびやかな装身具に見えた。

国包は赤鞘から本身を抜いた。

刃渡り一尺五寸に五分ほどの反り、丁子《ちょうじ》乱れ刃紋だった。

それを、端座した熊太夫の巨体に庭の明るみがさえぎられ、薄暗い座敷の宙にかざした。刃はまったく欠けておらず、本身の手入れがいき届き、銀色のぬめりを見せていた。

悪くはない。むしろ、よいでき栄えに思われた。

そのとき不意に、これは、と国包は小さ刀をかざしたまま動かなくなった。

鍛冶場の槌音が、国包の胸を打つ鼓動のように聞こえていた。

三

千野と清順は、千野が横座につき清順が向こう槌を務め、稽古刀を打っていた。

二人のその日の稽古打は、玉鋼を下鍛えに二日をかけた地鉄と、同じく二日をかけて古鉄《ふるがね》を下鍛えにして卸した地鉄を積み重ね、火中で赤く沸し、ひとつの塊にする上鍛えの工程だった。この工程で折りかえし鍛錬を七、八回繰りかえし、美しい光沢を放ち、斬れ味の鋭い刀の皮鉄を作る。

刀は硬い皮鉄で粘り気のある心鉄《しんがね》を鍛え着せにし、外側の硬さと内側の弾力を造りこむのである。

千野は、刃鉄を火床に差し入れ、ふいごの把手を師匠の国包の手順を思い描きつつ慎重に押し引きし、松炭の炎の噴きあがり具合や鉄塊が赤く沸く様子を、慎重に見計らっていた。

ふいごの吐息に吹かれ、火床の炎が鉄塊に怒りを吹きつけていた。

清順は槌を片側にさげ、怒りに沸いた鉄塊が引き出されるときに備えていた。

豆吉と熊太夫一座の六人が、火床から二間ほど離れた土間に、膝を抱えたりだらりと腕を乗せたりして思い思いにかがみ、千野と清順の火花を散らす折りかえし鍛錬を見守っていた。

「あの娘、凄《すご》いね。いくつかね」

ひとりが隣にささやいた。

「十六、七じゃないかい。白粉《おしろい》も紅も塗ってないけど、器量よしだし」

「あっしもそう思う。刀鍛冶にしとくのは、もったいないねえ」

「娘っ子にしては身体がでかいし、力も強そうだし。あの娘を相手にする男は覚悟がいるよ。下手な真似をしたら、ひでえ目に遭わされるかもね」

別のひとりが口を挟み、三人はひそひそ笑いを交わした。

「あっしは、やっぱり、あっちの若衆のほうがいいね。まだ子供だから痩せてるけど、槌を揮うときの竹みたいなしなり具合がいいね。見ていてぞくぞくする」

「そうそう。顔つきが締まってるし、けど目は可愛い」

「あ、また鍛錬が始まるよ」

千野が火床に差し入れた鉄塊を、松炭の炎をゆらして動かした。

清順が傍らにさげた槌をゆっくり持ちあげた。

そのとき、けたたましい音をたてて、材料の古釘《くぎ》と古薬研《やげん》が、土間にぶちまけられた。六人のひとりが、壁ぎわに積んだ材料の古鉄を集めた箱をのぞいていて、鍛錬が始まるので戻ろうとした拍子に、肘《ひじ》をぶつけて箱のひとつを落とした。

「ああ、しまったあ」

ぶちまけた男が、両の手を頭の上にひらひらさせて大袈裟《おおげさ》に喚《わめ》いた。

豆吉が驚いて「なんだあ」と叫び、男らが散らばった古釘や古薬研を指差して大笑いをあげた。ぶちまけた男も、失態を悪びれもせずほかの男らと一緒になって腹を抱え、古釘や古薬研を拾おうともしなかった。

「拾え」

豆吉が怒鳴ると、男らが拾え拾えと賑《にぎ》やかに囃《はや》した。

清順が騒ぎたてる男らへ険しい目を向け睨《にら》んだが、千野は火床の鉄塊から一瞬も目を離さなかった。火床から真っ赤に沸いた鉄塊を引き出し、

「いくぞ」

と、清順に強い声をかけた。そして、金床に鉄塊を寝かせ、鏨で横に溝を入れて手前に折りかえし、すかさず横座の槌で打ち叩いた。火花が散り、続いて清順が向こう槌を落とし、こちらも火花を飛び散らした。

また横座が叩き、向こう槌が叩き、若い二人の身体はしなやかにはずんで繰りかえした。ただ、沸いた鉄塊を強く叩きすぎても、鉄塊がきれて怪我をする場合があり、叩く力加減を計らなければならない。

鍛冶場で笑い騒ぐ男らに腹をたてた清順は、打ち落とす槌に力が入った。

「強すぎる」

千野がたしなめ、

「はい」

と、清順は力を抜いた。

豆吉と男らは、古釘や古薬研をぶちまけたことは捨てて、鍛錬が始まるとすぐに鉄塊が打ち叩かれ火花を散らす様子に見入った。

「面白そう。あっしもやってみたい」

「ああ、面白そうだね」

男らが言い合うのを、

「静かにしろ」

と、豆吉が叱った。

打ち叩かれるたびに、鉄塊は次第に赤い輝きを失い、黒ずんで火花を散らさなくなっていった。千野は黒く温和しくなった鉄塊を、長四角の形に整えるため、横座の槌を入れていく。

ほどよい形に叩き整えると、もみ烏帽子の下に垂らした長い束ね髪をゆらして横座から立ちあがり、藁灰の箱に長四角の鉄塊を寝かせた。

見入っていたひとりが、千野に馴《な》れ馴れしい言葉を投げた。

「それで終りか？ そんなもんでいいのかい」

千野は惚《とぼ》けた顔を向けてくる男らへ、父親似の二重の冷やかな眼差しを投げつけた。そして、鋭い口調で言った。

「ここはわれらの稽古場だ。稽古の邪魔になる。おまえたちは外で待て」

千野の稽古着の袖とくくり袴の裾《すそ》からのびた長い手足が、男子のように逞《たくま》しく見えた。炎に焙《あぶ》られて赤らんだ頰に、汗が伝っていた。

豆吉が、怒らせてしまったぞ、という顔つきになり、唇をへの字に結んだ。

「なんでだよ。稽古しているところを、ただ見ているだけじゃないか。邪魔はしていないだろう」

ひとりが不満そうに言いかえした。

「刀作りは見世物じゃない。ほんの少しの油断が大きな怪我につながる。おまえたちも怪我をするぞ」

「大丈夫さ。怪我をしないように、ちゃんと離れて見ているからね。あっしらのことは気にせず、姉さん、稽古を続けな」

別の男がにやついて言い、続けろ続けろ、とほかの者らが千野を囃した。

「わたしたちはまだ修業中の刀鍛冶だ。おまえたちがそこで喋《しゃべ》ったり笑ったりしていると、気持ちがそらされる。外で待て」

「そんなことないよ。姉さん、立派な刀鍛冶に見えるよ。よくやってるよ、か弱い女子《おなご》の身でさ」

男らが顔を見合わせ、か弱いだとさ、と言い合ってけたけたと笑った。

「おまえたちは黙ってろ。姉さん、済まなかった。邪魔にならねえようにさせるから、許してくれ」

豆吉が男らを叱りつけて、千野を見あげて言った。

そのとき清順は、槌をおいて、土間にぶちまけられた古釘や古薬研を拾い集めていた。ぶちまけた男が、にやにや笑いを清順に向け、散らばった古釘の一本を拾って、ほら、と清順に差し出した。

清順は男を睨みつけ、差し出された古釘を引ったくった。

「なんだい、若造が。親切に手伝ってやってるのにさ。それがお客に対する仕打ちかい。おまえはまだまだ修業が足りないね」

と、男が清順のもみ烏帽子を戯れに叩いた。

もみ烏帽子が横へずれた。

その様を男が、ふん、と鼻を鳴らして笑いかけた瞬間、清順のしなやかな平手が男の顔面を張り飛ばした。

男は、あう、と顔を歪《ゆが》めて息を吐き、反対側の壁まで吹き飛んだ。男の投げ出した四肢が、順序良くたてかけた大槌や小槌の諸道具を乱雑に打ち倒した。

「清順っ」

千野が叫んだ。

「やりやがった」

と、五人の男らが血相を変えた。前後左右から清順に、わあっとつかみかかり、拳を浴びせ、清順も負けずに殴りかえした。

「やめろっ。やめろってば」

豆吉が喚いて、清順につかみかかる男らの後ろから足を蹴《け》って廻るが、殆《ほと》ど効果がなかった。清順のもみ烏帽子は飛ばされ、首を絞めつけられ、顔面や腹に次々と拳を見舞われた。

かまわず清順も殴りかえすが、多勢に無勢だった。

と、清順に拳を揮うひとりの後ろから、千野が手首をつかみ、ふり向かせ様に槍《やり》のように拳を叩きこんだ。殴られた男は、堪らず仰《あお》のけにひっくりかえり、さらに、清順につかみかかっていたもうひとりの首に腕を巻きつけ、強引に後ろへ引き摺《ず》り倒した。

引き摺り倒された男は、土間を転がった。転がったところに、清順がおいた槌を見つけ、それを拾いあげた。

「きやがれ」

怒りを露《あら》わに喚き、槌を右肩にかざした。

千野は、すかさず、藁灰に寝かせた上鍛え途中の、まだ熱い刃鉄をとりあげた。槌と鉄塊を手にした二人が身がまえ、これには豆吉が驚いた。槌と鉄塊が打ち合っては、怪我では済まない事態になりかねなかった。

一方では、清順は男らに組み伏せられながらも、押さえつける男らへ下から必死に抵抗している。

「馬鹿野郎っ。庄之助《しょうのすけ》、槌をおけ。みなやめろ。太夫に叱られるぞ」

豆吉が慌てて叫んだが、豆吉ではどうにもならなかった。

「この女、許せねえ」

と、庄之助は千野を威嚇する槌を、遮二無二ふり廻した。

咄嗟《とっさ》に、千野の鉄塊が庄之助の槌を受け止め、下へからめとって巻きあげた。槌は庄之助の手を離れ、屋根裏へ飛んでいくのを唖然《あぜん》として見あげる庄之助の腹へ、千野の長い足が蹴りを入れた。

庄之助は壁ぎわまで飛ばされ、そこに積んだ玉鋼の畚に倒れかかって、尻餅《しりもち》をついた。千野は即座に身をかえし、

「退《の》けえっ」

と叫び、清順を組み伏せた男らの頭上すれすれに刃鉄をふり廻した。

頭上すれすれに、羽音のようなうなりに驚いた男らは、「危ない、危ない」と清順の上から転がり逃れた。

豆吉は才槌頭を抱えて、わあっ、と俯《うつぶ》せた。そのとき、

「おまえたち、何してるの」

と、鍛冶場の騒ぎを引き裂く鋭い声が甲走った。

声のほうを見ると、鍛冶場の裏戸を入ったところに、熊太夫の巨体が立ちはだかり男らを睨みつけていた。隣に並んだ国包が、小柄に見えた。国包の後ろから、富未とお駒が心配そうに鍛冶場をのぞいていた。

火床にとり残された炭火の小さな炎が、静かにのぼっている。

小路に開け放った表戸のところには、喧嘩《けんか》騒ぎを聞きつけた近所の住人や通りかかりが、人だかりになっていた。ひと際大きく肥満した熊太夫が、派手派手しい黄丹の長羽織の裾をゆらめかし、まるで重たい石像が引き摺られるかのようにそろそろと歩み出すと、小路の人だかりの間から低いどよめきが起こった。

熊太夫が男たちのそばへいき、甲高い声で厳しく叱りつけた。

「行儀よくしていなさいと、言ったでしょう。聞き分けのない」

そして、いきなり順々に、大きな分厚い掌で頭や頬を叩《はた》いて廻った。

男たちはみな、頭をすくめたり顔をそむけたりして、親に叱られた子供のごとくに打《ぶ》たれるままだった。中には、立っていられずに土間に転がる者もいた。

千野は力なく倒れた清順を抱き起こした。

「清順、しっかりしろ」

清順の目の周りが赤く腫《は》れ、鼻血を出し、唇もきれて血が垂れていた。千野に抱きかかえられ、「痛《いて》て」と、腫れて血だらけの顔を歪めた。

「豆吉、おまえがこの子たちを行儀よくさせないとだめじゃないの」

熊太夫は、うずくまった豆吉の後ろ襟をつかんで荒っぽく起きあがらせた。

「こいつら、暴れ出したら手がつけられねえ。あっしじゃ止められねえよ」

豆吉は、白髪まじりの小さな髷を結った才槌頭をしょ気て見せた。

富末とお駒が千野のそばに駆け寄り、千野が抱いた清順をのぞきこんだ。

「まあ、血が出てるわね。千野に怪我はないの」

富末が言った。

「母《かか》さま、わたしは大丈夫。でも清順が痛がっています。だいぶ打たれて」

千野が心配そうに言った。

「ここでは介抱ができないから、主屋へ連れていきましょう。お駒、晒《さらし》と薬箱を出しておいて」

お駒が、はい、と裏戸から主屋へ慌てて走っていった。

「清順、痛いですか？　立てますか？」

「わたしが負ぶっていく」

すると、清順が顔をしかめて自分で起きあがろうとする。

「大丈夫です。肩を貸してもらえれば、起きられます」

千野と富未が清順を、両側から助け起こした。

国包は、千野と富未に両わきから支えられ、いきかけた清順に声をかけた。

「清順、あとの始末はやっておく。手あてをしてもらったら休め」

「師匠、申しわけありません。こんな騒ぎになって」

「よい。仕方があるまい」

国包は、千野に何があったと質《ただ》したかったが、訊かなかった。若い者同士の喧嘩に、深刻な理由があるとは思えなかった。

千野も、唇を腹だたしそうに結んで、黙っていた。

「千野、父《とと》さまにはあとでわけを話せばいいからね」

富末がとりなすように言った。

「千野さん、清順さん、おかみさん、申しわけございません」

熊太夫が張りのある大声を鍛冶場に響かせた。そして、

「おまえたちも謝りなさい」

と、坐《すわ》りこんだりぼうっとしている男たちを叱りつけた。みな、ばつが悪そうに聞きとりにくい声を、ばらばらに投げた。

三人が鍛冶場から姿を消すと、熊太夫は国包に向きなおった。

「親方、お騒がせをしました。小屋に帰って叱っておきます。清順さんの疵の手あてでお医者にかかるなら、薬料《やくりょう》はあっしが勘定いたします」

「あれは、屈強な若者です。自分で起きあがっておりましたから、まあ、大丈夫でしょう。血の気の多い若い者同士です。向こう見ずなふる舞いにおよぶことはあります。そちらのほうも、怪我を負われた方がおられるようですし」

清順と千野の拳を浴びた二人が、土間に坐りこんでうな垂れていた。

ひとりは鼻血を出したらしく、鼻を覆った掌が赤い血で汚れていた。もうひとりは、片目と明らかに腫れた頬を覆って、苦痛に唇を歪めていた。

熊太夫が情けなさそうに笑った。

「本途に、ちょっと驚いています。若い娘とまだ子供のような若衆が、なかなかの腕っ節のようですね。千野さんは、おかみさんを母《かか》さまと呼んでいました。もしかしたら、親方のお嬢さまなので」

「お嬢さまと言われる家柄ではありませんが、わが娘です。妻は反対し、今でも反対しております。しかし、本人が刀鍛冶になりたいと強く望みましたので、弟子入りさせました。女子の身で刀鍛冶など、どこまでやれるかわかりませんが」

「まあ、あんなに器量よしのお嬢さまを、よくお許しになりましたね。では、清順さんも、もしかしたら、一戸前家のお坊ちゃんとか……」

「清順は違いますが、赤ん坊のときから二つ上の千野とともにわが家で育ち、倅のようなものです。清順も千野とともに刀鍛冶の弟子入りを望みましたゆえ、許しました。二人が弟子入りして三年になります」

「そうでしたか。では、親方と娘と倅の親子二代で、武蔵国包の刀鍛冶を営んでいらっしゃるのも同然ですね。娘と倅に親方の技が継がれていくのですから、行末《ゆくすえ》が楽しみではありませんか。羨《うらや》ましい」

「まだまだ未熟者です。先はどうなることやら。熊太夫さんも、これだけの若い衆を一座に抱えて、大したものです」

国包と熊太夫は、子犬のように温和しくなった男たちを見廻した。

「この子たちは、親も縁者も、先に望みもなく、食うためにはごみ捨て場だって漁《あさ》らなきゃならない野良犬同然の暮らしを送っておりました。あらくれにならなきゃあ、生きていけなかったんです。一緒にくるかい、飯なら食わせてやるよと声をかけたら、ついてきたんです。熊太夫一座は、そういう子たちを集めた小さな所帯です。でもね、今に熊太夫一座が諸国に名を知られて、熊太夫座として御公儀に認められ、この子たちとともに江戸か上方《かみがた》に大芝居の櫓《やぐら》をあげられればと、望みだけは大きいのです。歌舞妓踊の出雲のお国だって、歌舞妓踊が大あたりをとるまでは、念仏踊で諸国を廻る歩き神子だったんですから」

国包は頷いたが、そのとき、そうか、と感じた。

熊太夫は、愚かで無鉄砲で無邪気な度胸を性根に具《そな》えている。この男の性根はおれに似ている、と国包は思った。

「では、親方、あっしらはこれで。よろしくお願いいたします」

熊太夫はふくよかな顔に、童子の俤《おもかげ》を偲《しの》ばせる笑みを浮かべて言った。

「承知いたしました。およそ半月ほどでお届けできると思います。お訊ねの件も、その折りまでには」

　国包はこたえた。

　熊太夫が小路のほうへ巨体を運び始めると、表戸の人だかりが左右へなびくように分かれて道を開いた。

「太夫が帰るぞ。遅れるな」

　小男の豆吉が、土間に坐りこんだ二人を立たせた。

　熊太夫は背中を丸めて表戸をくぐり、未の刻をだいぶ廻った西日の射す小路を、芝のほうへとった。だらだらと従う男たちの後ろから、

「みなぐずぐずするな。しゃんとしろ」

　と、豆吉は口うるさく言った。

　人だかりが物見高く熊太夫たちの去ったあとをついていき、中には、熊太夫の巨体へ、ありがたそうに掌を合わせている者もいた。

　小路の人だかりが消えたのと入れ替わって、茅場町《かやばちょう》の伊勢屋《いせや》へ使いに出かけていた十蔵《じゅうぞう》が、人だかりの消えた方角を眺めつつ、表戸から鍛冶場へ入ってきた。

　茅場町の伊勢屋は、材料の鉄を仕入れる問屋である。

「旦那《だんな》さま、ただ今戻りました」

十蔵は菅笠《すげがさ》をとり、国包に白髪の頭を垂れた。目だたぬ桑色の着物と紺の細袴に、黒鞘の大小を帯びている。

「ふむ。ご苦労だった」

国包は、材料や道具の散らかった土間の片づけを始めていた。

「千野さまと清順は、いかがいたしましたか」

「ついさっき、若い者同士の喧嘩騒ぎがあった。清順が怪我をしたのだ。主屋で富未たちの介抱を受けておる。清順は強い若衆ゆえ大丈夫だとは思うが、いって見てやれ。子細は千野に訊くといい。おれも喧嘩騒ぎのわけはよく知らん」

「さようでしたか。ならば、清順は富未さまにお任せし、それがしも」

と、十蔵は菅笠と帯びていた大刀をはずして道具を並べた棚におき、国包とともに散らかった古釘などの材料を拾い始めた。

十蔵は拾いながら言った。

「小路へ折れたところで、肥満した巨体の御仁が鍛冶場より出てくるところを見かけました。とり囲んだ人だかりの頭が、その御仁の肩にも届いておらず、その方自身の頭も店の軒より上にありましたので、少々驚きました」

「ふむ。十蔵、今度、芝居を見にいこう。と言うても、四座の大芝居ではないぞ。

宮地に小屋がけをして興行を打っておる小芝居だ。先ほどの巨体の男は、熊太夫という旅芸人の一座の頭《かしら》だ。芝の神明でこの春から小屋がけをしている。おれが見あげるほどの、まさに巨人だった」

「熊太夫一座の頭が、旦那さまにどのようなご用だったのでございますか」

「打刀をひと振り頼まれた。本身のみならず、柄、鍔、鞘、柄頭、鐺、切羽《せっぱ》などの諸金具、下げ緒も含めた拵えまで全部を望んでいたが、拵えまでとなると、本身の倍以上の値になる。江戸に武家の縁者がおり、そのひと振りを縁者を訪ねる折りの手土産にすると言っていた。いかなる筋の縁者か、そこまでは言わなかった。おれも聞かなかった」

「旅芸人が、縁者の江戸の武家に打刀を手土産にですか。武蔵国包の銘を彫った打刀なら、相当の武家に違いありますまい」

「どうかな。それと、今ひとつ頼まれたことがある。ちょっとした頼みだ。だが、当人にはとても重要なことかもしれぬ。もしかしたら、手土産の打刀より大事なことかもしれぬ」

「今ひとつ、何を頼まれたのでございますか」

国包は、火床の炭火を落としにかかった。やがて、

「あとで話す」

と、なぜか間をおいてこたえた。

十蔵には、国包が客の頼み事に当惑を覚えているかのように見えた。

四

京橋南の新両替町《しんりょうがえちょう》は、銀貨鋳造所の役所があったため、銀座《ぎんざ》とも呼ばれていた。

京橋から新橋《しんばし》へ南北に通る銀座大通りの、新両替町一丁目と二丁目の辻《つじ》から西へ、北横町《きたよこちょう》が延びている。南北に通る観世《かんぜ》新道《しんみち》を横ぎった北横町の、北側が南紺屋町《みなみこんやちょう》、南側が弓町で、弓町は弓師の店が甍《いらか》を並べる町である。

往来には、七、八軒の弓師が店をかまえ、中には、何々家御用弓師誰それ、などと屋根看板や軒看板が掲げてある。

その弓町の往来から東へひと筋、観世新道からは西へひと筋はずれた小路に、一戸前国包の鍛冶場は表戸を開いていた。

翌日の午前、鍛冶場では紅蓮の炎をあげる火床で赤く沸《わか》した玉鋼を叩く、熊太夫の依頼を請けた刀作りの下鍛えが、早速、始まっていた。

国包の横座と、向こう槌の千野と清順の、鋼を鍛錬する槌音が、鍛冶場の裏続きにある住まいに聞こえていた。

清順は昨日の怪我を物ともせず、普段と変わらず向こう槌を揮っていた。

住まいを出た十蔵は、鍛冶場の鍛錬の聞き慣れた槌音に安堵《あんど》を覚えつつ、鍛冶場と隣家の板塀との人ひとりがようやく通れる通路を抜けた。

伊地知《いじち》十蔵はこの春、六十三歳になった。刀鍛冶・一戸前国包に仕える奉公人である。老僕と言っていい年ごろだった。だが、白髪でなければ十歳以上は若く見えた。背筋がのび、壮年の俤をまだ十分に留《とど》めている。

清順は、十蔵が四十八のときに生まれた倅である。十蔵が国包の鍛冶場を訪ねたとき、母親を亡くし乳も呑《の》めず泣く力さえ失いかけた三月《みつき》の赤ん坊の清順を、負ぶっていた。そのときから、十蔵は国包に仕え、生まれて三月だった清順は、二つ違いの千野の弟のように一戸前家で育った。

この正月、「清順を元服させねばな」と、国包が十蔵に言った。

国包は、十六歳の精悍《せいかん》な若衆に成長した清順が、父親・十蔵とともに仕える主《あるじ》であり、刀鍛冶の師匠であり、命の恩人であり、清順のもうひとりの父親であった。

あれからそれほどのときがすぎたのか、と十蔵はそのことのほうが驚きだった。

そして、倅を死なせずに済んだことを、つくづくありがたいと思った。

表の小路に出ると、東の空に高く昇った午前の天道が、穏やかな日を小路に降らせていた。小路の先を荒神《こうじん》の松売りの行商が、「松やあ、荒神松ぅ……」と、陽射しの下に間延びした売り声を流していた。

この小路に弓師の店は少なく、塗師《ぬし》や武具馬具師、竹皮を扱う問屋、板木額彫師などが、国包の鍛冶屋と小店《こだな》をつらねていた。

通りかかりの住人が、十蔵に朝の挨拶を投げ、十蔵もそれにこたえる。

十蔵は、毎朝丁寧に月代《さかやき》を剃《そ》って自ら髷を結った白髪に菅笠をかぶった。腰に帯びた二刀のほかに、刀袋に納めた一刀を背に結えている。

「二月ももう晦日《みそか》か」

と呟き、小路を南横町のほうへとった。

弓町と新肴町《しんさかなちょう》との間の南横町の往来を、西へ曲がった。往来は西紺屋町の二丁目と三丁目の間をゆき、お濠端《ほりばた》の河岸通りへ出る。

お濠の対岸は、高い石垣と白い土塀が長々とつらなり、曲輪《くるわ》内西御丸下の幕府幕閣の大名屋敷が建ち並ぶ大名小路《だいみょうこうじ》を囲っていた。土塀より高く、霞を帯びた青空へ松林が枝を伸ばしていた。

お濠は、殆ど波のない濃紺のなめらかな水面《みなも》を見せていた。荷を積んだ一艘《そう》の船がなめらかな水面を乱して通りかかり、曲輪の松の枝から飛《ひ》翔《しょう》する鷺《さぎ》が、一艘の船の周りを舞った。

船が漕《こ》ぎすぎていくお濠の北方に、鍛冶橋《かじばし》の架かる鍛冶橋御門が見えている。

十蔵は鍛冶橋へ背を向け、河岸通りを南へとった。

前方のお濠に数寄屋橋《すきやばし》が架かり、桝形《ますがた》門の数寄屋橋御門に葺いた瓦《かわら》が、日を撥《は》ねかえして銀色に輝いていた。橋の袂《たもと》の数寄屋河岸にはいく艘もの川船が舫《もや》い、河岸場の人足らが、歩み板を往復して、船荷を土手の荷車に積みこんでいた。

その数寄屋河岸に近い河岸通りに、《御刀、脇差《わきざし》拵所《こしらえどころ》》と記した看板を軒下にさげた備後屋《びんごや》が店を開いている。

十蔵が河岸通りをいくにつれ、両引きの表戸が開け放たれた店の、前土間と店の間がだんだん見えてきた。

店の間には、売り物の刀を納めた箪笥《たんす》が三棹《さお》並んでいる。

前土間は折れ曲がりに、店の奥へ通っている。

河岸通りに人通りは多いが、前土間と店の間に客のみならず、店の者の姿もなかった。前土間に入り、

「ごめん」

と、声をかけた。「へえい」とすぐに甲高い声がかえって、折れ曲がりの土間の奥から、備後屋のお仕着せを着けた小僧が小走りに出てきた。

国包の鍛冶場にも、脇差を何本、小太刀を何本と、数をまとめてひと振りの値を安く卸す数打物の催促にくるので、一戸前家の者は顔見知りの小僧だった。

「おいでなさいませ。おや、十蔵さん、お珍しい」

小僧はませた口調で言った。

何かと派手好みな元禄の好景気で、大家の武家では、名の知られた刀工が鍛えた名刀の大小を娘の嫁入道具にした。倅の元服の折りに買い与える打刀にも、名の知られた刀工の高級品が求められた。

刀工・武蔵国包の名が知られるようになったのは、国包が四十をすぎてからである。一昨年の十二月、赤穂《あこう》浪人の吉良《きら》邸襲撃事件が起こって以来、新たに刀を求める士《さむらい》が急に増え、武蔵国包の銘を彫った刀にも、また数打物にも、「もっと早く、もっと増やして」と急《せ》かされるほど、にわか景気に沸いた。

しかし、去年までは赤穂浪人の御霊がどうのこうのと言い触らされていたのが、今年になって急に熱が冷めてにわか景気は収まり、それほど急かされなくはなっていたが、小僧はやはりとき折り、「師匠、まだできませんか」と、ませたにやにや顔を弓町の鍛冶場に見せにくる。

歳は十三、四歳で、このごろ背がのび始め、赤い面皰《にきび》が目だっていた。

「一風《いっぷう》さんは、ご在宅かね」

「主人にご用で、ございますね」

十蔵がわざわざ訪ねてくるのに、主人の一風以外に用があるはずはないが、小僧は勿体《もったい》をつけて念を押した。

と、備後屋の主人・一風が十蔵の声を聞きつけたらしく、店の間の間仕切《まじきり》の腰障子が引かれ、店の間続きの納戸部屋から、狐目の顎の尖《とが》った顔をのぞかせた。

一風は、中背の痩軀《そうく》に紺の長着を着けた上体を横にかしげて言った。

「伊地知さん、ようこそ、おいでなさい」

それから、店の間に出てきて、長着の前身頃を押さえて小股《こまた》のはや足を運び、十蔵の前の畳に坐った。

「師匠のご用でございますのか。伊地知さんがお珍しいですね」

一風は小僧と同じことを言って、愛想笑いを作った。

「さよう。旦那さまの使いです。ご主人にお訊ねしたいことがありましてな」

「ほう。師匠のお訊ねとは、もしかしたら数打物の卸の値段をあげてほしいとか」

わざとらしく、一風はにやにやして言った。

「旦那さまがそう申していたと言えば、値段をあげていただけるのですか」

「よしてください、伊地知さん。お人の悪い。備後屋一風は、いつも師匠にご満足いただけるよう、備後屋の儲《もう》けはあるかないかのぎりぎりの額を、お示ししているのでございますよ。正直な話が……」

「さようでしたか。では、その件は備後屋さんが、正直にぎりぎりの額を提示していると仰《おつしや》っていたと、旦那さまにお伝えしておきます。しかし、本日お訪ねいたした旦那さまのご用は、その件ではありません」

十蔵は背に結えた刀袋をとり、

「これを、備後屋さんに見ていただきたいのです」

と、刀袋を差し出した。

一風は、ほう？　という顔つきに変え、刀袋を両手で受けとった。

「小さ刀でございますね」

刀袋の紐《ひも》を解《ほど》いて小さ刀を出した。

白撚糸の柄や赤漆塗りの鞘をつくづく眺め、つかみ具合などを確かめると、一風は言った。

「丁寧な拵えでございますね。少々派手ですが、鞘の赤漆塗りは艶やかですし、柄頭や鐺の諸金具、本鉄地の鍔の二つ巴紋、柄は本鮫地に純白綿の撚糸巻きと、どれもしっかりと拵えられております。それに茜《あかね》染めの下げ緒も、いかにもきらびやかでございます。身分の高いお嬢さまの、嫁入り道具になりそうな刀に思われます」

それから、薄い唇をゆるませ、狐目をいっそう細めた。

一風が小さ刀をためつすがめつしているのを、土間の小僧が近づいてのぞきこんでいる。一風は小僧に赤漆の鞘に納まった小さ刀を向け、諭すように言った。

「いいか、刀は本身だけではないからな。優れた刀工の鍛えた刃鉄に巧みな職人の拵えがあってこそ、一級の名刀が生まれるんだ。さて、肝心の本身はと……」

鯉口《こいぐち》をきり、一風は鞘をすべらせ、本身を目の前にかざした。

鏡のようななめらかな身幅に、一風の狐目の顔が映った。本身の反対側から小僧が同じように顔を近づけている。

「刃渡りが一尺五寸。反りが五分ほどの丁子乱れ刃紋か。なかなかのでき栄えじゃないか。誰の作だろう」

「誰の作で、ございますかね」

一風と小僧が、本身を挟んで言い合った。

しばらくして、一風は本身を鞘へ静かに納めた。

「拝見いたしました。よいでき栄えの小さ刀でございます。本身の手入れもされております。伊地知さん、これについて師匠は何をお訊ねなのでございますか」

「刀には、銘が彫られております。茎《なかご》に彫った銘は、国包、と読めます。延宝《えんぽう》八年庚申《かのえさる》とありました」

「おや。武蔵国包の銘が彫られているのでございますか。ということは、やはり師匠の鍛えた刀でございましたか。どうりで、よいでき栄えだと思いました。では拵えのほうは……」

言いかけた一風が、再び小さ刀をためつすがめつしていて、不意に、へえ？　と首をひねった。小僧が一風と一緒になって首をひねった。

「延宝八年と申しますと、それは変でございますよ」

一風は唇を小刻みに動かして呟き、指を折って何かを数えた。

「延宝八年は徳川綱吉《とくがわつなよし》さまが第五代将軍にのぼられたころでございますな」

十蔵に念を押すように言った。

「伊地知さん、これは違います。でき栄えはよくとも、偽物《にせもの》です。武蔵国包の作ではありません。よろしいですか。師匠が武蔵国包の銘を彫られるようになったのは、お内儀さまをお迎えになられた翌年か翌々年の、三十歳か三十一歳の貞享《じようきよう》のころでございます。こう申しては自慢たらしいのですが、わたしが師匠に、一戸前国包の渾身《こんしん》の打刀ひと振りを鍛えて、特別値で売り出してみてはいかがですかと、ご提案いたしたのです。その折りに、刀に刻む銘は一戸前国包ではいかにも鄙《ひな》びて力強さに欠けるゆえ、武蔵国包でいきましょう、武蔵国包なら一戸前国包より斬れ味がよさそうでしょうと、師匠の銘もわたしの趣向でございましたから」

一風は、あはは、と自慢げな甲高い笑い声をまき散らし、小僧も愉快そうに笑って声を合わせた。

「それは旦那さまにうかがい、存じておりますとも」

十蔵は平然とかえした。

「わたしと師匠は同い年の、元禄十七年甲申《きのえさる》の今年四十八歳でございます。でございますから、延宝八年庚申は今年から数えて二十四年前。わたしと師匠は二十四歳の若造でございました。しかしながら、そのころはまだ武蔵国包の銘はなかったんです。どころか、師匠が一戸前家と養子縁組をなされ、一戸前国包を名乗られていたかどうかさえ……」

一風は両手で刀をつかんで首をかしげ、小僧も主人を真似てかしげた小首を、どうなんです？　というふうに十蔵へ向けた。

一風は、刀鍛冶の国包が無名のころからのつき合いゆえ、刀工・武蔵国包の才を見出《みいだ》し育てたのは自分だと思っている。御刀の備後屋とは、先代の一戸前兼貞のときから取引が始まっており、国包と一風に、とりたてて言うほどの特別なつき合いがあったのではない。

「まあ、それはあたっていなくもないがな」

国包が苦笑を見せて言うのを、十蔵は聞いている。

「ご主人、茎に彫った銘は、延宝八年庚申　国包、のみにて、武蔵国包ではありませんし、一戸前国包でもありません」

一風は唇を尖らせ、不審の色を濃くした。

「旦那さまが、先代の一戸前兼貞さまと養子縁組を結んで、一戸前家に入られ一戸前国包を名乗られたのは、天和《てんな》二年です。その三年前の二十三歳のとき、旦那さまは先代の通い弟子から住みこみ弟子になられたのです。一戸前国包を名乗られる前は、藤枝《ふじえだ》国包。藤堂《とうどう》家江戸上屋敷勤番の納戸役をお務めの、藤枝国広《くにひろ》さまのご次男です。お父上の藤枝国広さまは、ご実家が代々将軍御側衆《そばしゅう》に仕える二千五百石の旗本・友成《ともなり》家にて、お祖父《じい》さまの友成包蔵《かねぞう》さまのご三男です。国広さまは藤堂家家臣の藤枝家に養子婿に入られ、藤枝家三百石を継がれました。すなわち、代々将軍御側衆の友成家のご当主の友成正之《まさゆき》さまは、旦那さまの従兄《いとこ》であり、先代の友成数之《かずの》助《すけ》さまは、旦那さまの伯父上《おじうえ》にあたるのです」

十蔵が言うと、一風は肩をすくめて目を伏せて小さく頷き、小僧は十蔵が意外な話を始めたので、呆然として見あげていた。

「藤枝家は藤堂家の江戸上屋敷に納戸役として勤番いたし、旦那さまは江戸生まれの江戸育ちです。それがしは慶長の大坂城落城ののち、食扶持《くいぶち》を求めて江戸に流れてきた浪人者の倅にて、旦那さまが物心のつかれる前に、お父上の藤枝国広さまにご奉公を始めたのです。それがしもまだ、若衆のころでした。三つか四つの幼い旦那さまが、藤堂家上屋敷の往来を小天狗《こてんぐ》のごとく俊敏に駆け廻られていた姿を、よく覚えております。童子ながら凜々《りり》しい顔だちに、頭も抜群に良かった。気だては素直で、どなたであれ人が話しかけると、幼い旦那さまは、いいよ、とよくご返事をなされるのです。いいよ、十蔵と。まことに、心地よき響きでした。それがしの耳に、いいよ、十蔵、とご返事をなさっていた旦那さまの幼き声が、今でも甦ってまいります」

十蔵は懐かしそうに、そして少々自慢話を聞かせるように続けた。

一風と小僧は、十蔵の自慢話に戸惑いつつ、仕方なく聞いている。

「それから、童子から少年になられるころのある時期、旦那さまと剣術の稽古もいたしました。木刀を上段に高くとって、真っすぐにひたすら打ちこむ。それがしが受け止める。それだけの稽古でした。ですが、まるで春の若木が萌《も》え出すような、天然のごとくに力をつけていかれる感触が、旦那さまの打ちこみを受け止めたわが腕に残っております。のちに、神田明神《かんだみょうじん》下の神陰流《しんかげ》の大泉《おおいずみ》道場に通われ、十代の半ばにして、師の大泉先生をしのぐ腕前に達しているとの評判が聞こえたときも、それがしは驚きませんでした。旦那さまなら、そうなられるのは当然であろうと、わかっておりましたゆえ。ところが、十七か八のころ、旦那さまは大泉道場の剣術の修行をあっさり捨て、先代の刀工・一戸前兼貞さまの通い弟子になられた。旦那さまの性根には、ただひたすら強くなって剣の道を極める、それだけでは足りない何かが、おありだったのです」

十蔵の自慢話が続くので、一風がわざとらしい咳《せき》払いをした。

いかがなされた、というふうに十蔵に一瞥《いちべつ》され、一風は首をすくめた。

「お父上のお役目替えが決まり、藤枝家は一族を率いて国元へ戻ることが決まったとき、旦那さまはそれを機に、刀鍛冶の修業を続ける強いご意向をお父上にお申し入れになり、藤堂家のお許しも得られましたので、江戸に残って先代・兼貞さまの住みこみ弟子となられたのです。それが、旦那さまは二十三歳の延宝七年にて、天和二年に先代の兼貞さまと養子縁組を結び、一戸前国包を名乗られるまでの足かけ四年の間、すなわち、この小さ刀が作られた延宝八年は、まだ藤枝国包さまなのです。むろん、旦那さまは刀に銘を彫ったのは、備後屋さんが仰ったように、武蔵国包が初めてであって、一戸前国包を継いでからも継ぐ前からも、国包、のみの銘を彫った覚えはないのです。ゆえに、これは別人の国包という名の刀鍛冶の作かもしれぬと、疑いを持っておられます。おそらく、備後屋のご主人が子細をご存じあろうから、この刀が誰の作でどなたへ売られたのかを聞いてくるようにと、申しつかった次第です」

一風は、さらに唇を尖らせ、狐目が落ち着きなく宙を泳がせた。

小僧が十蔵から一風へ面皰面を向け、頷きかけてこたえを促した。

けれども一風は、むむむ、とうめいてこたえなかった。

すると、小僧は間を持たすかのようにませた口調で、また十蔵へ話しかけた。

「では、十蔵さんは藤枝家のご奉公はどうなすったんですか」

「それがしは、お役御免になりました。国元には代々藤枝家に仕える家臣がおり、江戸で召し抱えられたそれがしに、国元でお仕えする役目はなかったのです」

「おやおや、それはお気の毒ですね。藤枝家には、長くお仕えだったんでしょう」

「三十年以上、仕えました」

「三十年以上も仕えた末に、藤枝家が国元に戻るので、これに？」

小僧は指の短い手で刀を真似、首を打つ仕種《しぐさ》をした。

十蔵は、いかにも、と含み笑いをした。と、そのとき不意に、

「そうか。たぶんそうだ。そうかそうか……」

と、一風が十蔵と小僧に独り言を聞かせた。

「とにかく、伊地知さん、あがってください。国包の銘を見てみましょう。わたしの思ったとおりかどうか、確かめてみませんことには。柳吉《りゅうきち》、伊地知さんにお茶をお持ちしておくれ」

柳吉は、「へえい」と声をはずませた。

五

一風は、再び小さ刀を抜いた。慣れた手順で、柄に巻いた純綿の白撚糸、柄頭の金具、目貫《めぬき》、目釘、とはずしていき、それを畳に敷いた毛氈《もうせん》の布地へ並べた。柄木に巻いた鮫皮の、ざらついた表面をなでて言った。

「本物の鮫皮です。さすがに漆は塗っていませんが、いい仕事をしています。侮れません」

それから、柄頭を右手で強くにぎり、左の掌へ軽く打ちあて始めた。一十蔵は一風と向かい合い、着座した膝に両掌をそろえてやや前のめりになり、一風の仕種を見守っていた。

部屋は店の間続きの内証《ないしょう》で、納戸があり、帳簿を積んだ帳場格子に筆入れや煙草盆、小箪笥、葛籠《つづら》や柳行李《やなぎごうり》、角行灯《かくあんどん》、壁の一隅に神棚、備後屋と記した提灯《ちょうちん》、柱に貼った火の用心の札が目についた。明かりとりの格子窓から、狭い裏庭の木漏れ日が射し、間仕切の腰障子にまだら模様の光を落としていた。

歯軋《はぎし》りのように轍《わだち》を軋らせて、荷車がお濠端の往来を引かれていく。

勝手のある通り庭から、茶碗を二つ載せて盆を持った柳吉が、内証の障子戸を引いてあがってきた。

「どうぞ」

柳吉が茶托と碗を十蔵と一風の膝の傍らへおいていると、本身と二つ巴紋の鍔が、金具に触れてかすかな音をたてた。

柳吉は一風の傍らに坐りこみ、好奇心にかられた目つきで見守っている。

「なんだい、柳吉。邪魔だよ。あっちへいってなさい」

一風は、柳吉に尖った顎を刳《しゃく》って見せた。

「ええっ。わたしにも見せてくださいよ。この小さ刀が本物の武蔵国包か偽物か、知りたいじゃありませんか」

「何を言う。半人前のおまえが見て、わかるわけがないだろう」

「わかりますよ。わたしにだって刀の善し悪しぐらい。それに、沢山のいい刀を見ることが刀屋の修業だと、ご主人はいつも仰っているじゃありませんか」

「それとこれとは違う。店の掃除は済んだのかい」

「さっき終りました。そう言いました」

「じゃあ、今やる仕事は店番だ。店番をしていなさい。お客さまがきたら、ちゃんとお迎えして、わたしを呼ぶんだよ」

「わたしの見たても、言わせてくださいよ。お役にたちますよ。ねえ、十蔵さん」

十蔵は知らぬふりをしている。

「いい加減にしなさい。邪魔だから、いった、いった……」

一風が本身を柳吉にかざして、戯れにふって見せた。本身と鍔が、今にも柄からはずれそうにゆれるので、

「何をするんです。危ないじゃありませんか」

と、柳吉はしぶしぶ座を立った。

柳吉が店番に戻っていくと、一風は刃を布でくるんで持ち、本身を抜きとった。赤漆塗りの鞘に柄と縁金《ふちかね》を毛氈に並べ、切羽、二つ巴紋の鍔、切羽、と金具をはずすと、縦にとった本身の茎尻《なかごじり》を指先で支え、目釘穴から茎尻へ彫った銘を、目を細めて読んだ。

「延宝八年庚申国包、と読めます。間違いございません」

一風は刃をくるんだ布を、刃区《はまち》から丁子乱れ刃紋をすべらせ、鋒《きつさき》まで丁寧にぬぐった。それから、本身を毛氈に寝かせて納戸へ立った。納戸に仕舞った何冊かの分厚く古い大福帳の一冊を抜き出し、佇《たたず》んだまま紙面を繰った。

内証にしばらく、紙面を繰る音だけが続いた。

表の往来では、柳吉が通りかかりの住人と、「相模屋《さがみや》のご主人、陽気がよくなりましたね」「そうだね。この分だと、桜もそろそろだね」などと交わす、暇そうな

遣《や》りとりが聞こえた。

「これだ。ありました。そうか。そうだったな」

一風が紙面を睨み、意味ありげに頷いた。そして、大福帳を開いたまま、再び十蔵の前に戻った。

「ありましたか。して……」

十蔵は一風の返事を待った。

「これは、師匠の鍛えた小さ刀に間違いございません。と申しますか、師匠が先代の兼貞さんの住みこみ弟子になってから作った、稽古刀です。備後屋一風、うっかり失念いたしておりました。今、ようやく思い出しました。そうか、もう二十四年もたったのか。師匠もわたしも、二十四歳の若造でした。わたしは、親父さまの下で、備後屋の手代をしていたころでございましたな」

「それがしは剣術で身をたてようと志した者です。目利きとは申しませんが、刀の善し悪しぐらいはわかります。旦那さまは、先代の住みこみ弟子のとき、すでにこれほどの稽古刀を作っておられたのですか。値の張りそうな華麗な拵えにも、まったく見劣りしない」

十蔵は、毛氈に寝かした本身に上体をかがめて見入った。

「でしょう。わたしはそのころから見抜いておりました。師匠は今に、江戸の名の知られた、いや、諸国に名の知られた流派をたてる刀鍛冶になるとです。肥後《ひご》の同田貫《どうだぬき》、伊勢《いせ》の村正《むらまさ》、山城《やましろ》の来《らい》、備前《びぜん》の長船《おさふね》、そういう諸国の名工とともに、武蔵の国包の名が並ぶのでございますよ。と申しましても、武蔵国包の名は、まだ生まれておりませんでしたが」

「ご主人、子細をお聞かせ願います」

十蔵はかがめていた上体を起こし、一風を促した。

一風は、言いにくそうに間をおいた。眉をちぐはぐに歪めて考えた。

「じつは、この小さ刀は、大小二振りそろった差料で、大刀もあるはずですが、そちらはどうなっておるのでございましょうね。もしかしたら、手元不如意のためにこちらを売り払った、とかでしょうか。だとすれば、何かわけがありそうな」

一風は大福帳を見つめて、首を左右にふった。

「刀をお求めになるお侍さま方が、どなたも高価な名刀を購入なさるわけではございません。天下泰平の世でございます。禄《ろく》の低いお侍さま方は、名刀でなくとも斬れさえすればよい、いや、大根も切れない鈍刀であっても、ぱっと見には鞘と柄があり、大小二本がそろっていればよいと、お考えになるのはいたし方ないことでございます。刀は武士の魂でございます。しかし、武士と言えど、刀を抜くことが一生ない方は多いはずです。ひるがえって申せば、魂さえ籠《こも》っておれば、多少形が損なわれていても、鈍刀でも、困りはしないのでございます」

知ったふうに言い、一風は薄笑いを浮かべた。

「そこで、わたしども問屋は、刀鍛冶が作った数打物を何十本でも、中には疵物やひびが入った失敗作でも、またお弟子さんの稽古刀でも、まとめて二駄三駄と荷馬の背に積みこみ、仕入れるのでございます。仕入れた刀は、わたしども問屋が目利きをいたし、選《え》り分け、これは来《らい》、これなら村正でいけるだろう、こっちは正宗《まさむね》、と刀工の名を恰《あたか》も本物であるかのごとく銘を彫り、町の刀屋へ卸したり、そういう物にもならない雑刀は、京橋川端の立売に流したりもいたします。それを刀屋が柄や鞘や鍔などをそれらしく拵え、武士の魂をお求めに見えたお客さまのご要望に、抜けば玉散る誰それの名刀でござい、などとお勧めいたす次第です」

「売られているのは、武士の魂なのですな」

「さようでございます。申すまでもなく、問屋の備後屋でも、武士の魂のご注文に見えたお客さまへ、ひと振り、あるは二振り、と小売りもいたします。先代の一戸前兼貞さまの数打物とて、そのように扱わせていただいており、先代はご承知でございましたよ。名の知られていない刀鍛冶では安い値しかつけられません。いかに名刀であれ、売れてこそなんぼ、でございますから」

「しかし、この小さ刀は国包と、名の知られた刀工の銘ではなく、旦那さまの銘が彫られております。このころの旦那さまは、まだ先代のお弟子でした」

「そこですよ。わが親父さまが、店を継ぐ前の未熟なわたしに申しました。名の知られた刀工の本物の刀を売るのは、並の商人でもできる。しかし、備後屋の亭主が並の商人では務まらぬ。十把ひとからげの数打物で商いをしてこそ、備後屋の亭主に相応しい一流の商人と言える。ひいては、そういう一流の商人の働きがあるからこそ、自由鍛冶も食っていける。そこで、備後屋が江戸市中や近郊の鍛冶場から仕入れた数打物を、親父さまの助けを借りず自分で目利きをし、これはと思うでき栄えの刀を選り分け、名の知られた刀工の銘を入れて売りさばき、儲けを出してみよ、とでございます。むろん、先代の鍛冶場からも数打物を仕入れており、その折り、これもいただきます、と先代の数打物と師匠の稽古刀もひとからげにしておったのでございます。で、親父さまの助けを借りず、初めてわたしが先代の数打物から選り分けた中に、師匠の稽古刀も入っておりました。師匠の稽古刀とは気づかずに選んでいたのですね。初めて選り分けたのですから、覚えております。師匠の稽古刀は、この小さ刀と大刀ひと振りの二刀で、あの国包という若造は、まだ弟子のくせになかなかやる、行末はどんな刀鍛冶になるのだろうと、同じ歳ゆえちょっと妬《ねた》ましかったことを思い出しました」

「まことに。それで?」

十蔵は一風から目を離さず、先を促した。

「正直に申しますと、そういう嫉《ねた》みもあって、親父さまには黙って、来やら村正やら正宗ではなく、国包と銘を彫ったんでございます。どうせ、数打物の値は多少の高低はあっても、数を稼ぐことが肝心ですから、逆に、一本ぐらいは知られておらぬ銘でもかまわぬだろうと、思ったんでございます。卸した刀屋が、国包など知らぬ、ほかの銘にしてくれと文句が出たら、返品されてかまいませんでした。立売になら売れるとわかっておりましたし、物好きなお客さまが来店し、面白い、国包をいただこう、ということもなきにしもあらずと思っておりました。何しろ、刀の作りはよいという自信が、ございましたので」

「物好きなお客が、来店したのですな」

「お見えになりました。まさか、本途にそうなるとは、驚きでしたが」

一風は大福帳の紙面を繰ったり戻したりし、中指を人形を操るように動かして月代をかいたりした。

「卸し先に荷造りしているときでございました。身なりのよい、若いお侍さんがおひとりでご来店になり、新しい差料の大小をご所望でございました。まだ元服前の若衆髷《わかしゅわげ》の色白の容顔に、聞かん気そうな、生意気そうな幼さの残るお侍さんでございました。すでに黒鞘の立派な二刀は帯びておられたものの、ご自分のお小遣いで、名の知られた刀工の差料をお求めにご来店なされたのでございます。どうやら、お仲間にご自分の差料は名の知られた刀工の誰それの業物《わざもの》だと、ご自慢なさりたかったのでございましょうな。お召し物などから、相当、身分の高いお家柄であることはわかりました。さりながら、名の知られた刀工の業物となると、いかに裕福なお家柄でも、年若のお侍さんのお小遣いでどうにかなる金額ではございません。高価すぎてむずかしゅうございます。ならば、わたしは機転を利かせ、名の知られた刀工の若き日の稽古刀なら、これよりも相当お安くお求めいただけますと、わたしが初めて選り分けたでき栄えのよい数打物に、来派の誰やら、村正派、正宗派、あるいは長船派の誰やら、とそれらしく銘を彫った刀をお勧めしたのでございます。お侍さんはだいぶ迷っておられました。ひととおりお勧めして、最後にお見せしたのが、師匠の稽古刀の大刀とこちらの小さ刀でございました。名の知られていない国包の銘では無理だろうなと思いつつ、これは今は無名でも、将来必ず一派を打ちたてる高名な刀工になる若き刀鍛冶の業物です、とお勧めしたところ、なんと、年若のお侍さんはひと目見て、国包にしよう、と即座にお決めになったんでございます」

「ほう。知られた名ではなかったのにですか」

「そうなんで、ございますよ。わたしは自分の見たてが、年若のお侍さんに認められたような気がしましてね。嬉しいではございませんか。伊地知さんもよいでき栄えと思われたように、でき栄えのよい業物は、心ある者が見ればわかるものでございますね。わたしは内心、自分の見たてを自慢に思いました。親父さまが隠居をしても備後屋を自分が継いでいける、と自信を覚えました」

一風は大福帳を傍らにおき、再び小さ刀をとりあげて、本身の艶やかな平地《ひらじ》へ狐目の顔を映して見入った。

「刃こぼれの跡がいっさいありません。一度も使わずとも、お手入れだけはなさっておられたのでございましょうね。大事になさっていた様子が、わかります。赤漆塗りの鞘、二つ巴紋の本鉄地の鍔、純綿白撚糸の柄など、この派手できらびやかな拵えについても、お侍さんのお好みでございました。できるだけきらびやかに、目だたせたいというお考えのようでございました。わたしも若造でしたから、お侍さ

ん の派手好み、遊び心に釣られ、面白くなって調子に乗り、拵えだけでずいぶん高額になりましたが、腕のたつ職人らに特別安値でやらせました。足こそ出なかったものの、本途のところ、師匠の稽古刀の、大刀とこの小さ刀二振りで、儲けは殆どございませんでしたよ。あれからはや、二十四年がたったんでございますか。それがどういう廻り合わせで、再び備後屋に本身も拵えも昔と変わらぬ姿で戻ってくることになったんでございましょうか。若き日が、甦ってくる気がいたします。あの若衆髷のお侍さんに、一体、何があったのでございましょうね」

自分に問いかけるように、一風は呟いた。

「ご主人、二十四年前に、この小さ刀と大刀の差料を売った年若のお侍の名を、お聞かせ願いたい」

「はい。覚えておりますとも。二十四年も前のことですから、差しつかえはございませんでしょう。年若のあのお侍さんの名は……」

六

「旗本・小寺基之《こでらもとゆき》どのか」

国包が繰りかえすと、

「さようでござる」

と、十蔵は応じた。

「家禄四千三百石の旗本・小寺基之どのでござる。ただ今は、幕府書院番頭《しょいんばん》に就いておられると、一風が申しておりました」

国包と十蔵は、座敷の濡れ縁に並んで腰かけ、板塀に囲われた狭い庭に向いていた。板塀ぎわに咲く梅の白い花が、昨日は元気に花弁を開いていたのに、今日は少ししおれて見えた。

板塀ごしに隣家の寄棟の瓦葺屋根が見え、淡く霞《かす》んだ昼の空が屋根の上に広がっていた。小鳥の鳴き声が、隣家より聞こえるのどかな昼だった。

「ふうむ」

国包はうなった。

刀袋に入れた小さ刀を膝においていて、刀袋の上から強くにぎり締めた。

熊太夫の巨大な風貌が、国包の脳裡に訝《いぶか》しくよぎった。

江戸にいる侍の縁者か。

国包は呟き、書院番頭と旅芸人では身分が違いすぎると思った。

「家禄四千三百石の旗本とは、意外だったな。書院番頭は職禄四千石を上廻る大身だ。本家の友成家も小姓組《こしょうぐみ》番頭の名門で、家禄は二千五百石。同じ職禄四千石ながら、書院番頭は小姓組番頭より上席だ」

「はい。書院番も小姓組も将軍のお側に仕える番方ですが、書院番は将軍外出の折りは御駕籠《おかご》の前後を固める役目がありますゆえ、ひと組あて、配下に与力十人と同心十人を抱えております。すなわち、大番組《おおばんぐみ》に次ぐ赫々《かくかく》たる番方の旗本の家柄でござる。そのような旗本が、若侍のころとはいえ、何ゆえ備後屋にひとりで差料を求めて現れたのかと、思うのです」

「訝しいか」

「訝しいというのではありません。ただ、少々引っかかるのです。一風より聞いたところによりますと、小寺家は半蔵《はんぞう》御門を出て、堀端を北へとった堀端一番丁《ほりばたいちばん》に大きな長屋門をかまえ、基之どのが小寺家を継がれたのは、およそ二十年前の、二十歳をすぎて間もないころでござる。代々書院番頭を務める家柄ゆえ、数年を小姓組番頭に就いて、そののち書院番頭に昇任されたようです。いかにも、名門の旗本の進むべき道を、周囲の期待どおりに進まれた様子に見えます。当然、番頭なら名のある刀工の作った差料を帯びるのは、体面上、もっともなことと思われます。元服の折り、ご先祖より伝わる名刀を譲り受けるとか、父親が名工に差料を作らせて倅に与えるとか、それならいかにもあり得ることでござる。さりながら、大身の旗本の元服前の若侍が、供も従えず町家の刀屋にひとりでふらりと現れ、仲間に自慢するために誰ぞ名のある刀工の差料を、それも赤漆の塗鞘に白撚糸の柄の、いかにも目だつ拵えでと所望するのは、まるで、慶長の世の傾き者《かぶきもの》のあらくれが、傾き仲間に異風異相を見せびらかして得意になるような、裕福な武家の倅が、親に隠れて放蕩《ほうとう》をしているかのような、いずれは身分の高い書院番の番頭に就く前途が約束されている名門の旗本の、御曹司らしからぬふる舞いに感じられるのです」

「傾き者か。確かに、名門の旗本の倅には似合わぬな」

国包は苦笑した。

「基之どのが、備後屋に現れたのが二十四年前。およそ二十年前に小寺家を継いで、基之どのの今の歳は……」

「四十歳か四十一歳と、一風は申しております」

「すると、基之どのがこの差料を求めたのは十六、七歳の若侍だ。今は、赫々たる書院番頭でも、若侍のころは案外あらくれだったのかもな」

「十六、七の若衆が、派手な差料を見せびらかして傾き仲間らと遊里通いなどの放蕩に耽《ふけ》っていたのが、嫁とりの話でも出るそれなりの年ごろになれば、若気の至りに気づき、遊里通いなどの放蕩を止め、親の小遣いで隠れて作ったこの派手な差料も、手放す決心をなされたのですかな」

「いかにも、あり得る」

「手放した差料が、廻り廻って、小さ刀だけが熊太夫の手に入った。熊太夫は、江戸のお武家の縁者を訪ねる折りの手土産にするため、旦那さまの打刀を所望なされたのですな。ふむ。熊太夫の江戸の武家の縁者とは、どういう方なのでしょう。この小さ刀とそっくり同じ派手な拵えの大刀を作り、刀工・武蔵国包の大小二振りを手土産になさる存念と、推察できますが……」

十蔵は言いながら、気になる、というふうに首をかしげた。

「まさかと思うのですが、熊太夫さんの言われた江戸のお武家の縁者とは、小寺基之どのでは、ありますまいか」

「考えられなくはない」

「旦那さま、それがしの父親は身分のない浪人者で、奉公先を求めて縁者を頼りに江戸へ出てまいりました。しかしながら、じつのところ、父親は縁者の顔も知らぬし名も知らず、あるかなきかの手がかりを頼りに訪ねましても、縁者らしき人物の痕跡《こんせき》すらない場合が殆どでしてな。つまりは、縁者を頼りにできると、父親が勝手に思いこんでいた。と申しますか、それにすがるしか術《すべ》がなかったのでござる。それがしの父親と同じにはなりません。ですが、熊太夫さんの言われる江戸のお武家の縁者が小寺基之どのだとすれば、それは熊太夫さんの勝手な思いこみかもしれません。書院番頭の旗本・小寺基之どのと旅芸人の熊太夫さんでは、身分がだいぶかけ離れております。わが父親にも、そのようなところがありました」

「それも、考えられる。ともかく、熊太夫は、この小さ刀が誰の差料だったかを知りたがっていた。よって、一風が戯れに彫った国包の銘を頼りに、わが鍛冶場を訪ねてきた。誰の差料であったかを確かめることが、重要なのだと思われる。熊太夫は、この小さ刀を差料にしていた武家が自分の縁者だとははっきりとは言わなかった。曖昧《あいまい》に言っていた。おれも詳しく訊かなかった。熊太夫の勝手な思いこみであれ、あるいは特別な謂《いわ》れを抱えているのであれ、口を挟むことではない。刀鍛冶の仕事は、頼まれた打刀を作ることだからな」

「では、小寺基之どのがお訊ねのお武家だと、お伝えになりますので」

「十蔵は伝えぬほうがいいと、思うのか」

「伝えぬほうがいいと、思うのではありません。ただし、熊太夫さんにそれを伝えて、万が一、小寺家に障りになる事態が起こったなら、旦那さまもその事態に巻きこまれかねません。それが少々心配でござる」

「卑しい旅芸人なら、由緒正しき旗本に迷惑をかけかねんと思うか」

国包は十蔵へ向き、笑いかけた。十蔵は国包の笑みに気づき、

「さようですな。それがしごときが、おのれの身のほどをわきまえず、差し出がましいことを申しました」

と、白髪頭を恥じるようになでた。

「十蔵の懸念はわかるよ。おれも同じ思いだ。十蔵が言ったように、書院番頭の旗本と旅芸人では、身分がかけ離れすぎている。だが、たぶん、この小さ刀は、基之どのが手放してから多くの人を廻《めぐ》った末に、熊太夫の手に入ったのだと思う。どういう謂れがあってこの小さ刀を手に入れたにせよ、若侍だった小寺基之どのとかかり合いはないのではないか。それに、昨日、初めて熊太夫に会って、邪《よこしま》な狙いや意図は感じられなかった。むしろ、親しみを覚えた。懸念にはおよばぬさ。確かに、熊太夫の巨体を見あげると、あの人の周りでは何かが起こりそうな、平穏無事に済みそうにない、妖しげな気配が漂うているがな」

国包は、自分で懸念を口にして、思わず笑った。

「まことに。異界より現れ出《い》でたごとき気配が、熊太夫さんの周りには漂うておりました」

十蔵は、表情をやわらげて言った。だが、束の間、考えてから続けた。

「旦那さま、以前、茅場町の知り合いの読売の話をいたしましたな。覚えておられますか」

「読売屋の話は覚えているよ。清順が生まれる前、茅場町の読売屋の手先と用心棒をかねた仕事をしばらくやっていたと、言ったたな。一昨年、その読売屋にばったりと遇《あ》って、吉良邸討ち入りの盟約を交わした赤穂浪人の名を聞いていた話だろう」

赤穂浪人の吉良邸討ち入りは、一昨年、元禄十五年十二月十五日の未明である。

十蔵は、「さよう」と、真顔を物思わしげに頷かせた。

「読売屋なら、読売種になる雑多な噂や評判を集めておりますから、神明で小屋掛けをしている熊太夫一座の話が少しは聞けると思うのです。あれほどの風貌をした芸人ですから、読売屋が面白がらないはずがありません。これから茅場町に出かけ、熊太夫一座の噂や評判を、読売屋に会って訊ねてまいります」

「やはり心配か」

「歳をとると、つまらぬことが気にかかるのです。年寄の性分ゆえ」

国包と十蔵は眉をひそめて睨み合ったが、すぐに破顔一笑した。

茅場町は、南に山王御旅所《さんのうおたびしょ》と町方の組屋敷地、北側は日本橋《にほんばし》から新堀《しんぼり》をへて永代橋《えいたいばし》の袂で大川《おおかわ》にそそぐ堀、東は亀島町《かめじまちよう》川岸通り、西は山王通りを境にする一帯の町家である。

南北に通る山王通りの北の突きあたりが、鎧《よろい》の渡し場である。

十蔵は楓川《かえでがわ》に架かる海賊橋《かいぞくばし》を坂本町《さかもとちよう》へ渡り、山王通りの辻を東へ横ぎって、茅場町の往来をさらに東へとった。

霞を帯びた春の昼さがりの、淡い青空が広がっていた。

しばらくいって、北へ折れる小路に入った。

小路を半町ほどいった先に、腰高障子を冷たく閉じた読売屋の二階家が見えた。仕舞屋《しもたや》のような素っ気ない店だった。二階の窓格子に日が射している。

十蔵は、表の引違いの腰高障子を引いた。

日あたりの悪い店は薄暗く、昼間から数灯の行灯に火が入っていた。

前土間に沢山の草履が、脱ぎ散らかしてある。

前土間から落縁と小広い店の間が続き、店の間の奥に間仕切の障子戸が引かれたもうひと部屋が見えた。

店の間にも奥の部屋にも、文机《ふづくえ》を並べた男たちが、散らかった読売の束や乱雑に積んだ双紙や書物などの陰へ身を隠すようにして、文机に向かっていた。

店の間の隅のほうで、文机を隣り合わせた男らが、ひそひそ話とくすくす笑いを交わし、奥の部屋に襷《たすき》がけの年配の男が、畳に這《は》いつくばって広げた紙に絵を描いていた。

みな自分の仕事にかかって、前土間に入った十蔵を気にかけなかった。

「申し」

前土間に近い文机の若い男に声をかけた。男は意外そうな関心の薄い目を十蔵に向け、ぶっきらぼうな口調で投げかえしてきた。

「なんだい」

「伊地知十蔵と申します。ご亭主の元《もと》右衛《え》門《もん》さんに、お取次ぎ願いたい」

十蔵は軽く会釈をして言った。

「ご亭主の元右衛門さん？　ああ、親方かい」

男は、筆を持ったまま面倒臭そうに座を立って、店の間の壁ぎわにかけた段梯子《だんばしご》の下へいった。天井の切落口を見あげ、気だるげに呼びかけた。

「親方、お客さんです。伊地知とか仰る、お侍さんですぜ」

店の間と奥の部屋の男たちが、前土間の十蔵へやっと冷やかな目を向けた。

天井に物音がし、亭主の元右衛門が切落口から顔をのぞかせた。

元右衛門は前土間の十蔵を認め、「おや」と会釈を寄こした。着物の前身頃をたぐって段梯子を降りてきた。

「これはこれは、伊地知さん、久しぶりだね。どうしました」

元右衛門は、店の間のあがり端へ前身頃をたぐった恰好のまま進み、くだけた口ぶりで言った。

「お仕事中、申しわけない。ご主人にお訊ねしたいことがあって、お邪魔いたしました。少々、お暇をいただけませんか」

「ほう。あっしに訊ねてえことが。いいですよ、少しなら。散らかってますが、まあ、おあがり」

「よろしければ、出ませんか。そこの蕎麦屋《そばや》で、久しぶりに一杯やりながらというのは、いかがですか」

「うん？　昼間っから一杯やりながら、とは恐いね。お上の法度《はっと》に触れるような裏話を聞きたいとか、そういうのじゃないんでしょうね」

「それがしごとき老いぼれが、今さら、お上の法度に触れるような裏話を聞いたとて、なんの役にもたちません。ある旅芸人の一座のことでお訊ねしたいのです。ご主人なら、噂話や評判などをご存じではなかろうかと、思いましてな」

「旅芸人の一座？」

と、元右衛門は首をひねった。

「じゃあ、ちょいと出ますか。おい、粟田《あわた》へいってるからな。用があったら、声をかけてくれ」

元右衛門は文机に戻った若い男に言い残し、着流しの裾から濃い脛毛《すねげ》を見せて落縁へ降りた。

「いってらっしゃいやし」

男らの声が、元右衛門と十蔵の背中へばらばらとかかった。

小路を北へいき、表茅場町の土手蔵が並ぶ河岸通りに出た。通りには、下り酒や下り塩など下り物の問屋が多く、通りを挟んで、問屋の土手蔵が土塀と瓦屋根をつらねている。土手蔵や河岸場の並びに、縦格子の柵《さく》が大番屋を囲っていた。

河岸場には茶船がいく艘も舫っている。

蕎麦屋の粟田は、鎧の渡し場のほうへ折れてすぐの小店である。昼どきをだいぶ廻って、店は混んでいなかった。

二人は衝立《ついたて》で囲った床にあがり、薄縁の敷物を敷いて向き合った。

連子格子の窓ごしに、人通りの絶えない河岸通りが見える。

二合徳利《どっくり》に、肴《さかな》は小田原《おだわら》蒲鉾《かまぼこ》と座禅豆《ざぜんまめ》、それに沢庵《たくあん》を頼んだ。

二合徳利を三、四本と、〆《しめ》に盛りを一枚かせいぜい二枚食うのが、男二人の「昼間っからの一杯」にちょうどよかった。

「ああ、熊太夫一座ね？　知ってますよ。芝の神明で小屋掛けをして、先だって亡くなった市川団十郎の追悼興行と勝手に幟《のぼり》をたてて客を引き、兵根元曾我の市川団十郎とは似てもつかねえ曾我五郎が登場するという、如何物《いかもの》の一座だね」

元右衛門が手酌で酒をつぎながら、薄笑いになった。

「座頭の熊太夫が、肥満した天を衝く大男ゆえ、熊太夫の巨体だけでも、面白い読売種になりそうですな」

十蔵も手酌で言った。

「初めはね。この世の物とは思えねえでかい身体を物珍しがって、それが評判を呼んで客が小屋につめかけた。けど、宮地に小屋掛けした小芝居でも、肝心の芝居のでき栄えがよくなきゃあ、江戸の目の肥えた客の評判は長続きしねえ。驚くほどの巨体も、見慣れてしまうと、それがどうしたんだい、もっと珍しいのはねえのかい、となっちまう。先だって亡くなった当代一流の歌舞妓役者・市川団十郎だって、あたった芝居もあれば、あたらなかった芝居もあるんだからさ。客が銭を払ってでも観たいと思うぐらい評判を呼ぶってえのは、大変なことなんだ。芝居であれ、ただの見世物であれさ」

元右衛門は丸い鼻に皺《しわ》を寄せ、杯をすすった。十蔵は座禅豆を口に入れ、煮しめた甘辛さを咀嚼《そしやく》した。

「で、伊地知さん。熊太夫一座が、どうしたんです？」

「わが主に、いささかかかり合いができましてな。熊太夫がどういう役者か、どういう一座か、知りたいのです。読売のご主人なら、熊太夫一座の噂や評判をお聞きになっているだろうと、思いましてな」

「伊地知さんの主ってえのは、武蔵国包とかいう刀鍛冶のかい」

「さよう。決して不穏な謂れではありませんので、ご懸念なく。それから、わずかですが、謝礼もいたします」

「いいんですよ。貧乏な伊地知さんの主なら、どうせ貧乏に決まっているでしょう。そんな貧乏な伊地知さんからも主からも、謝礼なんぞいただきやせん。こっちが何か訊きたいときがあったら、聞かせてくれりゃいいですよ。刀鍛冶は読売種になるかもしれませんからね」

元右衛門は、濡れた唇を指先でぬぐった。

十蔵は元右衛門がおいた杯に、徳利を差した。

「熊太夫一座が江戸にきたのは、この二月の初めと聞きました。それがしは、宮地芝居も大芝居も、観たことがありません。熊太夫一座が評判になったかならなかったかどころか、神明で小屋掛けしていたことすら知らなかった」

「伊地知さんはそういう人さ。柄の悪い読売屋の用心棒稼業は、堅物の伊地知さんには似合わなかった。何しろ、人に恨まれようが嫌がられようが、面白おかしく煽《あお》りたてるのが、読売屋の本性だからね」

「いやいや。身体が丈夫なのと、剣が少々遣えるだけの、なんのとり得もないそれがしのような素浪人を使っていただいて、その間は飢えずに済みました。腹いっぱい飯が食えました。あのころそれがしは、すでに四十をすぎており、不甲斐《ふがい》ないことに、物乞い同然のあり様でしたから、助かりました」

元右衛門は、いささか面映《おもは》ゆそうな顔つきを、連子格子の窓ごしの河岸通りへ向けた。人通りを分けて、酒樽《さかだる》を山積みした荷車が、地面に轍を息苦しそうに軋らせてゆきすぎていく。

元右衛門は、荷車を目で追ってまた杯をすすった。

「熊太夫一座が神明に小屋掛けして小芝居の興行を打ったのは、四座の大芝居が正月興行の千秋楽を迎えたすぐあとの、二月になってからさ。うちが熊太夫一座を読売種にしたのは、芝居なんぞどうでもよくって、芝の神明に大化け物現るって感じの、熊太夫の馬鹿でかさを売りにしたんだけどね。その読売は、熊太夫のでかさが物珍しかったから、まあまあ売れた。二度目は、熊太夫はじつは天神さまの妾《めかけ》の子の子孫でと、系図まで作って売り出したところが、これは、悪ふざけもいい加減にしろ、とまったく売れず、散々だったね」

「熊太夫一座の、市川団十郎追悼興行の評判はいかがなので？」

「熊太夫一座は、座頭の熊太夫が団十郎を真似て、団十郎の狂言を舞台にかけるんだが、それを観ている客が気恥ずかしくなるほどひどいもんでね。読売種にもできねえ代物ときた。そもそも、市川団十郎は、三千世界に並びなきと称えられ、荒事の団十郎と評判の役者ながら、狂言作者としても、工《たくみ》神変の如し、と言われる大名人だ。三升屋《みますや》兵庫《ひょうご》の筆名で、源平雷伝記《げんぺいなるかみでんき》、一心五界玉《いっしんごかいのたま》、当世阿国歌舞妓《とうせいおくにかぶき》、景政《かげまさ》雷問答《なるかみもんどう》、出世隅田川《しゅっせすみだがわ》、とほかにも団十郎の仕組んだ名狂言はいくらもある。宮地の小芝居でも、ちゃんと稽古を積んで演じりゃあ、それなりの狂言がかけられるはずさ。ところが、才がねえうえに稽古不足では話にならねえ。鏡餅を重ねたみてえな顔に奇妙奇天烈《きてれつ》な隈どりをして、建てつけの悪い橋掛をぎしぎし鳴らして方二間の小舞台に現れ出て、団十郎気分で大見得をきったところで、客の失笑を買うばかりさ」

「そんなにひどいのでござるか」

「芝居が初めての伊地知さんでも、熊太夫一座のひどさはわかるよ。がきの遊戯といい勝負さ。あっしは、読売屋の仕事だから、我慢して観たけどね」

「では、兵根元曾我も、さぞかし……」

「熊太夫が大の市川団十郎の贔屓で、てめえもいつかは、団十郎のように江戸のみならず上方にまで名が知られ、田舎芝居の立者《たてもの》じゃなく、大芝居の舞台にあがる役者になりてえという思いは伝わってくる。けど、贔屓というだけじゃあ、市川団十郎にはなれねえんだ。頭では市川団十郎の芝居は凄《すげ》えとわかっても、狂言を観るのと演じるのとは、まったく別のことだ。熊太夫の腹に、団十郎の性根は据わっちゃいねえ」

元右衛門は角帯の上にふくらんだ腹を、掌で叩いてみせた。

十蔵は元右衛門の杯に、また酌をした。

「済まねえ。いただくぜ」

元右衛門は杯をあおり、沢庵を指でつまんで口に放りこみ、気分がよさそうに口の中を鳴らした。

「市川団十郎追悼興行と、勝手に幟をたてているんで、もしかして、読売種が見つかるかもしれねえ、と思ったんだけどね。思ったとおりの、あて外れだ。いくら団十郎を真似ても、所詮《しょせん》、真似は真似。旅芸人は所詮、旅芸人でしかねえ。兵根元曾我は、団十郎の自作自演で、元禄十年の中村座で大あたりをとった狂言だ。団十郎演じる曾我五郎が、親の敵の工藤祐経《くどうすけつね》に対面しながら、仇をはらすことができねえてめえの非力を悲しみ悔んで、一心に不動明王の加護を念じ、祈りが通じてたちどころに怪力を授かり、五郎の身体が真っ赤に変身する。そこで団十郎は、赤と墨の隈どりの怒りの形相に変わり、三七日《みなぬか》の荒行を始める。初七日には新鍬七挺を引き裂くわ、二七日《ふたなぬか》には大きな竹を根こそぎ引き抜くわ、三七日《さんしちにち》には石の五輪塔砕くわで、五郎はついに不動明王の分身《ふんじん》になるって寸法さ。つまり、五郎は荒人神の分身となって立ち現れるという、いわゆる神霊事の趣向を仕組んだのが、それまでの荒々しい武者や奴が立ち廻りをする荒武者事とは違う、団十郎の荒事なのさ」

「なるほど。話を聞いているだけでも面白そうでござるな」

「だろう。伊地知さんに生前の市川団十郎の舞台を見せてやりたかったぜ。けど、もう手遅れだ。市川団十郎の舞台は、二度と観ることはできねえ。惜しい役者を亡くした。倅の九蔵《くぞう》が、遠からず二代目市川団十郎を襲名するだろうが、まだ十七歳の若衆さ。どれほどの役者になれるのか、父親譲りの荒事芸をどこまで継承できるのか、先のことはわかりゃしねえ」

「熊太夫の曾我五郎には、団十郎の性根が据わってはいないのですな」

「五郎は御霊に通じる。だから、生身の団十郎が舞台の上で、不動明王に分身し、示現するのさ。不動だけじゃねえ。関羽《かんう》、鍾馗《しょうき》、竜神、みなが普段から信ずる神仏が舞台に示現して見得をきる。客は威光に打たれ、ありがたやありがたやと、こぞって賽銭《さいせん》を団十郎の舞台へ投げる。けど、熊太夫の五郎に投げられるのは失笑ばかりだ。例えばな、荒事をどたばたと演じながらの台詞《せりふ》が、太った身体をゆらして息継ぎが忙しいもんだから、術なさそうに見えて気の毒になっちまう」

元右衛門は、熊太夫の舞台を思い出したかのように、鼻先で笑った。

「化粧や所作をそっくり真似たつもりでも、腹の底の性根は真似られねえし、その才もねえ。この世の物とも思えねえほど身体がでかくたって、この世の物とも思えねえ威光が具わっているわけじゃねえ。市川団十郎が亡くなったのをあてこんだ追悼興行が、尻すぼみのはずれになるのはわかっていた。小芝居の客にだってわかるさ。あっしがいったときも、小屋はがらがら。客の数は、十本の指に余ったぜ」

「追悼興行は続いておるのですな」

「そのうち、小屋を畳んで逃げ出すのが落ちさ」

「それで、どうやってやっていけるのですかな」

十蔵は目を落とし、首をひねった。

元右衛門は杯を舐《な》める手を止め、上目遣いに十蔵の様子をのぞき見た。

「本途に、伊地知さんはそういうことに疎いんだね」

「はあ？　ええ、まあ疎いですな」

「旅芸人の一座にかかわらず、大芝居の役者の間でも、よくあることさ。役者が贔屓の客と懇ろになるのは、珍しいことじゃねえ。女だけじゃねえよ。若道だってあたり前だ。市村座や中村座のある葺屋町や堺町《さかいちょう》に近い芳町《よしちょう》新道、森田座や山村座の木挽町《こびきちょう》、湯島《ゆしま》天神、麴町《こうじまち》天神、神田の花房町《はなぶさちょう》、熊太夫一座が小屋掛けをしている芝神明にも陰間《かげま》茶屋がある。聞いたことぐらい、あるだろう。伊地知さんに、そういうお好みはねえかい」

「知ってはいます。しかし、それがしはあまり……」

元右衛門は笑っている。

「芳町には百人以上は陰間がいるからね。中から、舞台にあがるのもいる。舞台子《ぶたいこ》とか色子《いろこ》とかと呼ばれて、本物の役者になる舞台子もいるんだぜ。そんなことは読売種にもならねえから、どうでもいいけどね。早い話が、熊太夫一座は、主な稼ぎは陰間のおつとめ代なんだ。わかるだろう。熊太夫と一座の役者たちが小屋の舞台に立って、品定めをした客の求めに応じて茶屋へ出かけ、客を喜ばせておつとめ代をいただく。おつとめが大事だから、芝居の稽古なんぞやってる暇はねえし、おつとめがあるから、ろくな芝居のできねえ一座が旅から旅へと諸国を廻っていける。旅芸人の一座にありがちな事情さ」

元右衛門は、手酌でつぎながら言った。

「熊太夫は舞台じゃへぼだが、そっちのほうは遣り手でね。一座の若い衆を、しっかりつとめるんだよとあれこれ差配して、熊太夫自身もちゃんとおつとめを果たしているそうだ。そっちのほうでは、熊太夫はかげま団十郎、とも呼ばれているんだと。伊地知さんが知るわけねえよな」

「ほう、かげま団十郎と……」

十蔵は、しばしの間をおいて言った。

「熊太夫は、どういう素性の者なのですか。生国とか、親とか親類縁者とか」

「生憎《あいにく》、熊太夫の素性まではわからねえ。旅芸人の素性なんぞ、どうせろくなもんじゃねえし、読売種にはならねえからさ。熊太夫の素性が知りてえなら、調べましょうか。たぶん、伊地知さんの知りてえことぐらいは、わかると思いますよ。ただし、それなりのお足がかかりますがね」

「いや、そこまではけっこうでござる」

十蔵がこたえると、元右衛門は窓ごしに河岸通りを眺め、つまらなさそうに杯をあおった。

七

その夜更け、芝は神明門前の往来をきた熊太夫と、熊太夫の傍らに小走りで従う豆吉が、神前町と門前町の境の神明参道へ折れて木戸門をくぐったとき、

「熊太夫」

と、野太い声に呼び止められた。

熊太夫は歩みを止め、声のする前方へ提灯を向けた。すると、参道の数間先にたむろしているいくつかの人影が、草履を鳴らして近づいてくるのが認められた。熊

太夫は、影の人相を確かめるように、手にしていた提灯を高くかざした。

人影は、四、五人の着流しの男らで、中に門前町のどこかで見かけた覚えのある顔があった。だが、誰かは知らなかった。

「誰？」

熊太夫は質したが、草履の音がこたえただけだった。

「熊太夫。後ろに……」

傍らの豆吉が、羽織の袖を引いた。

提灯をふり向けると、参道の木戸門からも、着流しの男らが三人、四人と、怪しげな気配でくぐってきて、熊太夫と豆吉の後ろをふさぐ恰好になった。

男らは、どれも見たことがあるようなないような顔つきだった。若いのから、月代を伸ばし、無精髭《ひげ》が汚らしい中年の年ごろもいた。

「嫌だね。豆吉、後ろを用心しているんだよ」

熊太夫は小声で言い、前方の男らのほうへ見かえった。

四人の男が前をふさいで立ち並び、ひとりが熊太夫をまじまじと見あげて、「でけえな」と口にした。

南側の神前町も北側の門前町も、参道に面した店は板戸を閉じて寝静まっている刻限である。町家を覆う夜空に、ちらほらと星が瞬《またた》いていた。

「なんだい、あんたたち。この夜更けに、あっしに用なのかい」

熊太夫は艶めいた口調で言い、再びゆっくりと歩み出した。

と、それを阻むように、四人の後ろからもうひとり、肉づきのいい大柄な男が怠《だる》そうに草履を鳴らして進み出てきた。

「用があるのはおれだ」

男は腹の下に締めた角帯に両手を差し、一歩進むごとに肩をゆすった。

「熊太夫、おつとめの戻りかい。毎晩、忙しいこったな」

「おや。沢太郎《さわたろう》親分でしたか。どうりで、お見かけした方がいらっしゃると思いました。みなさん、親分のお身内なんですね」

熊太夫は、沢太郎の尖った眼差しを受け流し、前後の男らを見廻した。みな、険しい眼差しをまばたきもさせなかった。

沢太郎は、神明門茶屋町界隈《かいわい》で稼ぐ陰間を差配し、陰間と客や茶屋での様々なもめ事、喧嘩沙汰《ざた》などの埒《らち》を明けるし、奉行所へも茶屋町の首代として出かけるなど、岡場所の店頭のような役回りを果たしている口利きだった。

その口銭に、陰間茶屋から陰間ひとりにつき一日四文を稼ぎにし、門前町の沢太郎親分の名は、界隈では知られていた。

沢太郎は暗い参道に草履を擦り、頬を引き攣《つ》らせて言った。

「盛んなおつとめを欠かさず、よく身が持つもんだなと感心するぜ。いくらその鏡餅みてえなでけえ図体《ずうたい》でも、そう毎晩毎晩じゃあ、くたびれねえかと心配になるほどさ。身体があってのおつとめだ。そうあくせくせず、てめえの身体をちったあいたわってやったらどうだい」

「お気遣い恐れ入ります。でもね、沢太郎親分。あっしら、しがない役者ですから、ご贔屓にお声をかけていただいたら、ありがたくお招きに応じるのも修業なんです。くたびれたからって自分を甘やかして怠けていたら、ご贔屓のご機嫌を損ねて、愛想をつかされちゃいますからね」

「笑わせせんじゃねえ。てめえらのどこが役者なんだ。ひと座敷なんぼのおつとめのどこが修業でえ。市川団十郎追悼興行とかなんとか、ふざけた幟を勝手にたてやがって、呆《あき》れるぜ。まともな芝居もできねえ肥溜臭《こえだめくせ》え田舎者が、そのふくれ面で団十郎を真似ても、臭くって観ちゃいられねえんだ。猿芝居の猿でも、てめえよりもうちったあ団十郎を上手《うま》く真似るぜ。熊太夫、みんな知ってるぜ。てめえだってわかっているだろう。熊太夫一座は、てめえのでけえ図体が見世物になってるだけだってな。おめえらもわかってるな」

沢太郎が周りの手下らを見廻した。手下らは頷き合い、そこかしこから低い嘲《ちょう》笑《しょう》を熊太夫へ投げつけた。

熊太夫は、黙然と提灯をかざして沢太郎を照らしていた。

傍らの豆吉は、熊太夫が貶《おとし》められたことが悔しそうに顔をしかめ、才槌頭をふり動かして手下らを睨みあげた。

手下らの嘲笑が静まったところで、熊太夫は言った。

「沢太郎親分、で、ご用はなんですか。明日も舞台がありますので、手短にお願いいたします」

「明日も舞台だと？　どうせ、熊太夫一座の芝居をまともに観る客なんぞ、きやしねえよ。今日はどいつにするか、好みの相手を探しにきてる客ばかりだろう。それを、座頭のてめえが間にたって、おつとめ代やらなんやらと、客と交渉するだけじゃねえか。中には、てめえの鏡餅みてえな身体にぎゅうぎゅう言わされてえという、物好きな客もいるしな」

「親分、どういう狙いで芝居小屋にこられようと、ちゃんと木戸銭を払って熊太夫一座の芝居を観てくださるお客さまは、お客さまに変わりはありませんから。一座の若い者には、いつも言い聞かせているんですよ。あっしら役者は、仮令《たとえ》、たったひとりしかお客さまが入っていなくても、懸命に舞台を務めなきゃいけない。大事なお客さまを、えり好みをしちゃあいけないってね」

するとと、手下のひとりがわざとらしく噴き出した。

熊太夫は、手下へ顔を向けて言い添えた。

「おかしいかい。いいよ。好きなだけお笑い。あんたはあんた。あっしらはあっしら。誰でも、自分の好きに生きたらいいんだからね」

「そうはいかねえんだ。てめえが好きに生きたら、周りに迷惑がかかるってこともあるんだ。そこをわきまえなきゃあな」

沢太郎が、どすをきかせて言った。

「周りに迷惑って、なんのことですか」

「てめえらのせいで、馴染《なじ》みの客を失くして泣いてる陰間がいるんだ。それもひとりや二人じゃねえ。おれの面倒を見てるのが大勢、てめえらに稼ぎをかすめとられた、鳶《とんび》に油揚をさらわれたみてえだ、なんとかしてくだせえと、泣きつかれてよ。そういうことなら、見すごすわけにいかねえだろう」

「なんですか。それが迷惑だから、あっしらにご贔屓のお招きを断れって仰るんですか。そんなことできませんよ。さっき親分が仰ったじゃありませんか。ひと座敷なんぼのおっとめのどこが修業でえって。そうなんですよ。あっしら、芝居じゃ食ってけないんですよ。てめえらのどこが役者なんだと仰ったとおり、あっしら、へぼ役者ですから、役者じゃ食ってけませんから、それはできません。お断りいたします。悪しからず」

熊太夫が巨体をゆらし、手にした提灯が大きく上下した。

傍らの豆吉が、才槌頭を懸命に頷かせた。

「だから、いいんだよ。てめえらは、これまでどおりおっとめをしてかまわねえんだよ。ただし、てめえらに稼ぎをかすめとられて泣きを見てる同業者のためによ、てめえらのおっとめ代の半分を、廻してやってほしいのさ。そうしたほうがあとくされの心配がなくて、すっきりするだろう。これまでの分は大目に見てやる。今夜の分からでいい。毎朝、うちの若い者を小屋へいかせるから、前夜のおっとめ代の半分、てめえとてめえの抱えている若い衆の六人分。そっちのちびの分は、まあ、いいだろう。そいつを納めてくれるかい。納めた金額の書付はちゃんとわたす。わかったかい。簡単だろう」

「あのね、沢太郎親分。もう言いました。それはできません。あっしら役者は、宮地の小芝居であれ、四座の大芝居であれ、支配の親方がいるんです。神明の境内で小屋掛けするについては、親方のお許しを得て、納める物は納めたうえで、小屋掛けをしているんです。それから、名主さま、町役人さんからは興行を打つさいの決まり事やしきたりのお指図を受け、界隈の顔役さんにもご挨拶にうかがって、あっしら役者の頭数、それから興行予定の日数を勘定して、お世話になる礼金も前もって納めています。今になって、親分さんがそのほかにまだ納めろと仰るなら、支配の親方なり顔役さんを通してくださいな。親方なり顔役さんがそうしろと仰るなら、仕方がないから納めますけど、今ここで勝手にそれを承知したら、却《かえ》って、親方や顔役さんの顔を潰《つぶ》すことになるじゃありませんか」

「そうじゃねえんだ。わからねえ野郎だな。それはてめえらの小屋掛けの芝居のことだ。おれが言ってるのは、芝居じゃねえおつとめのことだ。芝居は芝居。おつとめはおつとめだろう」

「そんなこと、聞いたことがありませんよ。役者がその日の舞台が跳ねたあと、ご贔屓のお招きのお座敷などをつとめるのは、役者としてのあたり前の仕事です。おつとめがどのようになるかは、ご贔屓次第なんです。だから、それも役者の修業なんです。大芝居の役者だって、あっしら小芝居の役者だって同じです。芝居もおつとめも、役者の仕事です。区別なんてありませんから」

沢太郎の顔つきが、怒りに歪み始めた。いっそう声を低くして言った。

「熊太夫、呑みこみが悪すぎるぜ。どこにだって日のあたらねえ路地はあるんだ。それが世間というもんだ。路地には路地の決まり事があって、路地で稼ぐときは、路地の世話役に口銭を納めるのはあたり前じゃねえのか。そういうことは、路地ごとの相対で決めるもんだ。それぐらいのことがわからなきゃあ、一座の座頭は務まらねえぜ。それとも、図体がでかすぎて知恵が廻らねえのかい。よし、わかった。簡単に話がつくかと思ったが、そうはいかねえようだ。こんな夜更けにだらだらと立ち話をするのも、ご近所さんに迷惑だ。ちょいと顔貸せ。噛《か》みくだいて道理を説いてやる。きな」

と、沢太郎の草履が参道に擦れた。

熊太夫と豆吉は動かなかった。くそ、と豆吉が吐き捨てた。

「おら、いかねえか。いったいいった」

後ろのひとりが、熊太夫の黄丹の長羽織の背中を乱暴に突いた。

だが、熊太夫はびくともしなかった。

男は、「この野郎」と熊太夫の背中を押しながら、羽織の裾を蹴った。

「ぐずぐずするな。聞き分けのねえ。提灯はおれが持ってやる。貸しな」

後ろのもうひとりが、熊太夫の太い腕をからめとった。

すると、熊太夫のふっくら白く艶やかな肌が見る見る紅潮していき、冷やかだった目を大きく見開いて、腕をからめとった男へ激しい憤怒《ふんぬ》を露わにした。

一瞬、男は凄《すさ》まじい怒りに怯《ひる》んだ。

熊太夫の甲高い声が、夜の帳《とばり》を引き裂いた。

「何すんのっ」

提灯が参道に落ち、炎がゆらめいた途端、ふり払った腕が、男を三間ほど後方の参道の木戸門まで払い飛ばした。男の身体が、門柱に叩きつけられてはじきかえされ、参道に四肢を投げ出して薄縁のようになった。

そのまま、熊太夫は背中を押していた男の手首をにぎり、瞬時もおかず、小旗をふるように左右にひと廻しすると、男の腕が乾いた音をたてて、肩のつけ根あたりで背中につくほど折れ曲がった。

男は悲鳴をあげ、腕を抱えて横転し、苦痛に喚きながら転がり廻った。

「てめえ、逆らう、う……」

咄嗟に熊太夫はふりかえり、太く長い腕を伸ばして、沢太郎の顔面を分厚い掌で押し包んだ。掌は沢太郎の脂ぎった顔を仮面のように覆いつくした。

声が途ぎれたばかりか、沢太郎は息もできなくなった。

指に力が籠められ、掌の中で顔面の骨が悲鳴をあげた。

沢太郎は声も出せず、熊太夫の腕に両手をからませ、足をばたつかせた。

参道に落ちた提灯が燃え出した。炎は沢太郎を照らし、手足の影がおどけているかのように躍った。

「くたばりやがれ、化け物が」

傍らの手下が、懐に呑んでいた匕首《あいくち》を引き抜き、熊太夫の懐に飛びこんで脾腹《ひばら》へ突き入れた。

「ああ、熊太夫」

豆吉が叫んだ。

しかし、熊太夫は何事もないかのように男の喉首《のどくび》を反対の掌で鷲《わし》づかみにして、瞬時にひねった。男の首が鈍く鳴って折れ曲がり、白目を剝《む》いて木偶《でく》のように片側へ頭を力なく垂らした。熊太夫の脾腹へ匕首を残し、膝を折ってへたりこんだ。それから身体を布のように折り畳んで俯せた。

それを見た前の三人と後ろの二人は、血相を変えて匕首を抜き放ち、熊太夫へ一斉に襲いかかった。

「殺《や》っちまえ」

喚いた前のひとりの足を、豆吉の短い足が横から払った。

「あっとっと」

と、男は堪らず前のめりに転倒した。

すかさず、熊太夫はほかの二人へ顔面を掌で覆った沢太郎の身体を突き飛ばし、ぐったりした沢太郎の身体と二人がもつれ合い、参道端の店の板戸へ倒れかかった隙に、前のめりに転倒した男のうなじを、石臼《いしうす》のような足で踏みつけた。

男は踏みつけられ、鳥の声に似た短い絶叫を響かせた。手足が細かく震え、すぐに静かになった。だが、そのとき熊太夫は、後ろの二人に背中を斬られていた。

「あんたたちっ」

ふり向きざま、熊太夫を唖然と見あげる二人を、左へひとふり、右へひとふりと両腕をうならせて張り飛ばした。

二人は声もなかった。

ひとりは横向きに頭をかしげた恰好で、神前町の店の板戸にぶつかって押し倒し、暗い前土間に突っこんだ。もうひとりは落ち葉のように手足をひらひらさせて吹き飛び、門前町側の店の板戸へ頭から衝突して突き破った。

沢太郎は店の軒下に、力なく仰のけになって動かなかった。参道に落ちて燃えつきかけた提灯の炎が、沢太郎の仰向きの顔を、気色の悪い土色に照らしていた。

無疵の二人の手下は、沢太郎の傍らにかがみ、親分、親分、と声をかけつつ、熊太夫へ怯《おび》えた目を投げていた。

近所の飼い犬が、騒ぎに気づいて盛んに吠《ほ》えていた。

参道の両店の戸が開き、明かりを手にした住人らが、あちらからもこちらからも顔をのぞかせ、恐る恐る様子をうかがった。

か細いすすり泣きと、苦しげなうめき声が、参道を這うように聞こえていた。転がった男らの中には、痛みに震えてのた打っている者も見えた。

「ご町内のみなさん。夜分お騒がせいたしやした。こちらはこの先の神明境内におきやして小屋をかけておりやす熊太夫一座の座頭・熊太夫と、あっしは一座の世話役の豆吉でございやす。今宵《こよい》、ご贔屓のお客さまのお座敷をつとめの戻り道に、こちらの参道に通りかかりましたところ、この者らが束になって強請《ゆす》りまがいのふる舞いを仕かけてまいりやした。それを拒みましたところ、乱暴狼藉《ろうぜき》に及び、やむを得ず太夫とあっしが防いだもので、決してあっしらが仕かけたんじゃあございやせん。何とぞ、町役人さんをお呼び願いやす」

豆吉が、不審そうにざわめきながら参道へ出てきた住人へ、声を張りあげた。

犬が吠え続け、赤ん坊の泣き声も聞こえてきた。

「ご覧のように、こいつらが匕首をふり廻して、素手のあっしらに襲ってきたんでございやす」

豆吉は、倒れた男らが落とした匕首を住人にわかるように指差し、

「あの二人も匕首を持っておりやす。気をつけてくだせえ」

と、沢太郎の傍らにかがんだ二人の手下へ指先を向けた。

二人は拙《まず》いことになったと気づいて、沢太郎や仲間をおき去りにして、慌てて走り去っていった。

「ご町内のみなさん、このとおり、太夫は怪我を負わされておりやす。急いで神明の小屋へ戻り、疵の手あてをいたしやす。あっしら、逃げも隠れもいたしやせん。お調べは小屋でお受けいたしやす、それも、町役人さんにお伝え願いやす」

豆吉は言った。そして、

「熊太夫、このまま戻るかい。まず、そいつを抜くかい。抜くと血が出るぜ」

と、心配そうに熊太夫の脾腹に突きたった匕首をのぞき、それから熊太夫をふり

仰いだ。

「これしき、蚊に刺されたようなもんさ」

熊太夫は平然と言い捨て、匕首のにぎりを自分でつかみ、わずかに眉間《みけん》にしわをよせて、静かに抜きとった。

黄丹の羽織に血の染みが広がるのを、豆吉は両手で虚《むな》しく押さえた。

住人らの灯《とも》す明かりが、熊太夫の怒りで真っ赤に燃えた顔面を光と影で隈どっていたが、やがて怒りは鎮まって、熊太夫は、鏡餅のようななめらかな白くふっくらとした相貌に戻っていた。

「いくよ」

熊太夫は匕首を捨て、傍らの豆吉の肩に手を乗せた。

二人は神明の鳥居のほうへと、参道を戻っていった。黄丹の羽織の背中にも、二筋の刀疵が走り、赤い血の筋が文様に見えた。犬が吠え、参道に転がる男らがうめき、赤ん坊の子猫のような弱々しい泣き声が続いている。

店から出てきた住人は、道端によけ、天を衝く巨体と、その脇腹の高さほどの小男が平然と立ち去る様を、結界を破り現れた魔物に怯えたように、神威に打たれ畏れ入ったかのように、言葉を失って見送っていた。

第二章　旅芸人

一

桜の蕾《つぼみ》がほころび始めていた。

国包の鍛冶《かじ》場では、古釘《くぎ》、火縄銃、古鎧《よろい》、古薬研《やげん》などの古鉄《ふるがね》を卸し、玉鋼と同じ、古鉄を真っ赤に沸《わか》して不純物を叩《たた》き出す、折りかえし鍛錬に入っている。

古鉄は玉鋼より不純物が多く、折りかえし鍛錬を玉鋼の二倍から三倍の数を繰りかえし、鉄の量が初めの一割余になるまで不純物を叩き出さなければならない。そうすることによって、劇甚な衝撃に耐え、撓《しな》る力が格段に増し、折れにくく曲がりにくい良質の刃鉄《はがね》ができあがる。

それから、鍛錬した玉鋼と古鉄の刃鉄をひと塊にする上げ鍛えをして、斬れ味だけではない艶《つや》やかさを、刃鉄の肌に出すのだ。

この古鉄の折りかえし鍛錬は、三日目と四日目をかけてやる。

早朝から、鍛冶場には横座と向こう槌《づち》の鍛錬の槌音が鳴り響いた。

赤い鉄が鍛えられて怒りを鎮めて黒ずむと、松炭の熾《おこ》る火床に差し入れ、ふいごの把手《とって》を押し引きして、風を送った。噴きあがる炎の中で、刃鉄が赤く沸きたつころ合いを見計らい、風を送る加減を調節する。

国包は、ゆっくりと、ときには早く、把手を押したり引いたりした。

かげま団十郎か……

と、国包の脳裡《のうり》を熊太夫の巨体がかすめた。

十蔵の話を聞いて、むしろ、国包は小寺基之の子細が気にかかり始めていた。

基之は、二十四年前の十代の若衆のころ、赤漆塗りの鞘《さや》に白撚糸《ねんし》の柄《つか》と二つ巴《どもえ》紋の鍔《つば》の大小を帯び、どこへ出かけていたのだろう、と国包は考えた。

将軍の御側近くに仕える書院番衆に、朱鞘に白柄の佩刀《はいとう》が似つかわしくないことは明らかだった。大身の旗本の家柄と役目に相応《ふさわ》しい名のある刀工の佩刀は、遅くとも元服の折りに父親より与えられるはずである。

にもかかわらず、おそらくは、基之は親にも知られぬように、国包の稽古《けいこ》刀の大年若い仲間と徒党を組み、まるで慶長の世の傾《かぶ》き者《もの》のように、酒と女の盛り場や遊里に出かけ、享楽に耽溺《たんでき》した日々があったのかもしれない。自由寛闊《かんかつ》を謳歌《おうか》し、親にも知られぬように、それを腰に帯びて、小を買い求め、派手派手しく拵《こしら》えた。

いや、あったに違いない。年若い侍に、そういう場所やときがあっても不思議ではない。国包にはそう思えてならなかった。

やがて、基之に小寺家の家督を継ぎ、書院番衆として将軍御側に仕えるときがきた。御城にあがらなければならない年ごろとなった基之は、遊蕩《ゆうとう》仲間らとはいつしか疎遠になり、その場所へはもう出かけることはなかった。

基之は、盛り場や遊里に出かける折りに帯びていた、本鮫《さめ》地に純綿白撚糸を巻いた柄に本鉄地に二つ巴紋の鍔、赤漆塗りの鞘が艶やかな光沢を放ち、鐺《こじり》や柄頭《つかがしら》の金具も見事な拵えの国包の二刀を、若き日の思い出とともに箪笥《たんす》の奥に仕舞い、再びとり出すことのない日々を送るはずだった。

だが、基之は箪笥の奥に仕舞いこまなかった。国包の二刀を、誰かに譲りわたした。それが廻《めぐ》り廻って、小さ刀のみが熊太夫の手にわたった。

基之はなぜ、それを箪笥の奥に仕舞いこまず、誰かに譲りわたしたのだ。

どういう経緯《いきさつ》で、熊太夫はそれを手にしたのだ。

熊太夫は、この小さ刀が人から人へと廻り廻ったうちの、誰を知りたいのだろう。その誰かが、熊太夫の言う江戸の縁者の武家なのか。

だとすれば、やはり……

と国包は考え続けた。

しかし、旅芸人の熊太夫と書院番衆の旗本、基之の身分のかけ離れた二人に、偶然、国包の作った小さ刀を手に入れたということ以外に、かかり合いがあるとは思えなかった。

それでいて、派手派手しい装いを凝らし、盛り場に遊蕩する若侍の俤《おもかげ》が脳裡をかすめ、国包は胸騒ぎを覚えた。国包自身に、とうに消えたおのれの若き日の俤が甦《よみがえ》り、他人事《ひとごと》とは思えぬからだった。

確かめたい、と思った。

国包は火床から赤く沸いた刃鉄を抜き出し、金床に寝かせて槌を揮《ふる》った。千野と清順の向こう槌が横座に続き、火花を散らした。

やめておけ。おまえにかかり合いのないことだ。

国包は自分に言い聞かせた。槌を揮い、火花をまた飛沫のように散らした。

葛飾《かつしか》郡の下平井《しもひらい》村から小松《こまつ》村をへて、上今井《かみいまい》で江戸川を越え、本行徳《ぎょうとく》、海神《かいじん》をすぎ、佐倉《さくら》道あるいは上総《かずさ》道へ向かう往還が通っている。

同じ日、吾妻《あづま》大権現を祀《まつ》った向島《むこうじま》小村井《おむらい》村から下平井村へ、中川《なかがわ》を渡す平井の渡しの船客に、熊太夫と豆吉の姿があった。

熊太夫は、紺羽織の下に紺の単衣《ひとえ》を尻端折《しりはしょ》りにして、特別誂《あつら》えの手甲脚絆《きやはん》、黒足《た》袋《び》草鞋《わらじ》履きに拵え、飾り物のように小さな菅笠《すげがさ》をかぶって、

「お客さんは重みが片寄らねえように、胴船梁《どうふなばり》にかけてくだせえ」

と、船人足に指示され、渡船の真ん中に鎮座していた。熊太夫の鎮座した姿は、葛飾のどこかの寺に運ぶ仏像を渡船に乗せているかのようだった。

傍らの胴船梁の下に、熊太夫の立てた太い足と同じぐらいの豆吉が、これは身体に比べて大きな菅笠を才槌《さいづち》頭にかぶり、春ののどかな川風に吹かれていた。

豆吉も手甲脚絆に草鞋に尻端折りをした旅姿で、小葛籠《つづら》の荷物を風呂敷《ふろしき》でくるみ、肩にかついでいた。

中川の土手並木のところどころに桜の木が見えるが、薄紅色の花が目だつには、まだ早すぎた。春の霞《かすみ》を帯びた青空は、白い雲をぽっかりと浮かべ、葛西《かさい》三万石と

伝えられる葛飾郡の野を覆っていた。

川鳥の声が、水辺や土手の木々の間に聞こえた。

胴船梁の後ろの船客が、「大きいね」「本途に、前が見えないね」と、ひそひそ声を交わし、舳《へさき》のほうの手拭《てぬぐい》を姉さんかぶりにした母親に連れられた三、四歳の童女が、熊太夫の大きな身体を凝《じ》っと見あげ、不思議そうに目を丸くしていた。

熊太夫は、対岸の葛飾郡の彼方《かなた》へ漫然と投げていた目を童女に向け、白く丸い相《そう》貌《ぼう》を、に、とゆるめた。

童女は吃驚《びっくり》して、母親の懐に隠れた。

母親は童女が何に驚いたのかがすぐにわかり、笑みを浮かべた横顔を後ろの熊太夫へ見せ、すみませんね、というふうに細い首をかしげさせた。

「いいんですよ」

と、熊太夫は母親の肩からなおも恐々とのぞく童女へ笑いかけ、また、心地よさそうに対岸の野と空を見やった。

下平井の川縁《かわべり》に、船寄せの歩みの板が備えてある。

堤の下の岸辺には、葭簀《よしず》をたてかけただけの粗末な小屋があり、小屋の中の炉で炎をゆらす焚《た》き木から、薄い煙がのぼっていた。小屋の前に船待ちの数人の客が、渡船が着くのを待っていた。客の中には、馬子と荷馬も見えた。

「熊太夫、もうすぐだ。くどいが、早まったふる舞いをしちゃあいけねえぜ」

豆吉が熊太夫をふり仰いで言った。

「わかってるって。そんなに心配ばかりしてると、髪が白くなるよ」

熊太夫は、豆吉をからかった。菅笠で見えないが、豆吉の才槌頭の髪はもう真っ白になっている。

「今さら、恨みを言う気はないよ。でも、金はかえしてもらわなきゃあね。お母《かか》とじいちゃんの蓄えだもの。そうしなきゃあ、お母とじいちゃんが浮かばれないよ」

「そりゃあもっともだ。あっしだって同じだ。けど、穏便にな。おめえが怒り出したら、あっしじゃあ手に負えねえからさ」

熊太夫は言いかえさず、澄まし顔を対岸へ向けている。すべすべした鏡餅《かがみもち》のような顔が、わずかに青ざめていた。

渡船が下平井の船寄せに着き、船客は歩みの板にあがった。

岸辺の船待ちの客が、ひときわ巨大な熊太夫を見あげ、ざわめいた。

「ありゃあ、相撲取りかね」

「相撲取りだね。でかいね」

と、言い合っていた。

この時代、野相撲の相撲取りが、町や村を放浪することは珍しくなかった。

馬子の牽《ひ》く荷馬が、熊太夫に怯《おび》えて足踏みを繰りかえし、馬子が手綱を引いて馬をなだめていた。

母親に手を引かれた童女が、熊太夫へふりかえり、小さな白い花弁《はなびら》のような手をふった。熊太夫は、童女を真似て、童女の顔よりはるかに大きな掌《てのひら》を広げ、ふりかえしてやった。

中川堤にあがると、下平井村を抜けて東の小松村のほうへ往還が続いている。

渡し場に近い川沿いに聖天不動の本殿と、下平井村の往来を少しいったところに諏訪《すわ》神社の大鳥居が見えていた。

聖天不動は、諏訪神社の北側に山門をかまえている。

下平井から北に中平井《なかひらい》、上平井《かみひらい》があって、中川東岸のこのあたり一帯は、平井という土地である。

豆吉が先に立って下平井村の往来をいき、すぐに大鳥居の前をすぎたところで熊太夫へふりかえり、往来に店の並んだ入母屋《いりもや》の茅葺《かやぶき》屋根の一軒を指した。

「あれだ」

店は往還をゆく旅客や参詣《さんけい》客相手に酒を呑《の》ませ、飯も食わせる酒亭だった。店の腰障子が一枚を残してはずされ、四畳半ほどの店の間が往来に向いて開かれている。一枚だけ残された腰障子に、さけめし、と大きな仮名で記してあった。茅葺屋根の板庇《いたびさし》の下に柱行灯《あんどん》が見え、そこには、酒飯、下平井、と読めた。

「遊之助《ゆうのすけ》か。名を変えずに、平気で使っているんだね」

熊太夫が立ち止まり、店先から目をそらさず言うと、

「だからわかったのさ。見つかりゃあしねえと、高くくっていやがったのさ」

と、豆吉も同じように目を離さずこたえた。

往来に人通りは多かったが、四畳半の店の間には、座敷にあがった三人の客と、あがり端に百姓ふうの客がひとり腰かけて、茶を喫していた。座敷の三人は、折敷《おしき》の皿や鉢を前に、酒を呑んでいた。

「いこう」

熊太夫が歩み出した。

熊太夫と豆吉が店に近づいていくと、店の間の客は話を止め、呆気《あっけ》にとられた顔つきで二人を見守った。そして、二人が店の間の片側にある土間へ入ってからも、好奇の目を向けたままだった。

行灯をかけた店の間の柱わきから、半間幅ほどの土間が裏へ通っていて、土間の奥の暗がりに人影があった。

「おいでなさい……」

と、人影が熊太夫と豆吉に声を投げてから、訝《いぶか》しそうに声を消し、熊太夫と豆吉が土間を進んでいくのを待つかのように、身動きしなかった。

亭主の顔が、薄暗がりの中でもだんだん明らかになってきた。

そこは酒亭の調理場で、赤い紐《ひも》を向こう鉢巻にした亭主は、炉にかけた煮しめの鍋《なべ》の木蓋《きぶた》と菜箸《さいばし》を手にして、手を止めた恰好《かっこう》だった。

煮しめの湯気が薄暗い調理場に白くゆらぎ、炉の焚き木が赤く燃えていた。

「遊之助さん、久しぶりだね」

豆吉が先に声をかけた。

「えっ、どなた?」

遊之助は首をひねり、熊太夫を気にかけながら、傍らの豆吉を見おろした。

遊之助は、もう四十代の半ばをすぎているはずだったが、田舎芝居ながら、立者《たてもの》の俤を残した風采のいい男だった。若いころの優男のような痩《や》せた身体つきではなく、肉づきのいい男っぷりの中年になっていた。

「おれの顔を、見忘れたかい。豆吉だよ、桜太夫《さくらだゆう》一座の木戸番に雇われていた。このとおり、すっかり髪も白くなったがね」

豆吉は才槌頭に着けた菅笠を脱いだ。

続いて熊太夫が、煤《すす》けた屋根裏に届きそうな頭の菅笠をとり、白いふっくらとした顔と小壺《こつぼ》のような髷《まげ》を乗せた艶やかな総髪を、調理場の薄暗がりにさらした。鬢《びん》づけの匂いがした。

「ああ、や、やっぱり、豆吉さんか。見忘れちゃあいないよ。覚えているとも」

遊之助は戸惑いつつかえすと、木蓋を鍋に戻し、菜箸を蓋の上においた。

「覚えていてくれたかい。そりゃあよかった」

「懐かしいね、豆吉さん。何年になるかね。おれも歳をとったよ。今じゃ、旅の客と参詣客相手の村の酒亭のおやじさ」

「遊之助さんは、変わっちゃあいねえよ。桜太夫一座で、立者で人気をとった遊之助の俤が十分残ってるぜ。昔と変わらねえ男っぷりだぜ」

「よしてくれよ、こんな老いぼれに。けど、よくここがわかったね」

「偶然だよ。ある人から葛飾郡の下平井村に、遊之助という亭主が営む酒亭があると教えられたんだ。年恰好を聞いて、あんたのことじゃねえかと思った。確か、遊之助さんの生国は葛飾郡だったね」

「知ってたのかい。そうさ。おれの生国は葛飾郡さ。下平井村じゃねえ。小岩《こいわ》村なんだ。おれの女房の兄きがここら辺にちょいと顔が利くんで、田舎芝居の役者稼業以外に手に職もねえおれに同情して、呑屋ぐらいなら務まるだろうと、この店を任されたのさ。早いもんで、亭主になって、十二……三年になる」

「ほう、十三年かい。すると、あれから四、五年は、やっぱり、旅暮らしだったのかい」

「桜太夫一座に暇をもらってから、旅芸人の一座をいくつか渡り歩いたが、だんだん歳はとるし、役者稼業に先は見えねえしで、とどのつまりが、食いつめたも同然に親を頼って小岩村へ戻ったってわけさ。もうその親もいないがね」

遊之助は赤紐の向こう鉢巻を解《ほど》き、紐を丸めて懐に入れた。それから、再び熊太夫を見あげ、

「で、豆吉さん、わざわざおれに会いに？」

と、薄笑いを浮かべた。

「熊太夫」

豆吉が熊太夫を仰いで呼びかけた。

「十八年ですよ」

代って、熊太夫が唐突に口を利いた。遊之助は、十八年の意味がすぐに呑みこめず、豆吉と熊太夫を見比べ、薄笑いに不審をにじませた。

「そうなんだよ、遊之助さん。あんたが一座から姿を消してから十八年。足かけ十九年さ。この人を見てわからないかい。十八年前は七歳だったよな、熊太夫」

遊之助は、「熊太夫？」と繰りかえした。

「こちらは、熊太夫一座の座頭を務める熊太夫だ。七歳のときの名は熊吉《くまきち》。桜太夫が男の赤ん坊を産んだとき、じいさまが熊吉とつけたんだよ。覚えているよな。じいさまが熊太夫だから、孫の熊吉が熊太夫の名を継いだんだ」

ああ、ああ……

と、遊之助は束の間呆気にとられたが、声に怯えがまじった。

「熊吉です。ご無沙汰《ぶさた》でした」

大きな上体を前へゆっくり投げ出すように、熊太夫は礼をした。

「あのときの……」

遊之助は、一歩、二歩とたじろぎ、あとの言葉が出なかった。

店の間の客が、土間の奥の調理場をのぞいていた。表の往来をいき交う通りかかりに、昼さがりの白い陽射しが降っていた。

二

通り庭の奥の住居に、熊太夫と豆吉は通された。

熊太夫の身体が畳を撓らせ着座すると、四畳半の部屋の半分ほどを占めた。

東側に引違いの明障子《あかりしょうじ》があり、濡《ぬ》れ縁《えん》と古い板塀が囲う庭、板塀の先に青菜の畑が続いていた。畑の向こうにも、樹木に囲まれた数戸の百姓家の茅葺屋根が、葛飾郡の空の下に見えた。

熊太夫と豆吉は、しばらく待たされた。

村の田んぼでは田植えの季節が近づいており、肥えた土の臭気が、畑のほうからほのかに嗅《か》げた。

女房が戻ってきたらしく、店の表に女房と遊之助の遣《や》りとりが聞こえた。

「客がきてる。店を見ててくれ」

「誰」

「昔の古い知り合いだ。おめえは知らねえ」

それから何か交わしていたが、よく聞きとれなかった。

やがて、遊之助が湯呑《ゆのみ》と急須《きゅうす》を折敷に載せて運んできた。棒縞《ぼうじま》の着流しを尻端折りにし、黒の股引《ももひき》に黒足袋を着けた風貌《ふうぼう》が、酒亭の亭主になじんでいた。

「番茶だが、まずは茶でも……」

遊之助は、庭側の障子戸を閉じ、四畳半は、少し薄暗くなった。

熊太夫と豆吉に向き合って坐《すわ》った遊之助は、湯呑に急須の茶を淹《い》れて、二人に勧めた。自らの湯呑にも音をたてて茶をそそぎ、気を落ち着かせるかのように、長い間をとって一服した。

遊之助は、湯呑から上目遣いにして、熊太夫の容貌《ようぼう》をうかがった。

「では、今は熊太夫さんが座頭で、一座を率いているんだね」

熊太夫はこたえず、豆吉が言った。

「そうだよ。あっしは相変わらず、木戸番と太夫や役者らの世話役さ」

「芝神明の興行は、いつまでだい」

「太夫が決める。あっしは、そろそろ江戸にも飽きたなと、思ってるがね」

「江戸の次は、どこへ」

「決まってねえ。それも太夫が決める」

「座頭は、芝居以外にもやらなきゃならねえことがいろいろあって、忙しいよな」

そこで、遊之助は熊太夫に愛想笑いを見せた。

熊太夫は茶をゆっくりと呑んでいて、やはり黙っていた。

「今日はゆっくりできるんだろう。懐かしい仲間に会ったんだ。昔を偲《しの》んで、盛大に呑もうじゃねえか。そっちがいいんなら、泊っていってもいいんだぜ。すぐに支度をさせる」

立ちあがろうと片膝《ひざ》を立てた遊之助に、熊太夫が湯呑をおき、「遊之助さん」と、さり気なく呼びかけた。

「なんだい、熊太夫さん。食べたい物があるのかい。遠慮はいらねえ。なんでも言ってくれ。そいつも調えさせるぜ。と言って、江戸から遠く離れた田舎だ。大した食い物はねえけどな」

「まあ、お坐りになって。あっしら、遊之助さんと昔を懐かしんで一杯やりにきたんじゃないんです」

熊太夫は、遊之助を落ち着かせた。

「遊之助さんが桜太夫一座から黙って姿を消したとき、楽屋で寝たきりになって起きることができず、言葉も満足に話せなくなっていたじいちゃんの目の前で、お母の葛籠から一座のお金をこっそり持ち出していきましたよね。遊之助さんが消えたあと、お母や一座の者に、枯れ枝みたいな手を震わせ涙をこぼして、ようやく、遊之助が金を、と言ったんですよ。あのお金は、じいちゃんが座頭だったときから、お母が一座を継いで桜太夫一座になってからも、一座の旅廻《まわ》りにかかる費用とか、万が一の場合とかの備えに、蓄えていたお金なんです。あのお金がなくなると、一座は旅廻りにかかる費用がなくなり、役者や裏方には給金を支払えず、みなが食べる米だって買えなくなって、一座は散りぢりになるしかないんです。遊之助さんはお母の亭主だったんですから、持ち去ったお金のことは、ご存じでしたね」

遊之助は、片膝立ちのまま胡坐《あぐら》を組んで尻をおろした。眉《まゆ》を吊《つ》りあげ、唇を不満そうに突き出し、少々ふて腐れた顔つきになった。

「実際、桜太夫一座はあれで解散し、みな散りぢりになりました。でも、一座が解散したあとのことをくどくどとお聞かせしたって、すぎたことはどうにもなりませんから、手短に用件を言いますとね、今日うかがったのは、遊之助さんが持ち去ったあのお金を、綺麗《きれい》さっぱり、かえしてもらうためなんです。だってあのお金は、じいちゃんと座頭を継いだお母が二人で、役者や裏方に給金が支払えるよう、みなが食べていけるよう、一座が続けられるよう、遣り繰りし蓄えていたお金なんですからね。遊之助さんがお母の亭主になってからも、一座を背負う立者として、遊之助さんには、一番高い給金を支払っていたんでしょう」

豆吉が熊太夫の隣で頷《うなず》いた。

遊之助は、仕種《しぐさ》が急にだらしなくなって、片膝立の膝頭に乗せた腕を力なく垂らした。

「お母から聞きました。お金は、金貨が三十八両一分二朱、銀貨が六百五十匁、銅貨が十貫ほどとか。合わせれば五十両以上はありましたよね。悲しいとか悔しいとか怒っていたとか、そういうのじゃなくて、お母は呆然《ぼうぜん》として、ただただ、途方に暮れてました。七歳のあっしと寝たきりのじいちゃんを抱えて、どうしていいのかわからなかったでしょうね。けど、この豆吉だけが、あっしら三人を見かねて、ついてきてくれましてね。一座の金目の物は売り払って、給金代りに役者や裏方にわたし、残ったわずかな荷物と寝たきりのじいちゃんを荷車に寝かせ、お母が梶棒《かじ》を引き、あっしと豆吉が後ろを押して。あのとき越えていた山道の空が綺麗でね」

「あっしは先代の熊太夫に使われ、次の桜太夫にも使われて、ほかにいくあてがなかった。あれは羽州《うしゅう》の村だったね。八州《はっしゅう》に戻るというから、じゃあ、一緒にいくことにした。で、今はこうして熊太夫に使われているのさ」

豆吉は遊之助に言った。

「遊之助さん、あっしに、じいちゃんとお母のお金をかえしていただきます。あっしにとって、あれはただのお金じゃないんです。金額は、たった五十両とちょっとでもいいんです。あれは、じいちゃんとお母の旅芸人の役者魂が稼いだ成果なんです。旅芸人を続ける命綱だったんです。それをあっしが引き継がなきゃあ、じいちゃんもお母も浮かばれないんですよ。あっしが引き継いで、じいちゃんとお母の役者魂の供養にしたいんです。かならずあのお金をとり戻すと、あっしは七歳のときから、ずっと思っていたんですよ。十八年がたって、ようやくそのときがきました。遊之助さん、盗んだお金はかえさなきゃあね」

遊之助は頭《こうべ》を垂れ、操りの木偶《でく》の首のように、伏せた頭を上下させた。膝頭にだらりと垂らした手を、戯れて拳《こぶし》にしたり開いたりした。

上目遣いに熊太夫へ向けた目が、にやにやとし始めた。

「熊吉、大人になったじゃねえか。最後に見たときは、色の青白いちびのがきだったのにな。あのちびが、こんな化け物みてえにでかくなるとは、驚いて笑うしかねえよ。なあ、熊吉。おめえはおれの倅《せがれ》じゃねえが、おふくろの桜太夫と懇ろになったわけだから、父親らしく、可愛がってやったよな」

「五歳から七歳の、物心がついて間もないころだったのに、遊之助さんに散々打《ぶ》たれたのだけは、昨日のことのようにありありと覚えていますよ。遊之助さんは、戯れるふりをして、ちびのあっしを本気で打ったり、投げ飛ばしたり、ひどく抓《つね》ったりして、面白がっていましたね。それも、お母に隠れてね。けど、あっしが少しでも粗相をしたら、顔を真っ青にして怒鳴りつけ、お母の目の前でも、平気で張り倒しましたね。倒れたら髪をひっぱって立たせて、また張り倒して、それを繰りかえして、小柄なお母が遊之助さんの背中に喰《く》らいついて、必死に止めていたのを覚えていますよ。あっしは、遊之助さんが恐くてならなかったし、お母も可哀想でね。一座の中で、立者の遊之助さんを止められるのは、小柄なお母と先代のじいちゃんだけだったけど、じいちゃんはもう寝たきりで、何もできなかったから」

「そうだったかい。おれはおれなりに、熊吉の父親として、ちゃんと仕つけをしてやろうと思っていたんだぜ。何しろ、先代の熊太夫じいさんに、桜太夫と孫の熊吉のことを頼まれたもんだからよ。じいさんは卒中で倒れて病の床についていた。まだ若い桜太夫が、座頭になるしかなかった。あのころ、あの旅廻りの一座を背負っていたのは、立者のおれと桜太夫だったからね。じいさんが病の床で、おれの手をとって、涙をこぼして頼むもんだから、そこまで頼りにされりゃあおれも男だ、桜太夫と夫婦《めおと》になって、熊吉を育ててやろうじゃねえか、ひと肌脱ごうじゃねえかと、気合が入っていたんだな。確かに、少々手荒な場合もあったかもしれねえが、おれは仕つけでやったんだ。血はつながってねえが、おれの親心さ」

「よく言うぜ、遊之助さん」

と、傍らの豆吉が才槌頭の下の顔をしかめた。

「本途だって。それによ、面白がって打ったり投げ飛ばしたり抓ったりしたっていうのは、誤解もはなはだしいぜ。それじゃあまるで、熊吉をいじめていたみたいじゃねえか。おれは父親らしく、熊吉が強く、たくましく、がき同士の喧嘩《けんか》にも負けねえように、相手になって仕こんでやったんだ。父親が倅を強い子に育てるために、あれぐらい厳しく仕こむのは、当然じゃねえか。厳しくやらなきゃ仕こむことにならねえし、熊吉も仕こみに耐えていたじゃねえか。熊吉は、おれの厳しい仕こみによく耐えて、一度も泣かなかった。真っ赤な顔をして、目に涙をためて歯を食い縛ってよ。こいつは強い子になると、おれは思っていたよ。少なくとも、今の見た目は、思っていた以上に強くなったようだがな」

遊之助は、熊太夫の小山のような体軀《たいく》をねめ廻し、甲高い笑い声を投げつけた。

熊太夫は冷然と受け流した。

「そうそう。熊太夫さんが生まれたときのことも、覚えてるぜ。旅廻りを続けているうちに、桜太夫の腹がだんだんせり出してきてな。桜太夫が身籠《みごも》っていることがばれた。先代の熊太夫が、まだ座頭だった。桜太夫は小柄で、男好きのする艶《なま》めかしい娘だった。田舎廻りの舞台で、桜太夫の出雲阿国が、立者のおれの演じる斬死《ざんし》した山三こと名古屋山三郎の亡霊と、問答を交わす場面だ。あたゞうき世はなま木になたじゃとなふ、おもひまわせばきのどくやなふ。よどの川せの水ぐるま、たれをまつやらくるくると。熊太夫さん、続けられるかい」

「茶やのおかゝに七つのれんぼよなふ、ひとつ二つはちはにはめされよなふ、のこり五つみなれんぼじゃなふ……」

熊太夫は阿国と名古屋山三郎の問答を、うっとりとした調子で諳《そら》んじた。

「さすが、二代目熊太夫一座の座頭だ。やるじゃねえか」

遊之助は、気怠《けだる》そうに手を打って囃《はや》した。そして、にやにや笑いを続けた。

「でな。阿国と山三の浮世を果敢《はか》なむ問答を交わす当の阿国の腹が、客にもわかるくらいにせり出したら、なんだか生臭くって、おかしいのやら、この女、誰と乳繰りやがったと気になって、浮世を果敢なむどころじゃなかった。みなで、相手は誰だと詮索《せんさく》したが、誰も知らなかった。豆吉さんも知らなかったよな」

「あっしは、先代の熊太夫のことしか気にかけていなかったからよ」

豆吉は、呟《つぶや》くようにこたえた。

「一座の中で、桜太夫の腹の子が誰か、知っていたのは桜太夫と、たぶん先代の熊太夫だけだったろう。いかにもわけありらしく、頑《かたく》なに口を閉ざしてよ。漏れてこなかった。ただ、熊太夫一座が一度だけだが、江戸へ出て興行を打ったことがあった。場所は……」

「麴町天神だ」

豆吉が言った。

「そうだ。麴町天神だ。宮地《みやち》の粗末な小屋掛けだが、けっこう客が入って、まずまずの興行だった。あんたの母親の桜太夫が、器量がいいと評判になった。麴町界隈《かいわい》の大名屋敷の勤番《きんばん》侍や、番町《ばんちょう》の若侍らも、芝居より桜太夫見たさにつめかけた。ひと月近くも興行が続いたかな。それから、江戸を離れてまた旅廻りに戻った。そう、そのうちに、桜太夫の腹がだんだん目だち始めたってわけだ。だから、桜太夫が馴《な》染《じ》んだ相手は、江戸の武家じゃねえかという話も出た。だとしても、旅芸人の娘に手を出す武家だ。どうせ三一《さんぴん》侍か、柄の悪い素浪人だろうとは思ったがね。覚えてるぜ。素性の知れねえ素浪人のよた侍どもが、桜太夫観たさに小屋につめかけ、やいのやいのと騒ぎやがって、芝居なんてそっち退けさ。よた侍でも、客は客だからよ。あれは上州《じょうしゅう》のどっかの旅の宿だった。桜太夫は玉のような赤ん坊を産んだ。桜太夫が急に産気づいてよ。それが熊吉、おめえだ。熊吉は父親が誰か、当然、聞かされているんだろ」

熊太夫は、鏡餅のような白い顔をいく分青ざめさせ、静かに遊之助を見守っていたが、やがて言った。

「遊之助さん。お金をかえしてください」

遊之助はこたえず、縁側に閉じた引違いの障子戸へ首をひねった。障子戸の閉じぎわに隙間ができていて、わずかに青白い空が見えていた。店のほうで客の出入りがあって、女房の声がした。

沈黙をおき、遊之助は障子戸へ向いたまま、聞きかえした。

「おれが、一座の金を持ち逃げした、証拠でもあるのかい」

ふて腐れた口ぶりだった。

「今さら、何を言うんですか。田舎芝居でも一座の立者を務めたほどの遊之助さんが、潔くありませんね。みっともないじゃ、ありませんか」

ふふん……

と、遊之助はせせら笑った。

「熊吉、てめえの姿を鏡に映して見ろよ。てめえにみっともねえなんぞと、言われたくはねえぜ。証拠もねえのに、人聞きが悪いじゃねえか。番所にでも奉行所にでも訴え出な。十八年前、死にかけて寝たきりのじいさんが、斯《か》く斯《か》く云々《うんぬん》とうわ言に言っておりました、証人のじいさんはとっくに亡くなっておりますが、何とぞ遊之助をお縄にと、田舎芝居を見せてやれよ」

遊之助は、荒《すさ》んだにやにや笑いを熊太夫へ向けている。

「証拠もねえのに、おれが金を持ち逃げしたと騒ぎたてるのは、言いがかりもはなはだしいぜ。仮令《たとえ》、言いがかりじゃなかったとしてもだ。十八年も前の話だ。高々五十両、とっくに使い果たして、びた一文残っちゃいねえ。だから、かえしたくとも、かえす金はねえんだ。かえす金がねえのに、かえせと言われてもかえせねえ。それが道理というもんだ。だから、今日はおれのおごりでたっぷり呑ませてやるから、おれの女房に三味線弾かせて朝までどんちゃん騒ぎをやって、それで気持ちよく、手打ちにしようや。ほかに手はねえだろう」

「ほかに手が?」

熊太夫が聞きかえした。束の間をおいて、熊太夫は言った。

「遊之助さん、子供はいるんですか」

「なんだい、いきなり。がきなんかいねえよ。がきは嫌いだ。面倒臭《くせ》えだけだし。桜太夫と夫婦になったときも、がきの熊吉が大嫌いだった」

遊之助は、薄笑いのまま言った。

と、熊太夫の上体が前へ傾いた。鎮座する仏像が起きあがるように見えた途端、長く太い片腕が遊之助へ突き出された。不意の巨体に似合わぬ敏捷《びんしょう》な動きに、遊之助は意表を衝《つ》かれ、応変する間がなかった。

ひとくるみにするほど大きな掌と太い指が、遊之助の首筋を鷲《わし》づかみにした。

遊之助はかすかにうめいて、にやにや笑いが固まった。

鷲づかみの指が、団子をにぎり潰《つぶ》すように首筋を絞りあげた。遊之助は両手で熊太夫の腕を叩き、かきむしった。声を出すどころか、息もできずに目を剝《む》いた。よじれた身体が、膝元の湯呑をひっくりかえし、温《ぬる》くなった茶が畳にこぼれた。

熊太夫は、首筋を容易《たやす》くひねり、遊之助の身体を仰《あお》のけにかえした。熊太夫の膝元へ片腕一本で手繰り寄せ、古畳が撓《たわ》むほど押さえつけた。

遊之助は両足をじたばたさせ、熊太夫の鷲づかみから逃れようと、懸命にもがいた。声と息が出せず、くう、くう、と死にかけた鳥のような鼻息をもらし、顔が見る見る真っ赤になって、膨張した。

だが、遊之助のじたばたは知れていて、店に聞こえるほどの騒ぎではなかった。湯呑が障子戸へ、遊之助を嘲笑《あざわら》いながら転がっていく。

「この手はどうだい」

熊太夫は、ささやき声で問いかけた。遊之助は口を開けたり閉じたりして、喘《あえ》ぐことしかできなかった。豆吉が慌てて、

「熊太夫、ここで殺《や》っちゃあ、ま、拙《まず》いんじゃあねえか」

と、熊太夫の腕にすがった。

「遊之助、かえす金がないなら、代りの物をもらっていくしかないじゃないか。ほしくはないけど、おまえの命ぐらいしか、代りの物なんてないんだろう。子供はいないし、二親も亡くなっているなら、おまえを地獄に送ったって、誰も困らないからね。女房は、この店があればなんとかなるだろう」

熊太夫は遊之助の首を、畳に擦《こす》りつけた。

「いいかい。この手をちょいとひねれば、首の骨がぽきんと折れて、すぐに楽になるよ。おまえをひとひねりで楽にする、こういう手があるじゃないか」

「やめろ。熊太夫、これぐらいにしといてやれ。遊之助、か、金をかえすよな。か

えすと言え。かえす気があるなら、目をぱちぱちさせろ」

豆吉は声を忍ばせて叫んだ。

遊之助が懸命に剝いた目をつぶった。開いてまたつぶった。

「ほら、かえすと言ってる。ここじゃあ、駄目だって」

畳に擦りつける腕の動きが止まった。

やがて、鷲づかみがゆるんだ。

熊太夫は、少し前かがみになっていた上体をゆっくり起こした。手が離れると、遊之助の真っ赤に膨らんだ顔の赤みが、次第に引いていった。

遊之助は、すぐには起きあがれなかった。懸命に呼吸を繰りかえし、死の淵《ふち》から這《は》いあがろうとしていた。

熊太夫は、遊之助のうなじに手を廻し、反物を持ちあげて文様を客に披露する呉服店の手代のように、遊之助のぐったりした半身を起こした。遊之助のうなじに掌をあてがって顔を真っすぐにし、大きな背中を丸めて自分の顔を近づけた。

「やっとお金をかえすのかい。そうなんだね」

遊之助の顔をゆらし、そうささやきかけた。

遊之助はうな垂れて息を喘がせながら、懸命に頷いた。もう勘弁してくれ、というふうな仕種だった。

「かえすのは今だね。五十両と少々の、あっしのじいちゃんとお母の蓄えを、元どおり、かえすんだね。じいちゃんとお母の金をかえしゃあ、おまえが働いた悪事は水に流してやってもいいんだよ」

遊之助は、うな垂れて肩を波打たせ、息を整えていた。すぐにはこたえられなかった。だが、数回咳《せ》きこんでから、

「三日……」

と、ようやく聞きとれるかすれ声で言った。

「三日、待ってくれってかい？」

遊之助はまた、しきりに頷いた。

「金を、工面する。おれに金はねえ。それは、本途なんだ。けど、あ、兄きに頼む。聖天不動の裏手に店がある。一軒家だ。兄きは、そこで賭場《とば》を開いてる。兄きに頼めば、き、きっと、なんとかしてくれる。三日目の昼すぎなら、いつでもいい。おれも兄貴のとこで、熊太夫さんを待ってる」

「聖天不動の裏手にある店？」

「下平井の、渡し場から少し、さかのぼったら、川沿いに不動の境内がある。土塀

に囲まれて、木が繁ってる。その裏手の一軒家だ。渡し場から堤をいったら、すぐ見えてくる」

「兄きの名は？」

「平井の、鳶吉《とびきち》だ。ここら辺の者で、鳶吉の名を知らねえ者はいねえ。平井のことは全部、兄きが仕きってる」

「そんな親分が、おまえのために？　間違いないだろうね」

「間違いねえ。あ、兄きは、義理堅くて、筋をとおす男伊達《だて》だ。人の頼みに、いやとは言わねえ男だ。だから、み、三日、待ってくれ」

熊太夫と豆吉が顔を見合わせ、

「聖天不動ならわかる。いいんじゃねえか」

と、豆吉が言った。

遊之助のうなじから掌を退けると、遊之助はくずれるようにうずくまった。

「遊之助さん、三日目の今ごろ、聖天不動裏の、兄《あに》さんの店にうかがいますよ。よろしくお願いします。では、今日はこれで」

熊太夫と豆吉が立ちあがり、熊太夫の足の下で畳が撓んだ。部屋を出て、濡れ縁を軋《きし》ませた。

遊之助は、熊太夫と豆吉が庭へおり、草鞋をつけて立ち去る足音を、うずくまって聞いていた。二人が、遊之助の女房へいやに馴《な》れ馴れしく挨拶《あいさつ》する声が、店表のほうから聞こえた。

障子戸は開けたままで、村の田んぼの肥し臭さが、かすかに臭っている。

遊之助の女房が、草履を鳴らして四畳半の濡れ縁へ小走りにやってきた。

「何してんのよ、あんた。店はどうすんのさ」

女房が、どうでもよさそうに言った。

やおら、遊之助は起きあがり、胡坐をかいた。喉を押さえ、痛めつけられた首を小さく廻した。髷がほつれかけて、鬢に垂れていた。二度、三度、咳きこんだ。

「あの野郎、打っ殺してやる」

かすれ声で呟き、苦しげに唾《つば》を呑みこんだ。顔を歪め、

「化け物が」

と、憎々しげに吐き捨てた。

「どうしたんだい。変な声だね。髷も歪んでるよ。ちゃんとおしよ」

女房は何も気づかずにそう言って、鼻先で笑った。

熊太夫と豆吉は、渡し場のある中川堤まできて、立ち止まった。

のどかな空の下に、紺色に染まった中川の流れが、ゆるやかな弧を広大な田野に描き、南へとくだっていた。渡し場の葭簀をたてかけた小屋のそばに、数名の客が対岸の小村井村の渡し場より渡船の着くのを待っていた。

小屋の炉の焚き木が白い煙をのぼらせ、川鳥がかしましく鳴いている。

だが、川は静かだった。

「どうしたんだい」

豆吉が、立ち止まった熊太夫を見あげた。

「あれだね、聖天不動は」

熊太夫は堤道の北の方角へ目をやり、菅笠の下の総髪のほつれ毛を、川風にそよがせた。聖天不動の、樹林に囲まれた茅葺屋根が見えた。

「あれの裏手だ。渡し場からは、近いな」

「遊之助は兄きを頼ると言ってたけど、本途に、金をかえす気があるのかね」

「どうだかな。この辺の顔利きで、賭場を開いている兄きだろう。早い話が、土地のやくざじゃねえか。遊之助は義理の弟だが、義理の弟のために、五十両もの大金をたて替えるかどうか、気にはなる。けど、あそこで遊之助の息の根を止めるわけにもいかねえし」

豆吉は熊太夫に笑いかけた。

ふん、と熊太夫は顔をほころばせた。

「気になるね。念のため、兄きの一軒家の様子を見ておこうか」

熊太夫は、堤道に繁る蘆荻《ろてき》を騒がせ歩み始めた。

三

夕刻、国包と十蔵は、昼間の明るみをわずかに残した空の下を、外桜田《そとさくらだ》から土留めの段々になった霞ヶ関《かすみがせき》の坂をのぼった。十蔵は手土産の角樽《つのだる》を携えている。

霞ヶ関をすぎ、南の永田町《ながたちょう》方面へゆく往来の両側に大名屋敷が土塀をつらね、桜の喬木《きょうぼく》が土塀の上へ枝を伸ばしていた。

「桜の花はまだのようですが、もうすぐほころびそうですな」

十蔵が国包の背中に言った。

「ふむ。春がまた廻ってきた」

国包は、大名屋敷の邸内を鬱蒼《うっそう》と覆う木々を見やりつつ、十蔵にかえした。若葉の萌《も》える季節である。

　外桜田から霞ヶ関、永田町へといたる界隈は、宵の迫るこの刻限に人通りは殆《ほとん》どなかった。界隈の所どころに設けられた大名屋敷の辻《つじ》番所が、暮れなずむ薄暮の往来に、淡く寂しげな明かりを落としていた。

「花盛りがすぎて散り始めるころには拵えもでき、新刀をわたせるだろう。気に入ってもらえればいいが」

「刀工・武蔵国包の打刀《うちがたな》を、気に入らぬ者などおりません」

「町家に暮らす一介の自由鍛冶だ。買いかぶりはよせ」

「買いかぶりではありません。しかし、それはそれとして、熊太夫さんのことをずいぶん気にかけられるのですな」

「熊太夫は、どういう子細があって国包の稽古刀を手に入れたのかが、気になるのだ。知りもせぬのに他人事に思えぬのだ」

「旦那《だんな》さまらしい」

「そうか。おれらしいか？」

「はい。もし刀に彫った銘が、国包ではなく武蔵国包なら、違っていたのではありませんか。藤枝国包であった国包の銘ならばこそ、若き日の思いが甦ってくるのですよ。未熟ではあっても、おのれ一個の意志で歩み始めた若きときほどの熱い思いは、生涯に二度とありませんからな」

「そうかもしれん。刀鍛冶になろうと思ったのは、自分の佩刀を自分で作りたかったからだ。一戸前兼貞に弟子入りして、向こう槌を務め、数打物《かずうちもの》を何十振り、何百振りと鍛えた。師匠は、おのれの目で覚えよ、おのれの身体で学べと、何も教えてはくれなかった。あのころ、見様見真似で稽古刀を何本か作った。むろん、名もなき弟子の稽古刀も、数打物と一緒に売り払うが、初めて自らの手で鍛えあげた稽古刀に師匠が、一戸前兼貞の銘を入れ、これを売り払って給金にせよと言われた。おれは、初めての打刀が愛《いと》おしくてな。売り払うことができず、自ら職人に頼んで安く拵えを作り、その二刀は今もここにある」

国包は腰の二刀に手を触れ、背後の十蔵へ笑みを見せた。

十蔵が楽しそうに笑った。

「藤枝国包だったあのころの稽古刀のひと振りが、国包の銘を入れて、恰《あたか》も名工の業物《わざもの》のごとく、名門の年若い旗本の手にわたり、おそらく、廻り廻って旅芸人の手にわたっていった。それが、二十数年のときをへて、おれの目の前に戻ってきた。おれの稽古刀を、業物と信じて購《あがの》うた名門の年若い旗本にも、それを手にしておれを訪ねてきた一介の旅芸人にも、不思議な因縁を感じるのだ。無名の刀鍛冶の稽古刀にすぎぬのに、それしきのひと振りにかかり合う因縁が、何かしら後ろめたいという思いもある」

「負い目を感じることはありません。それほど、旦那さまが自ら鍛えたひと振りひと振りへ籠《こ》められた思いが、若き日と変わらずにお強いゆえでござる。仮令、稽古刀であっても、名刀は名刀。名刀が、人のかかり合いを生んだのでござる。ならばこその刀工・武蔵国包では、ございませんか」

「そうか……」

国包はかすかな面映《おもは》ゆさにくすぐられ、沈黙した。

小姓組番頭・友成正之の屋敷は、井伊《いい》家上屋敷から永田町の往来を南へとった先に、片門番所の長屋門をかまえている。

国包の父方の実家・友成家の本家である。

友成家は、将軍お側衆として仕える三河《みかわ》以来の旗本にて、家禄《かろく》は二千五百石。お側衆の中でも、代々、小姓組番頭に就く家柄である。

先々代、すなわち国包の祖父が友成包蔵で、三人の倅の長男が本家を継いだ数之助。次男の正包《まさかね》は家禄八百石の旗本・堀川《ほりかわ》家の婿養子となって堀川家を継ぎ、三男の国広は藤堂家に仕える藤枝家の婿養子に入り、藤枝家を継いだ。

国包は、藤枝国広の次男に生まれた。藤枝家が長年の江戸勤番の務めから、役目替えを申しつかり、一家が国元へ戻ることが決まって、長男の広之進《ひろのしん》は一家とともに国元へ旅だった。

だが、刀鍛冶になると志した国包は、許しを得て江戸に残り、一戸前兼貞の住みこみ弟子として、刀鍛冶の修業を続けた。三年後、国包は一戸前家を継ぐ男子がいなかった師匠の兼貞と養子縁組を結び、一戸前家を継いで一戸前国包となった。

一戸前国包と名乗っても、友成家が本家であることに変わりはなく、友成家に用があって呼ばれることがあり、今宵《こよい》のように、国包が訪ねることもあった。

友成家の用は、大抵は、隠居に退いた伯父《おじ》の友成数之助の用であり、今は当主となっている長男・正之とは、友成家で挨拶を交わす程度だった。

正之は国包の四歳上の五十二歳。将軍・綱吉のお側衆の、小姓組番頭を務める国包の従兄《いとこ》である。

子供のころは、本家を訪ねることは滅多になかったし、年も離れていたので、馴れ親しんだ従兄ではなかった。

だが、七、八年前、刀工・武蔵国包の名が知られ始めた四十すぎのとき、永田町の友成家に呼ばれて、伯父・数之助より孫の賢之助の元服の折りに与えるひと振りの打刀の注文を受けた。以来、友成家を訪ねた折りは、正之と挨拶を交わすようになったものの、小姓組番頭の風格に気後れを覚えて、国包のほうから親しく話しかけたことはなかった。

今宵、友成家を訪ねて通された部屋は、正之の居室の書院だった。いつもは、伯父・数之助の隠居部屋でもある居室の書院である。庭側の濡れ縁側を閉じた黒塗り組子の腰障子に、薄暮の薄明かりがまだ消え残っていた。

書院に通されてほどなく、書院の間仕切の襖《ふすま》が開き、正之が着流しにくつろいだ袖《そで》なし羽織の、のどかな風情で入ってきた。

床の間を背に着座し、にこやかに笑いかけてきた。

「やあ、国包さん。父ではなく、わたしに用とは、珍しいね」

正之は、目も鼻も口も大きく目だって、男前の役者顔である。ただ、色白のたっぷりとした頬がこのごろ少したるんできて、だんだん伯父に似てきている。若いときから、品格と貫禄があって、本家を継ぐのに相応しいと、縁者の間では評判のよい従兄だった。だから、気後れを国包は今でも覚える。

「正之さん、申しわけありません。大した用ではありませんので気が引けるのですが、正之さんならばよくご存じかと思われ、厚かましくお訪ねいたしました」

「そうかい。よくきた。硬くなるなよ」

「正之さんとは、子供のころから、このように面と向かって話をする機会がありませんでしたね。ですから、いささか照れ臭いのです。伯父上は、わたしには恐い人ですが、それがかえって、気楽に言いたいことが言えるのです。妙ですね」

「ほう。国包さんは父を恐いと思っているのかい。意外だね。国包さんが訪ねてきたときは、いつも父と重大そうな協議をひそひそとやっているので、そんなふうには思わなかった。もっとも、わたしもこの歳になって、未《いま》だに父が恐いけどね。権謀術数が好きだし、国包さんをだいぶ父の権謀術数に巻きこんでいるようだしね。この界隈では、父は永田町の妖怪《ようかい》と呼ばれているそうだ。もう七十九なのに、あの分じゃあ、まだしばらくは妖怪ぶりを発揮しそうだし」

　正之は国包を笑わせた。

「今日、伯父上はお出かけのようですな」

「ふむ。たまたま、知り合いと中村座の芝居見物でね。市村座の市川団十郎の事件があって、大芝居もだいぶごたごたしたようだが。芝居のあとは酒宴になるから、戻りは間違いなく遅くなる。国包さんが今宵きたと知ったら、どういう用があったのだと、口うるさく詮索するだろうな。何しろ、父は国包さんを自分の末の倅のように、勝手に思っているからね」

「まさか。伯父上がそれほど柔《やわ》な方だとは思えません」

「いやいや。長年、父の倅を務めていると、あれで存外情にもろいところがあったりして、驚くことがあるんだよ。例えば、われらの祖父《じい》さまの包蔵の話になると、目を潤ませたりするのだ。包蔵祖父さまに、長男の父はずい分と可愛がられたそうだから。あれじゃあ、妖怪の目に涙だけどね」

正之のさり気ない言い方に、国包はまた笑った。後ろに控えた十蔵までが、思わず噴きそうになるのを堪《こら》えた。

「十蔵もおかしいだろう。わたしもおかしいよ。だから、父のそういうところを見かけると、真顔を保つのがむずかしいのだ。そうそう、父は国包さんが包蔵祖父さまに似ていると、よく言うんだ。父が国包さんのことを気にかけるのは、それもあるのかな。すぐ、慶長二十年の大坂城落城の折りに、と始まる。国包さんは、父から聞いたことはあるだろう」

「伯父上ではなく、その話は父の藤枝国広から、祖父さまの包蔵は北河内《かわち》の枚方《ひらかた》村という田舎の鍛冶屋の倅だったと、何度か聞かされました。慶長二十年の大坂夏の陣の折り、大坂方の雑兵として大坂城に入っていたとです」

「それだよ。われらの四代前の、将軍・秀忠さまのお側衆だった友成数《かず》右《え》衛門《もん》が、大坂方の雑兵の包蔵祖父さまを見《み》出《いだ》して、孫娘の婿にして友成家を継がせたらしいから、われらの知らぬ何かがあって、数右衛門は、余ほど祖父さまの高が雑兵の包蔵が気に入ったのだろうな」

「一度、上方の枚方村へいってみたいと、思うことがあります」

「われらと同じ血筋の人間が、きっと暮らしているのだろうな」

正之は、それはそうと、というふうに口調を変えた。

「上等の酒をいただいたね。ありがとう。今宵はいただいた酒で、一献酌み交わそう。訊きたいことは、呑みながらうかがうよ」

「はい。十蔵もかまいませんか」

「むろんだ。十蔵、酒は人が多いほど楽しい。つき合え。ほどなく支度が整う」

「喜んで、ご相伴に与《あずか》ります」

十蔵がこたえた。

二灯の行灯が座敷をやわらかな明るみにくるんでいたが、酒が始まったとき、日の名残りのかすかな青みが、庭側の障子にまだ映っていた。

温く燗《かん》をした提子《ひさげ》の酒と杯、料理の膳《ぜん》が並べられていた。

膳は、角にきった二切れの鯛《たい》を、ひとつは塩、ひとつは醬油《しょうゆ》をつけ、竹串《たけぐし》を打った小串焼の皿。鯛と大根の黄身酢の膾《なます》。これも鯛と車海老《くるまえび》をまぜた摘入《つみれ》の味噌《みそ》澄ましの汁。鴨、松茸《まつたけ》、蒲鉾《かまぼこ》を付焼きにし、芹《せり》、くわい、里芋を下茹《したゆ》でしたあとに煮つけた平《ひら》。はりはりの漬物の鉢と、品数は多くはないが、皿、鉢、碗《わん》のひとつひとつにさり気ない贅《ぜい》をこらした料理だった。

友成家の広い邸内は、宵の静けさに包まれている。その静けさに溶けこむ心地よい酔いが、それぞれの腹にゆっくりと沁《し》みた。

国包は話し続けていた。

「……しかしながら、御書院番頭の小寺基之どのと一介の旅芸人の熊太夫とでは、身分がかけ離れすぎております。熊太夫の申した江戸の武家の縁者と、小寺基之どのとの結びつきを推量するのは、容易ではありません。確かなことは、十六歳ごろの若侍の小寺基之どのが、備後屋の口車に乗せられたとしても、朱鞘白柄に派手派手しく拵えたわが稽古刀の大小を買い求め、その小さ刀のみが、いかなる子細でか熊太夫の手にわたり、熊太夫はその小さ刀の持ち主を知るために、国包の銘を頼りに、わが鍛冶場を訪ねてきたことです。熊太夫は、江戸の武家の縁者を訪ねるさいの手土産にすると申し、小さ刀とそっくり同じ拵えの、武蔵国包の銘を彫った大刀ひと振りを注文し、小さ刀を手に入れる前の、あるいは元の持ち主を捜しておりました。その持ち主が熊太夫の申す江戸の武家の縁者と思われ、おそらく、熊太夫は小さ刀を手に入れる前の持ち主が縁者と聞かされたのみにて、その縁者が誰かを知らぬのです」

正之は酒をひと口含み、国包に言った。

「刀を持ってきたのだろう。どんな刀か、見せてくれるかい」

「十蔵」

国包が促すと、十蔵は「は」と頷いた。後ろに寝かせていた黒い刀袋を両手で捧《ささ》げ持ち、正之の傍らへ畏《かしこ》まって進み、刀袋を差し出した。

「どうぞ」

「拝見するよ」

正之は興味深げに眉をひそめ、黒い刀袋をとった。

刀袋の紐を解いて朱鞘白柄の小さ刀を抜き出し、頰をゆるめた。

「ほう。なるほど、これは派手だね」

「赤漆の塗鞘に、鍔は本鉄地の二つ巴紋。柄は純綿白撚糸と、柄地の巻きは本鮫皮にて、鐺や柄頭や切羽《せっぱ》などの諸金具、また下げ緒まで、わたしの佩刀より立派な拵えです。これを売りつけた備後屋の一風という刀屋は、ひとからげいくらの、二束三文も同然のわが稽古刀を、拵えを飾ることによって恰も優れた業物に見せかけ、高値で売りつけたようです」

「派手好みには、喜ばれそうだ。わたしは恥ずかしくて、いかに名刀でも、これは差せないけどね」

「慶長か天和の傾き者なら、差すでしょう」

「差すだろうね。どれ、本身は……」

正之は鯉口《こいぐち》をきり、刀身を鞘にすべらせた。刃の艶やかなぬめりが、露《あら》わになった。小さ刀を宙へかざし、つかみを確かめるように、刀身を右へ、左へとかえして眺めた。かえすたびに、照り映える行灯の明かりを散らし、膳を挟んで向き合った国包の目にも、明かりのきらめきが躍った。

十蔵は膝に手をおき、刀身を凝っと見つめている。

やがて、正之は小さ刀をかざしたまま、伯父に似てきた顔を向けて問いかけた。

「これが、国包さんの稽古刀なのかい?」

「さようです。師匠の一戸前兼貞の住みこみ弟子を始めたころに、自ら何振りか作った稽古刀に相違ありません」

「備後屋はこれに国包と勝手に銘を彫って、このように拵えたか」

ふうん……

と、正之は刀身に顔を戻してうなった。

「わたしは、国包さんや十蔵ほどの腕利きではないが、これでも小姓組番頭だから、刀の善し悪しなら少しはわかる。将軍の御側に仕える番方が、おのれの佩刀の善し悪しも知らぬのでは、恰好がつかないからね」

「それがしごときが腕利きなどと、滅相もございません」

十蔵が恐縮した。

「いいんだよ、十蔵。おぬしの腕前は父から聞いている。国包さんのほうが少し上だと、父は言っていたがな」

正之と国包は笑い、十蔵も笑うのを堪えている。

「小姓組も書院番も、城中では始終顔を合わせているゆえ、刀の善し悪しについても語り合うし、目利きの朋輩《ほうばい》らの教えも受ける。今では妖術《ようじゅつ》遣いの父ですら、若いころは剣術自慢で、わたしは厳しく稽古をつけられ、刀の善し悪しについても教えられた。言わせてもらうと、国包さん、この国包は見事だよ。見事な一刀だ。大刀も見たいね。驚きだ。まだ修業中の若い刀鍛冶が、稽古刀でこれほどの刀を鍛え作っていたとは、なんということだ。これはもう完成しているよ。倅の元服の折りに作ってもらった打刀は、これに円熟味が加わったでき栄えだということが、改めてよくわかる。師匠の兼貞さんが国包さんに一戸前家を継がせたかった気持ちも、備後屋が名刀として小寺基之どのに高く売りつけたのも、あながち、偽りではない」

十蔵が、いかにも、というふうに頷いた。

正之は刀を鞘に納め、鍔を遠くの鐘のように鳴らした。それから、刀袋に収め、紐を結んだ。

十蔵が再び正之の傍らへ進み、正之が差し出した刀袋を捧げ持った。

正之は、少し考えるふうな様子を見せ、自ら提子を杯に差して酒を満たし、杯をゆっくりあおった。

「つまり、国包さんは、書院番頭の小寺基之どのの買い求めた大小の、小さ刀のみが熊太夫の手にわたった経緯には、人知れぬ謂《いわ》れがあって、熊太夫の捜している江戸の武家の縁者が、あろうことかあるまいことか、小寺基之どのではないかと、疑念を持っているんだね」

「御小姓組番頭の名門・友成家の血筋も、上方の村の鍛冶屋の血筋とつながっております。友成家にも、間違いなく名も顔も知らぬ縁者がおります。御書院番頭の小寺家の縁者に旅芸人の一座の役者がいたとしても、あり得ぬことではありません。あまりにも身分が違いすぎると思えば思うほど、朱鞘に白柄の、慶長の傾き者が差すような大小を腰に帯びていた若侍のころの小寺基之どのに、旅芸人の熊太夫とつながる謂れがあった、あるいは起こったのではないかと、そんな気がするのです」

「ふむ。それで、小寺どのの若き日の暴露してはならぬ秘密を、わたしから聞き出そうと、今宵、訪ねてきたわけだ」

「暴露してはならぬ秘密を聞き出すつもりはありません。名門の旗本の小寺基之どのが、わが稽古刀の大小を派手派手しく拵えて差料にしていた若侍のころ、どのような日々を送っておられたのか、正之さんがご存じなら、お聞かせ願えぬかなとうかがいました。なんのために、と思われるでしょうね。自分でも、なんのために、と定かに申せません。わが稽古刀が、人と人の縁《えにし》、つながりにいかにかかわって、どのような役割をはたしたのかと、それが妙に気にかかるのです。それだけなのです。あ、いや、いらざる詮索をして小寺基之どのにご迷惑をかけるなら、むろん、けっこうなのです」

「物好きだね、国包さん。そういう人だったんだね。今初めて知ったよ」

正之は、そう言ってにやにやした。

「小寺どのの若き日の暴露してはならない秘密があるのかないのか、わたしは知らない。みなが知っていることしか、わたしは知らないからね。だから、かまわないよ。小寺基之どのは、この春四十一歳で、書院番頭に就いたのは、もう十年以上前の二十代の半ばをすぎたころだった。小寺家は書院番頭の家柄、友成家は小姓組番頭止まりの家柄だ。同じ上さまの御側衆でも、家格家禄ともに小寺家が上ゆえ、わたしより歳がだいぶ下でも、気安く言葉を交わすことのできる相手ではなかった。それは今でも変わらない。お訊《たず》ねの小寺基之どのが家督を継ぐ前の、元服前のまだ若侍だったころの一時期、親の目を盗んで、京橋あたりの盛り場で悪仲間らとつるんで、昼間から夜更けまで遊び廻っていた話は、小寺どの自身が話していたのを聞いたことがある。酒場に賭場に茶屋にと遊蕩して、毎日毎日が面白くて仕方がなかったと言っていた。盛り場の地廻りらと小寺どのの悪仲間が、白昼の往来で刀を抜いた喧嘩になって、怪我人を出したことも、何度かあったらしい。本気で斬る気はないのだが、棒きれしか持たない地廻りどもは、刀をふり廻して威《おど》すとすぐ逃げ腰になるし、たまに、小勢で向かってくるのを、仲間らとよってたかって痛めつけたりするとかね。あれで、よく死人を出さなかったものだとも、あらくれの若いころが懐かしそうに笑っていたね」

正之は、少し物憂げな目を宙に遊ばせ、語調を変えた。

「何しろみな裕福な旗本の倅だし、小遣いには困らないし、盛り場にいけば誰もがお坊ちゃんお坊ちゃんとちやほやする。盛り場に出かけるときは、できるだけ派手さや奇妙さをてらう拵えにすると注目されるしで、十代半ばごろの若衆が、いい気にならないはずがない。差料のことでは、仲間はみな元服前ながら、すでに親から二刀を与えられていたけれど、仲間らと集まるときはなるべく派手な刀を自分で拵えて、それをこっそり腰に差して、これは正宗だ、これは長船だと、勝手に言い触らし見せびらかして、得意になっていたようだね。ずいぶんいい加減だが、本人はいい加減さに気づかず、真剣で熱かったそうだ。その赤鞘に白柄の国包も、小寺どのが仲間らに見せびらかすために作ったと思われる」

正之は、十蔵の後ろに寝かせた刀袋へ目を投げた。

国包は、束の間をおいて言った。

「小寺基之どのが、そのような遊蕩とあらくれをやめた事情やきっかけが、何かあったのですか」

「小寺どのが言っていたのは、元服をして前髪を落とし、書院番頭の父親の供を命じられて御城勤めの見習が始まったのだ。いつまでも子供ではいられない。ありがちな事情だね」

「そのころの人とのかかり合いで、小寺どのがどなたかと云々《しかじか》というような子細があったとか、そのような話はお聞きではありませんか」

「云々とは、例えば、吉原《よしわら》の太夫と密《ひそ》かな浮名を流したとか？」

正之はにんまりとして、酒で濡れた唇を舐《な》めた。そして、

「十代半ばの若衆に、吉原の太夫は無理だな。面白そうな話だが、そういう話は一切知らないし、余所《よそ》から聞いた覚えもない。本途に知らないのだから、国包さんの物好きにこたえられないね」

と続けて、高笑いをまいた。

だが、正之はひとしきり高笑いをまいたあと、真顔になった。

「国包さん、旅芸人の熊太夫に、それの元々の持ち主が、書院番頭の小寺基之どのであったと、伝えるつもりかい？」

「伝えると、差し支えがあると、思われますか」

「たぶん、小寺どのは元服をして行いを改めると決めたとき、国包の大小を手放し

たのだろう。それがいく人かの手をへて、旅芸人の熊太夫の手に入った。それだけのことで、小寺基之どのと熊太夫は、国包の刀を手にしたという以外、なんのかかり合いもないとは思う。ただ、万が一、小寺基之どのと熊太夫の間につまらぬもめ事が持ちあがったなら、国包さんも多少の波をかぶるかもしれないね。だから、伝えるのはやめろと言うつもりはないよ。大した事柄ではない。万が一、熊太夫が勘違いして小寺基之どのを縁者のつもりで訪ねたとしても、小寺家は門前払いをするだろう。上さまのお側に仕える書院番頭の、体面があるからね。身分には、表の顔と裏の顔があって、裏の顔が表に出てきては、身分に障りがあるのだ。当然、友成家の場合も同じだからね」

裏の顔をつくろうように、正之はまた明るい高笑いをまいた。

そこに、表玄関のほうが騒がしくなり、どうやら、伯父の数之助を乗せた駕籠《かご》が戻ってきたらしかった。

「ご隠居さまのお戻り」

供侍の声が邸内に響いた。若党が廊下を足早にわたっていき、玄関に出迎えの声が聞こえた。

「帰ってきたね。案外早いな」

「では、伯父上にご挨拶を申しあげ、われらはこれにて、おいとまいたします」

「駄目だよ、国包さん。ここでかえしたら、父に叱られるよ」

と、ほどもなく、書院の次の間に忙《せわ》しない足音がして、間仕切の襖が両開きになった。友成数之助が、亀の甲羅のような両肩からひょこりと持ちあげた顔を、国包に向けた。色白の顔に酒の朱が差し、額の染みや長い年月を刻んだ皺《しわ》が、墨のかすれた隈《くま》どりに見えた。

数之助は立ったまま、不気味な笑みを一座へ投げた。

「父上、お戻りなさいませ」

「伯父上、お戻りなさいませ。本日は所用があって正之さんをお訪ねいたし、馳走《ちそう》になっております」

正之と国包が辞儀をし、十蔵が挨拶をした。

「おまえたち、何を企《たくら》んでおる。わしのおらぬ間にこっそりと。国包、まだ帰ってはならぬぞ。おぬしの所用を、わしも聞いてやる。わしも一緒に呑むぞ。着替えてまいるので、十蔵、ちゃんと主の番をしておけ。国包には、わしからも言いたいことがいろいろあるし、正之はわしを煙たがってさけておるし、ふむ、これはよい機会だ。よいな」

「ははあ」

正之と国包、そして十蔵の三人は畏まった。

四

野や山や堤の桜の木に、花弁が淡く果敢ない朱色を少しずつ見せ始めていた。

しかし、三日目のその日は、朝から冷たい雨が、強くなったり弱まったりして降り続き、春の初めに季節が戻ったかのような一日になった。

垂れこめた灰色の雲が江戸の町を覆い、北の果ての帯状に横たわる、いっそう暗みを増した分厚い雲に、とき折り、稲妻が雷鳴もなく走った。

雨は、昼をすぎても止まなかった。むしろ、空は次第に暗くなって雨が強く降り出し、木々を騒がせ、堤や川辺の蘆荻を震わし、川面《かわも》を激しく叩いた。

灰色に包まれた中川堤の景色の中に、人の気配は途絶えていた。

希《まれ》に鳥影がかすめるものの、葛飾郡のその一帯は激しい雨音に遮断されていた。

その昼さがり、一艘《そう》の茶船が、雨に打たれて川面の乱れる中川を、ゆっくりと漕《こ》ぎのぼってくるのが見えた。茶船は竹皮の掩蓋《えんがい》が覆い、菅笠をかぶった船頭が、艫《とも》の櫓床《ろどこ》に櫓を軋らせていた。

茶船は本所《ほんじょ》の竪川《たてかわ》をさかのぼり、逆井《さかさい》の渡しから西へ東へと大きく蛇行する中川を、北へ漕ぎ進んできたのだった。

ほどなく、茶船は中川が西から東へと弧を描く下平井の渡し場へいたり、下平井側の歩みの板の杭《くい》にしっかりとつないだ渡船が見えてきた。

堤下の葭簀を垂らした小屋も、炉の煙はのぼっていなかった。

対岸の向島の小村井村の渡し場も、雨に打ちひしがれて灰色に烟《けぶ》っている。

茶船は、人気のない下平井の渡し場を一町ほどすぎたあたりで、川中からゆるやかに平井側の堤のほうへ船を寄せ始め、艫の船頭は櫓を棹《さお》に持ち替え、蘆荻の覆う川岸へと舳を近づけていった。

船腹が川底の土を擦り、舳が川縁の水草を分けた。

降りしきる雨が、掩蓋を叩き、飛沫《しぶき》となってはじけていた。

船を川岸へ寄せきると、菅笠に紺の合羽《かっぱ》を着けた男らが三人、掩蓋から出てきて蘆荻の覆う岸へ飛びおり、舳を岸へ引き上げ灌木《かんぼく》に船をつないだ。

続いて、菅笠に紺縞の合羽を着けた大男が、掩蓋から這い出て、舳に立った。大男は、菅笠からはみ出そうなほど大きな、鏡餅のような白い顔が濡れるのもかまわず、恰も雨乞《あまご》いの儀式のように、どす黒い雨雲に向かって巨体を反らした。紺縞の引廻し合羽は、肥満した身体を覆いきれず、分厚い肉の盛りあがる両肩に降りかかる雨を、かろうじて防いでいるばかりだった。

続いて、同じ紺縞の合羽をこれは船板に引き摺《ず》って、小男が出てきた。小男は、伸びをした大男のすぐ後ろで、菅笠を雨に打たせた。

「熊太夫、いいかい」

豆吉が、雨を散らす熊太夫を見あげて言った。

「あいよ」

熊太夫は豆吉へふりかえって言った。そして、川岸と掩蓋の中の紺合羽の若い衆を見廻した。若い衆は六人いた。

六人とも、昂《たか》ぶった目を光らせ、うずうずしているふうだった。

「じゃあ、おまえたち、手はずどおりに頼むよ。何もなきゃあいいけど、何もないわきゃあないよ。そのときは、明日のことはいっさい考えず、目の前のことだけを見て、身体を張るんだよ。そのときは、遠慮はいらない。思いっきりやっておしまい。相手はどうせ、生きていても値打ちのないろくでなしばかりさ。もし、おまえたちが倒れたら、あとの心配はいらない。あっしが必ず、冥土《めいど》にいけるよう、ちゃあんと弔《とむら》ってやるから。いいね」

若い衆は、甲高い喚声をそろってあげた。折りしも彼方で雷鳴がとどろき、若い衆らの昂ぶった喚声を、雷鳴のとどろきにまぎらわせた。

熊太夫と豆吉は、川岸におり、蘆荻を分けて堤にあがった。

川沿いの聖天不動の境内に、樹林に囲まれた本殿の茅葺屋根が見えた。境内や平井村の田畑、村の家々に、墨色の薄幕のような雨が降り続いている。

聖天不動の北側に、鶯垣《うぐいすがき》に囲われた百姓家ふうの一軒家が見えていた。

二人は堤をくだり、ぬかるんだ畦道《あぜみち》をたどって、一軒家を囲う鶯垣まできた。

鶯垣に沿って、主屋の様子をうかがいながら、表側へ廻った。

庭の一本松が、枝を伸ばしていた。土塀の漆喰《しっくい》が剝《は》げた古い納屋が、庭の一角に建っていた。主屋は入母屋ふうの茅葺屋根の大きな造りで、この雨のため、庭に向いた座敷の板戸は、すべて閉じられている。

屋根裏部屋の明かりとりの縦格子が、庇下に見えた。

「あの屋根裏部屋で、昼間っから賭場が開かれているんだ」

鶯垣に沿っていきながら、豆吉が庇下の格子窓を指差して言った。

「鳶吉は上平井村に住まいがあって、女房はそっちにいる。ここで寝泊まりして、賭場を仕きっているのは代貸《だいがし》と三、四人の手下だ。けど、遊之助みたいに村で暮らしているのもいるから、全部集めたら、十五人はくだらねえだろう」

「ずいぶんいるね。鳶吉もいるんだろうね」

「いるよ。いるに決まってるさ」

熊太夫と豆吉の遣りとりが、雨の音にかき消された。

片開きの戸を開いて、水浸しの庭に入った。

熊太夫は身体を丸めて表の軒庇《のきびさし》をくぐり、戸口の前に立った。

戸口は板戸が半ば閉じられ、腰高障子の片側半分が見えていた。

豆吉が腰高障子を掌で敲《たた》いてゆらした。

「申し、申し、熊太夫と豆吉と申しやす。こちらの、鳶吉さんと弟分の遊之助さんに、本日、お訪ねする約束があって、うかがいやした。鳶吉さんと遊之助さんに、お取次ぎを願いやす。申し、申し」

豆吉はもう一度、腰高障子を掌で敲いた。

少しの間があって、土間に草履の音がした。

「熊太夫さんと豆吉さんですね」

腰高障子ごしに、男の低く素っ気ない声が質《ただ》した。

「はい。熊太夫と豆吉でやす。鳶吉さんと遊之助さんにお取次ぎを……」

豆吉の言葉をさえぎるように、腰高障子が引かれた。

顎《あご》が尖《とが》り、頬骨の高いひと重の険しい目つきの男が、着流しで立っていた。男は何か言いかけたが、薄い髭《ひげ》が生えた尖った顎を突きあげ、おそらくは聞いていた以上に違いない巨大な熊太夫を、呆然と見あげた。

男の後ろに、薄暗い土間の内庭があった。内庭の暗がりにむっつりとたむろしている数人の男らが、戸口をふさいだ熊太夫を、驚いて見つめた。

「お待ちしておりやした。どうぞ」

男は気をとりなおし、痩せた肩をゆすって身をひるがえした。

熊太夫と豆吉は、内庭から大きな竈《かまど》のある勝手の土間へ通った。勝手の土間続きに、落縁《おちえん》と台所の間の板間があって、板間の炉で焚き木が炎をゆらし、五徳にかけた鉄瓶が湯気をのぼらせている。

明かりとりの板戸を閉じた土間も台所も、夜のように暗かった。竈には火が入っておらず、炉の炎が唯一の明かりだった。

だが、鳶吉らしき中年の男が、布子の半纏《はんてん》を袖を通さず肩に羽織り、炉の前で胡坐をかいて、土間に立った熊太夫と豆吉を、炉の向こうから、小首をかしげて舐めるように見つめているのは、見分けられた。

鳶吉は、羅宇《らう》の赤い長煙管《ぎせる》を片方の指先で玩《もてあそ》んでいた。

鳶吉の左右に二人が炉を囲んで胡坐をかき、土間の熊太夫と豆吉へ、顔をふり向けていた。そのひとりが遊之助だった。遊之助は熊太夫に会釈すらせず、不機嫌そうな表情を露わにしていた。

土間の先に、三人の着流しの男がたむろし、もうひとりが、長どすを杖《つえ》にして柄頭に両手を軽く重ね、落縁に腰かけていた。男らの光る目が、土間の薄暗がりを透かし、熊太夫と豆吉へ嘲笑《ちょうしょう》を投げていた。

内庭にたむろしていた男らは、熊太夫と豆吉の背後をふさぐように、勝手の土間に草履をだらしなく擦らせた。こちらにも四人の男がいて、熊太夫と豆吉は、左右から挟まれ、前方の板間に鳶吉らがいる恰好になった。

熊太夫と豆吉はずぶ濡れで、かぶった菅笠からも合羽からも雫《しずく》が絶えずしたたり落ち、土間が濡れて黒くなっていた。

「おめえか、熊太夫は。なるほどでけえな。で、そっちのちび助は、豆吉か。おめえら、見世物にはなるな。おれが鳶吉だ。困ったことがあったら、事と次第によっちゃあ、相談に乗るぜ。平井の鳶吉はそういう男さ」

鳶吉は小首をかしげ、気だるそうに笑った。

「ところで熊太夫、よくはわからねえが、おれと遊之助に、用があるそうだな。まあ、あがれ。どういう話か、聞かせてくれるかい」

熊太夫は動かなかった。ただ、鳶吉の薄笑いを凝っと見かえし、なるほどね、というふうに細かく首を頷かせた。頷くたびに、菅笠から雫がしたたった。

それから、片側の遊之助へ顔を向けた。

「遊之助さん、約束の物をいただきにきましたよ。長居はしたくないんで、いただいたらすぐに帰ります。遊之助さん、さっさと済ませましょうよ」

熊太夫が冷やかに言った。

遊之助は黙って、不機嫌な顔つきをいっそう歪めた。

「熊太夫、落ち着けよ。ときはたっぷりある。好きなだけ言いたいことを言いな。ちゃんと聞いてやるぜ。そのうえで、おめえの用件を済ませりゃあ、いいじゃねえか。遊之助、それでいいんだな」

遊之助が歪めた顔を両肩の間にすくめた。

「遊之助も、それでいいとよ。濡れててもかまわねえ。いいからあがれ。おめえの用件が済んだら、じつは、おれにも少々熊太夫に用件があるんだ」

「鳶吉さん、遊之助さんの兄き分なんですってね。遊之助さんが言ったんです。兄きに頼めば、きっとなんとかしてくれる。だから、ここへきてくれって、遊之助さんが約束したんです。約束の日が今日なんです。生憎《あいにく》、ひどい雨になりましたけどね。鳶吉さん、知ってるくせに知らないふりの小芝居は、やめましょうよ。旅芸人のあっしらでさえ、気恥ずかしくなるじゃありませんか」

「なんだと、化け物が。口は達者じゃねえか。そうかいそうかい。少しは楽しませてやろうと思ったが、じゃあ、ちゃっちゃと片づけるかい」

鳶吉は土間の左右の手下らを見廻し、炉の前のもうひとりの男に目で合図を送った。男は素早く立って、板間奥の間仕切の腰障子をけたたましく引き開けた。暗がりへ炉の薄明かりが流れ、段梯子《だんばしご》らしき影をぼんやりと浮きあがらせた。

男は段梯子の下から声をかけた。

「おい、始まるぜ。おりてこい」

すかさず、おお、と低いどよめきがかえり、天井にいく人かが動き出す振動が起こった。段梯子を荒っぽく踏み鳴らして、続々と屈強な男らがおりてきた。

男らは六人いた。みな長どすを携え、片手で前身頃をたぐって肩をゆすり、台所の板間を軋ませた。

「これで全部かい。ひいふうみいよう……鳶吉さんと遊之助さんを入れて十七人。ずいぶん集めたね。豆吉、思っていたより二人多かったね」

豆吉は震えながら黙って頷き、唾を呑みこんだ。

土間の左右の男らが、動きやすいように互いに間をとり始めた。遊之助は炉の前で片膝立ちになり、土間に不気味な殺気が漂い始めた。

鳶吉は、長煙管に炉の焚き木の火をつけた。

煙をどす黒く煤けた天井へ吐き出した。

「熊太夫、おめえのお袋とじじいの蓄えを、遊之助に持っていかれたそうだな。それをかえせと、古い話を持ち出しやがったんだってな。遊之助から聞いて、笑えたぜ。そりゃ、無理だ。大事な蓄えを盗《と》られたじじいとお袋が間抜けなんだ。おめえも、間抜けなじじいとお袋と似た者同士の化け物だ。遊之助に金なんぞねえし、こっちもたて替える気はねえ。諦《あきら》めて帰りな、と言ってやりてえところだが、そうはいかねえんだ、熊太夫」

鳶吉は、煙管の吸口を歯で鳴らした。

「ここは賭場なんだ。おめえらが客にくるというんで、迷惑だが、今日一日、賭場は休んだ。お陰で大損だぜ。迷惑料をいただかにゃあ、なるめえな。こいつらを食わせてやらなきゃ、ならねえだろう。それが渡世の仕きたり、道理というもんだ。熊太夫、迷惑料、五十両に負けといてやる。本来ならそんなもんじゃ済まねえが、この雨の中、江戸からわざわざ無駄足を運んできたんだからよ」

熊太夫は、しばし、鳶吉を見つめた。

暗い土間に、炉に燃える焚き木の薄明かりが彷徨《さまよ》っていた。

「なるほど。鳶吉、おまえは評判どおりの男だね。平井の顔利きで男伊達の兄き分だと遊之助が言うから、どういう兄き分か、聞いて廻ったんだ。そしたら、聞けるのは悪い評判ばかりだ。鳶吉は男伊達を気どっているが、男伊達とはほど遠い、金に吝《しわ》い強欲な、やくざも顔負けの破落戸《ごろつき》だ。本性はびた銭のためでさえ、人を殺しかねない悪党だと、やくざがみんな口をそろえて言うから驚いたよ。おまえ、金のためなら、あくどいことにも残虐なことにも平気で手を染める酷薄な貸元と、博徒の間ではとおってるそうだね。おまえの手下らも、内心はそう思っているんじゃないかい。おまえは、平井あたりの田舎の貸元が似合いだよ。豆吉、おまえもそう思うだろう」

「ああ、鳶吉は平井の肥溜《こえだめ》の糞《くそ》だと、みんな言ってたぜ。遊之助、てめえ、金をかえす気なんぞ端《はな》からねえんだろう」

豆吉が、今にも何かを仕出かしそうな威勢を見せた。

「あたり前だ。あれはおれが稼いでやった金だ。おれの稼いだ金をもらっただけだ。誰にも文句は言わせねえぜ。それより熊太夫、迷惑料の五十両をとっとと出しやがれ」

「遊之助、おまえは優男のふりをして、性根は抜け目のないやくざなんだね。いいさ。そうだろうとは思ってたよ。けどね、こっちにも覚悟があるよ。お母《かか》とじいちゃんの蓄えは、何があっても、ちゃんととりかえすからね」

熊太夫が言った途端、鳶吉が炉の縁に長煙管を叩きつけた。

すると、板間のひとりが、手に提げた長どすを抜き放った。

男は床を荒々しく踏み鳴らしてあがり端へ進み、腕をのばして、土間の熊太夫の太く厚い首筋へ長どすの刃を押しあてた。長どすの平地《ひらじ》が、熊太夫の首筋の皮を冷たく叩いた。

「五十両をおいてけ。そしたら命だけは助けてやる」

熊太夫と目が合った。板間の上でも、熊太夫の目の高さは男と変わらなかった。

化け物が、と男の目が嘲《あざけ》った一瞬の間に、熊太夫は男の手首をにぎり締めた。にぎり締めたままひと廻しすると、枯れ木の折れるような音がした。

男の絶叫は遅れた。

震える指の間から、長どすが土間に落ちて突きたった。

次に男の喉首《のどくび》を片ほうの掌で鷲づかみにし、へし折るのに瞬時の間もなかった。

絶叫は途ぎれ、息を喘がせ口から血を噴きこぼしつつ、手を旗のようにゆるがして、落縁に一度はずんでから土間へ転落した。

「てめえ、打《ぶ》っ殺す」

またひとりが叫び、長どすを抜き放ちながら、踏み出した。

熊太夫は、土間に突きたった長どすをつかみ、悠然と投げつけた。

長どすは暗がりにうなって回転し、あがり端に迫り、身を躍らせようとした男の腹を深々と貫いた。

「ああっ」

と、男は絶叫した。切先が背に飛び出て串刺しの身体が、躍りかけた恰好のまま片足を天井へ蹴《け》りあげ、仰のけにひっくりかえった。

板間に叩きつけられたとき、豆吉が呼び笛を鋭く高く吹き鳴らした。

呼び笛の悲痛な叫びは、主屋の暗がりを引き裂き、降りしきる雨のざわめきの彼方へ響きわたっていった。一瞬、みなが吹き鳴らされた呼び笛に気を奪われ、動き

が止まった。次の瞬間、

「化け物が」

鳶吉が炉の鉄瓶を熊太夫に投げつけた。

鉄瓶は平然と首をかしげた熊太夫の傍らを飛んでいき、熊太夫の背後を占めていた男の顔面に跳ねて、降りかかる湯を周りに飛び散らせた。男は絶叫をあげ、土間に転げ廻った。

「くそ、やれっ」

と、立ちあがった鳶吉は、続いて怒声を発した。

だが、熊太夫はすでに合羽で隠れていた帯の結び目の匕首《あいくち》を抜いていた。

男らは、かまわず熊太夫へ襲いかかっていく。

土間の奥から真っ先に斬りつける男の長どすを、熊太夫は刃鉄を鳴らして薙《な》ぎ払った。すかさず反転し、内庭側から突っこんできた男の匕首を、手甲でくるんだ肘《ひじ》で叩き落とし様、男の眉間《みけん》へ刃を走らせた。

男が悲鳴をあげて仰《の》け反ったのと同時に、奥側の男らが前後に折り重なって襲いかかってくる。

その先頭の長どすの男の脇腹へ、豆吉が身体ごとぶつかり匕首をつきこんだ。

男はわき腹へぶつかった豆吉を抱えるように、落縁へ倒れこんだ。

「この野郎」

続くひとりが喚《わめ》いて、豆吉の上から匕首をふるったところを、それより一瞬早くふりかえった熊太夫の匕首が、男の横顔の耳の下から唇までを斬り裂いた。

男は、ざっくりと裂けた疵《きず》から血を溢《あふ》れ出させ、両膝を折った。ふるいかけた匕首を落とし、土間を転がり、泣き声を引き攣《つ》らせてのた打った。

「いくよ、豆吉」

熊太夫は言い捨て、瞬時もおかずに、板間を踏み割りそうな勢いで走りあがった。

鳶吉も手下らも、熊太夫の肥満した巨体がそれほど俊敏に動けるとは、思っていなかった。

板間には、鳶吉と遊之助ともうひとりの三人、屋根裏部屋の賭場からおりてきた長どすのうち、四人がまだ残っていた。

長どすをきらめかせた四人が、束になって熊太夫に斬りかかる。

咄嗟《とっさ》に、熊太夫は炉の焚き木をつかんで、斬りかかるひとりの顔面に投げつけた。

焚き木が跳ねて、火の粉が周りに飛び散った。

「あちち……」

と火の粉に気をとられた手下らは、一瞬も怯《ひる》まず板間を震わせ斬りつけた熊太夫の匕首を防げなかった。

熊太夫は、ひとりの肩から胸へ打ち落とし、匕首をかえしてもうひとりの喉を裂いた。胸を斬られた男の前襟が割れ、赤いひと筋の疵が走る胸元を剝き出しに土間へ吹き飛び、喉を裂かれた男は、喉を押さえて身体を旋風《つむじかぜ》のように回転させて、間仕切の腰障子へ突っこんだ。

炉の焚き木が板間と土間に散り、灰が黒い天井へ噴きあがっていた。

「うおおお」

熊太夫は雄叫《おたけ》びをあげ、白いふくよかな顔は、恰も不動明王に分身《ふんじん》した竹抜き五郎のように真っ赤に燃え、恐ろしげな怒りの陰翳《いんえい》に隈どられた。

五

そのとき、勝手口の板戸が蹴り倒され、外の明かりが土間に射しこんだ。

降りしきる雨の中から、菅笠に紺合羽の若い衆らが、土間をとどろかせ、水飛沫を散らして突進してきた。

ほぼ同時に、表戸のほうからも、内庭に飛びこんだ男らの喚声が甲走った。

勝手口から三人、表から三人のわずか六人だが、突然、長どすをかざして、口々にけたたましく絶叫し、乱入した新手は、無数に見えた。

篠《しの》つく雨のざわめきが、新手に加勢した。

若い衆は土間の手下らに襲いかかり、喚き、罵《のの》りつつ、長どすを遮二無二ふり廻した。不意を衝かれた手下らは、ひとり二人と、たちまち悲鳴をあげて土間に転がって、疵つき倒され、あるいは逃げまどった。

「逃げる野郎は放っとけ。太夫に加勢するぜ」

「太夫っ」

若い衆は叫び、次々と板間へ駆けあがっていった。

一方、熊太夫の戦いは、炉のある板間から上の部屋の座敷へ移っていた。

若い衆らが水飛沫を散らして土間へ飛びこんできた一瞬から、攻守が逆転した。

鳶吉は慌てて座敷のほうへ逃げ出し、手下らが鳶吉を追った。

遊之助も逃げ出したが、豆吉が遊之助の足に喰らいついて匕首で疵つけた。

遊之助は足を抱えて板間に転んだ。その上から、熊太夫の大きな足が踏みつけにした。背中を踏みつけ、悲鳴をあげて手足を震わせたところを、

「言っただろう。次はないって」

と、うなじを二度踏みつけにすると、鈍いうめき声とかすかな痙攣《けいれん》を残して、やがて静かになった。遊之助は二度と動かなかった。

上の部屋は、縁側の板戸を閉じて真っ暗だった。

だが、間仕切の襖を開け放った板間のほうから、わずかな薄明かりが射し、熊太夫の影を部屋に落としていた。土間の乱戦の罵声《ばせい》や喚声や悲鳴、刃鉄を激しく打ち合う音が部屋に聞こえ、雨のざわめきも絶え間なかった。

熊太夫は上の部屋の天井に菅笠を擦らせ、身体の重みで畳を撓ませると、その大きな影が板間のほうからの薄明かりをさえぎり、鳶吉に覆いかぶさった。

鳶吉は匕首をかざしながらも、熊太夫の暗い陰翳に隈どられて真っ赤に燃える容顔を見あげて怯えていた。

こんなはずではなかった。なんてやつだ。こいつは本物の化け物だ。

鳶吉は慄《おのの》いた。

手下らは、熊太夫を囲うように位置をずらし、長どすで身がまえた。しかし、

「お、親分」

と、男のひとりが熊太夫を見あげて、怯えた声を張りあげた。まだやるか、逃げ

るか、迷っていた。熊太夫に斬りかかる気迫は、もうなかった。

「やれ、やっちまえ」

鳶吉が叫んだ。

ひとりが腰の引けた恰好で、捨て鉢な絶叫をあげて長どすをふり廻した。

熊太夫は、匕首で事もなげに長どすをはじき飛ばし、手下の顔面へ分厚い掌を見舞った。手下は首を歪めて間仕切の襖に衝突して押し倒し、下の部屋に転がった。

おまえたち、まだやるかい、というふうに、熊太夫は残りの二人の手下を睨《にら》みつけた。それから、天井に菅笠が擦れぬよう身体を低くして、鳶吉へ歩み出した。

そこへ、「太夫っ」と叫んで、若い衆がなだれこんできた。

「やべえ」

真っ先に鳶吉が身をひるがえして、縁側を閉じた板戸を蹴り飛ばした。

板戸が庭に落ち、雨の飛沫が縁側に降りこんだ。外の青白い明るみが、部屋の暗がりを吹き払った。

鳶吉が庭へ飛びおりようとした瞬間、熊太夫の太い腕が、鳶吉の首へ背後から巻きついた。鳶吉の身体を大きな腹に乗せ、巻きつけた腕を持ちあげた。鳶吉は鶏のように喉を鳴らし、目を白くして足をじたばたさせた。

蔦吉は匕首を闇雲にふり廻して抗《あらが》ったが、匕首をにぎった手首や手の甲を、熊太夫の匕首が、繰りかえし斬りつけた。そのため、手首や手の甲が何ヵ所も疵ついて血まみれになった。

蔦吉は匕首を落とし、垂らした手の先から血がしたたり落ちた。

熊太夫は、蔦吉を太い腕に首吊りにして、木偶のように垂れた足をゆらしながら板間へ連れ戻した。

板間と勝手の土間に転がる男らの息の根を、若い衆がひとつひとつ確かめた。

生き残った数人の男らは、雨の中を逃げ去っていた。

散乱した焚き木の火は、若い衆らの散らした水飛沫で消えていた。

「蔦吉、おまえがたて替えることになっていた金は、お母とじいちゃんの蓄えだ。だからもらっていく。遊之助はもうあっち者になってしまった。遊之助の持ち去ったお金をおまえがたて替えるなら、おまえの命はとらない。見逃がしてやる。だからお金をお出し」

熊太夫が、蔦吉を腕の中でゆさぶった。

蔦吉は垂らした両足をぶらつかせ、血まみれではないほうの手を、かろうじて持ちあげた。そして、蔦吉が坐っていた炉の前の、円座の傍らにおいた金箱らしき箱を差した。金に吝い鳶吉は、いつも用心深く金箱を持ち歩いていたのだろう。

「あ、そうだ。これに違いねえ」

豆吉が飛びつき、金箱の留め金をはずした。

「おお、すげえ。金がざくざくだぜ」

「この野郎、ずいぶん稼ぎやがったな」

「これだけありゃあ、遊んで暮らせるぜ」

のぞきこんだ若い衆らが、目を瞠《みは》った。

熊太夫はぐったりした鳶吉を板間に捨て、浮かれている若い衆をたしなめた。

「五十両以上はとるんじゃないよ。あっしらは盗人《ぬすっと》じゃないんだ。盗まれたお金を鳶吉さんに、たて替えてもらうだけなんだからね」

「やめろ。勝手に手を出すんじゃない」

豆吉が、若い衆がのばす手を払った。

熊太夫は、板間に投げ捨てられ、仰のけになった鳶吉の傍らに大きな身体をかがめ、煤けた天井に向けている空《うつ》ろな目をのぞきこんだ。

「鳶吉さん、たて替えてもらったお金は、いただいていくよ。これで、お母とじいちゃんもやっと浮かばれるだろう。ありがとさん」

熊太夫の顔は、真っ赤に燃えて不気味な陰翳で隈どった怒りが鎮まり、白い鏡餅のような、ふくよかな静けさをとり戻していた。

降り止まぬ雨が川面を乱す中川を、茶船はくだった。

棹を櫓に持ち替えた艫の船頭が、櫓床を気だるげに鳴らしていた。

夕刻にはまだ少し間がある刻限だが、雨雲に覆われた川筋は、くすんだ薄墨色に染まり、川堤にも野にも人影はなかった。

茶船の竹皮で編んだ掩蓋を、雨が騒がせていた。

ただ、雨の音にまじって、遠くの空に鳥が鳴きわたっていった。

幸い、あれだけの乱戦で、若い衆に怪我人が出なかった。

みなずぶ濡れながら、若い衆は斬り合いの興奮がまだ収まらない様子である。

熊太夫の合羽や着物に、刃の裂け跡が数ヵ所残っていた。頰と額にも、赤い疵痕《きずあと》が薄く筋を引いていた。

艫の船頭に話をつけていた豆吉が、菅笠の雫を垂らし濡れた合羽を引き摺って、掩蓋に入ってきた。

「話はついいた。心づけをだいぶ遣ったぜ」

豆吉がささやき、熊太夫は怠《だる》そうに頷いた。

新橋の河岸場で、廻船《かいせん》の瀬どりを生業《なりわい》にしている船頭だった。金のために、裏仕事を承知で引き受けた。

「熊太夫、江戸にきた仕事が、ひとつ片づいたな」

熊太夫は頬笑んだばかりで、返事をしなかった。それから、喉の周りの肉を震わせ、小さな咳《せき》を繰りかえした。

「武蔵国包ができあがるのは、もう少し先だな。それができたら……」

豆吉は続きを言わず、菅笠を脱いで才槌頭を廻らし、掩蓋の外へ目を投げた。

「さっさと、江戸をおさらばしてと。もう二度と、江戸にくることはねえだろう。贔屓《ひいき》の市川団十郎も、あんなことになったしな」

豆吉は熊太夫へ目を戻した。

熊太夫は黙って目を伏せていた。疲れた様子だった。

「さすがの熊太夫も、疲れたかい。何しろ、大立ち廻りだったからな。さすがにあっしも、これでお陀仏《だぶつ》かと思った。市川団十郎の曾我五郎もびっくりだぜ」

豆吉は戯れを言って、頬笑みをかえす熊太夫と目を合わせた。鏡餅のような白いふっくらとした顔が、青ざめている。

「どうしたんだ。具合が悪いのか」

と言いかけ、あっ、と豆吉は声をもらした。熊太夫の着物の脇腹に、赤黒い血の染みが丸く広がっていた。合羽と太い腕が血の染みを隠していたため、豆吉は気づかなかった。

「熊太夫、やられたのかい」

豆吉が動揺して言った。

騒いでいた若い衆らが静まり、一斉に熊太夫へ目を向けた。

「大丈夫だよ。そうじゃないよ」

熊太夫は若い衆らへ、わずらわしそうに言った。しかし、豆吉と若い衆らは、熊太夫から目を離さない。

「治りかけてたんだけどね。われを忘れて、ほたえすぎちゃったね」

「も、もしかして、熊太夫、そりゃあ先だっての、門前町の沢太郎らに言いがかりをつけられたときの、腹に受けたあの疵かい」

熊太夫は気怠い笑みを見せた。

「ええっ。そ、そうだったのかい。おめえ、大丈夫かよ」

豆吉は眉をひそめ、差し出した両手を宙に震わせた。

「大丈夫。寝れば治る。放っといておくれ」

熊太夫はきれ長の目を閉じてうなだれ、うむ、と小さくうめいた。

若い衆は不安そうに、目を見合わせた。豆吉は熊太夫に手を出しかねて、目をしょぼしょぼさせた。

掩蓋の中は急に静まり、雨の音と櫓の軋みが聞こえた。

船は中川を這うようにくだり、鳥が鳴きわたっていった。

六

芝の神明の大鳥居を抜け、数段の石段の上の冠木門《かぶきもん》をくぐった。檜皮葺《ひわだぶき》屋根の厳かな拝殿が、木々を背にして静かな佇《たたず》まいを見せていた。

狛犬《こまいぬ》が拝殿の前で向かい合っている。

陽気に誘われてか、境内の参詣客は多かった。参詣客の上を桜の花弁が、あちらにひとつ二つ、こちらにもひとつ二つ三つと、舞い散っていた。

境内の北東の一角に、熊太夫一座の小屋掛けが見えた。小さな櫓《やぐら》があげられ、櫓には一座の紋を染めた紫の櫓幕を引廻し、毛槍《けやり》や白の御幣を飾りつけてある。

大芝居とは違って形ばかりの櫓だが、小屋掛けのそばに、数十年前に植えられた神明の八重桜が、春の空へ差しのべるように広げた枝に淡紅色の花を咲かせ、櫓の飾りに彩りを添えていた。

「あれですな」

「小屋は粗末だが、華やかな八重桜だ」

「華やかですな」

国包と十蔵は小屋掛けを見やり、言い合った。

二人は拝殿に参拝し、それから砂利を踏み締め、花盛りの八重桜を見あげつつ、傍らをすぎた。

小屋は、竹矢来《たけやらい》を組んで筵《むしろ》をかけ並べ、小屋の中が見えないように区画した切《きり》虎落《もがり》を、周囲に廻らしてある。櫓の下に、市川団十郎追悼興行、と色とりどりに染めた幟《のぼり》をたて並べ、それがいかにもまがい物じみた風情だった。

幟の間に、狭い鼠木戸《ねずみきど》が開いている。

小屋は静かで、木戸番はいなかった。客が入っている様子もない。

木戸をくぐったすぐのところに、突棒《つくぼう》や刺股《さすまた》、袖搦《そでがらみ》などの警備用の武具がたててあった。切虎落の中は、芝居と呼ばれる見物席の土間があって、屋根のない芝居の上に空が見あげられた。桜の花弁が数片、芝居に舞い落ちてきた。

客の姿はなく、芝居は境内の地面が剥き出しだった。

鼠木戸をくぐった正面に、吹き抜け床の舞台が三方を芝居に囲まれた恰好でせり出し、渡り廊下の橋掛《はしがかり》が揚幕《あげまく》のおりた楽屋と舞台の後座《あとざ》をつないでいた。舞台と後座の角に柱がたっていて、舞台と後座だけは板屋根が覆ってある。そして、後座の背景の粗末な板張りに、形だけを真似た老松《おいまつ》が描かれていた。

粗末な小屋掛けの、芝居は狭く、舞台もずい分小さく見えた。

その舞台に、六人の若衆髷《わかしゅわげ》の若い衆が、輪になって坐りこみ、声高に笑いざわめきながら白粉《おしろい》を塗っていた。小男の豆吉が若い衆の間を動き廻り、何かを言い聞かせている。けたけたと笑い声をたてたひとりの頭を、

「早くやれ」

と小突いたりして、ほかの若い衆がそれを囃した。

「静かにしろ。太夫が休んでるんだぞ」

豆吉が叱るが、若い衆らは少しも聞くふうではない。

「何やら楽しそうですな」

十蔵が国包に並びかけ、舞台を見やって言った。

「狂言の支度だろう。熊太夫は楽屋か」

国包は舞台へ進んだ。

若い衆が気づいて、師匠だ、師匠だ、と急に騒いだ。

豆吉が舞台を飛び降り、小走りになって国包と十蔵の前にきた。

「これはこれは、一戸前の師匠、わざわざのお越し、畏《おそ》れ入ります」

豆吉が膝に手をそろえ、白髪髷の才槌頭を低くした。

「ご注文をいただきました、武蔵国包の銘を入れた大刀ひと振り、拵えもようやく仕あがり、お届けにまいりました」

十蔵が莫蓙《ござ》のくるみを両腕で捧げ持ち、豆吉に見せた。

「ありがとうございます。太夫が待ちかねておりました。太夫は楽屋におります。まずは太夫に」

と、いきかけたところへ、身づくろいを済ませた若い衆が舞台をおりて駆け寄り、国包と十蔵をとり囲んだ。

「師匠、刀ができたんですね」

「わあ凄《すご》い。見せてください、師匠」

「武蔵国包の名刀なんでしょう。見たい見たい」

若い衆らがはしゃぎ、艶めいた脂粉の香をふりまいた。

「駄目だ駄目だ。おめえらに名刀の値打ちが分かるわけがねえ。ぐずぐずするな。さっさと出かけねえか。お客を待たせるんじゃねえ」

「師匠の名刀を見てからいくよ」

「馬鹿野郎。てめえの仕事をしろ。太夫に言いつけるぞ。庄之助、おめえが頭だ。聞き分けよくさせろ」

ええ？　と不満の声をもらしつつ、艶めかしく身体をくねらせしぶしぶ離れていった。若い衆らはそれぞれ身綺麗な小袖をまとい、若衆髷の頭には、置手拭《おきてぬぐい》や吹き流した手拭をつけていた。

「粗相のないように、しっかり務めるんだぞ。座敷を間違えるんじゃねえぞ」

豆吉は、鼠木戸をくぐり出ていく若い衆らへ、慣れた荒っぽい言葉を投げた。それから、ふうむ、とひと息吐き、

「ご贔屓のお座敷に呼ばれていましてね。これも大事な芸人の務めなんで」

と、国包と十蔵へ物思わしげな笑みを向けた。

「では、今日は興行が休みですか」

「じつは、太夫が少し具合を悪くしておりやして、臥《ふ》せっておりやす。太夫がいな

きゃあ、狂言が始まらねえんで、ここんとこ、興行は休んでおりやす」

「さようでしたか。ご心配なことですな。お加減はいかがですか」

「太夫は、大したことはないと言って、元気は元気なんです。けど、あっしは江戸の興行をそろそろ仕舞いにしたほうがいいかなと、思っておりやす」

「熊太夫さんはまだお若い。とは言え、養生は肝心です」

「太夫は二十五歳です。まだまだ、これからの役者ですから」

豆吉がしみじみと言った。

そのとき、白くむっちりとした大柄に、笹と川の流れの涼しげな文様を染めた浴《ゆ》衣《かた》一枚の熊太夫が、楽屋の揚幕を両手で開き、橋掛に現れた。熊太夫は芝居の国包のほうへ上体をゆっくり傾けた。

「一戸前さま、刀が仕あがったんですね。嬉《うれ》しゅうございます」

浴衣は丈が足りず、裾《すそ》下に太い両脚の脛《すね》が露わになって、踏み締めた橋掛の板を撓ませていた。

それから、熊太夫は橋掛の板を鳴らしつつ、後座へ悠然と足を運び、後座から舞台正面へ進み出た。そこで、舞台の隅の柱に手を添え、大きな身体を支えたかに思われた。浴衣の前襟の間に、ぼってりとした胸が白々とのぞいている。

先月、鍛冶場を訪ねてきた折りは、なめらかな白い肌に瑞々《みずみず》しい艶が感じられたのに、今日は色褪《いろあ》せて青くむくんで見えた。

具合を訊ねることを、国包ははばかった。

舞台の下へ進み、熊太夫に辞儀をした。そして言った。

「ご注文の武蔵国包の大刀ひと振り、拵えを調え、お届けにまいりました」

十蔵が刀をくるんだ莨蓙を両腕で捧げ、国包に並びかけた。

「ありがとうございます。これで縁者への手土産ができました。堂々と訪ねることができます」

熊太夫は小屋を見廻し、国包へ向きなおった。

「ああ、今日は気分がいい。一戸前さま、大芝居の舞台とは比べ物にはなりませんけれど、ここがあっしらの舞台なんでございます。方二間の舞台に、目付柱《めつけばしら》。あっちがわき柱、笛柱《ふえばしら》にシテ柱。後座があって、橋掛もあります。古式の能狂言の舞台を手本にして、京の都で歌舞妓踊を始めたころの出雲の阿国も、これと同じ造りの舞台にあがっていたはずです。今の四座の狂言は、昔のような放れ狂言ではなく続き狂言ですから、多くの役者が同じ狂言で舞台にあがります。方二間では狭く、方三間に舞台を広げたんです。でも、熊太夫一座は放れ狂言しかできませんから、舞台にあがるのはひとりか二人、せいぜい三人。昔ながらの古式に倣った、出雲の阿国と同じ方二間の舞台でかまわないんです。でもね、こんな小屋掛けでも、大芝居と同じく、神さまの依代《よりしろ》の櫓をあげ、悪霊を防ぐ武具も具《そな》えています」

熊太夫は、切虎落の中に入ってすぐのところに備えた、突棒や刺股、袖搦などの武具を手で指した。あの武具にはそういう意味があったのかと、国包は武具を見て頷いた。国包の鍛冶場も、多くの神々によって守られている。

「一戸前さま、どうぞ、あがってください」

熊太夫は舞台正面から、後座へゆっくり退った。

国包と十蔵が二尺五寸の舞台にあがり、そのあとから、十蔵が手を貸して豆吉が舞台にあがった。舞台は、しっかりと板が組まれている。

「この後座で囃し方が、三味線、太鼓、大鼓や小鼓、笛で囃します。あっしと豆吉は三味線が弾けます。若い衆は太鼓や笛です。熊太夫一座は、小さな一座です。囃し方は舞台にあがらない役者が務めるので、狂言や踊りが始まると、みなひと息吐く間もなくて、てんてこ舞いなんですよ。こちらです」

熊太夫が先に立ち、橋掛を鳴らして揚幕で隔てた楽屋へ導いた。

楽屋は、熊太夫が坐っても頭がつかえそうなほど屋根板が低く、床は莫蓙を敷いただけだった。ただ、狭いながら奥行があって、熊太夫は、奥に重ねた布団、いく段も積んだ葛籠や柳行李《やなぎごうり》、衣紋掛《えもんかけ》に吊るした狂言や踊りのときに着る、色とりどりの裃《かみしも》や女物男物の小袖や内かけなどの衣装を背にして、端座した。

明かりとりの窓はないが、揚幕を透かした外の明るみが射しこんで、熊太夫の青白い顔を照らしていた。

国包は熊太夫と半間余をおいて対座し、十蔵は国包のすぐ後ろに控えた。

「社務所で湯をもらってくる」

と、豆吉はすぐに姿を消した。

「ここでは、あっしと豆吉しか寝られません。若い衆は舞台で寝ます。一戸前さま、こんなところで申しわけありません。お刀を拝見いたします」

具合が悪いのか、熊太夫の息が少し乱れていた。

十蔵が茣蓙のくるみを解き、大小二振りの刀袋を国包に差し出した。

国包は刀袋から、赤漆塗りの朱鞘に、本鉄地の二つ巴紋の鍔、純綿白撚糸の柄が色鮮やかな大刀と小さ刀を抜き出して、熊太夫の前に並べた。

「まあ綺麗。思っていたとおりです。これならきっと、気に入っていただけます。拝見いたします」

熊太夫が大刀をにぎると、大きな拳の中で、朱鞘と白柄の一刀は、武者人形の玩《おも》具《ちゃ》の太刀のように見えた。やおら鯉口を鳴らし、屋根板へ向けて音もなく、慎重に鞘をすべらせた。

銀色にぬめる本身は、うっすらと白い丁子《ちょうじ》乱れ刃紋が流れ、鎺《はばき》からふくらの先端の鋒《きっさき》までが、なだらかな反りを見せていた。

熊太夫は、鋒を屋根板に向けてかざし、刀身の肌が目に触れそうなほど近づけて、うっとりと見つめた。

「ああ、美しい」

と、果敢なげに呟いた。そして、恰もこのひと振りとの出会いを、長い間待ち焦がれていたかのように、深いため息を吐いた。

「刃渡りは定寸の二尺三寸五分。反りは六分。柄は八寸。本鮫地に純綿白撚糸ひねり巻にて……」

鍔、鞘、鐺や柄頭、縁金《ふちかね》、切羽などの諸金具から下げ緒まで、国包はひととおり、いかなる拵えかを話して聞かせた。

その間、熊太夫は刀身から目を離さなかった。刀身を何度もかえし、凝っと見つめる顔つきは、何かを噛《か》み締めているふうでもあった。熊太夫の青ざめた顔に、わずかな朱が差し、胸の昂ぶりが大きな肩の上下でわかった。

しばらくして、昂ぶりが鎮まり、熊太夫は刀を鞘に納めた。刀袋に収め、

「一戸前さまに、これを作っていただいてよかった。お陰で腹が据わりました。残りの代金をお支払いいたします。豆吉……」

と、揚幕の外の豆吉に声をかけた。社務所から白湯《さゆ》をもらってきた豆吉は、橋掛で茶の支度にかかっているらしかった。

「お待たせしやした」

揚幕を払い、折敷に碗を載せて楽屋に入ってきた。どうぞ、と国包と十蔵、熊太夫の前に碗をおいた。ほのかな茶の香が漂った。

「豆吉、一戸前さまに刀の代金をお支払いして差しあげて」

熊太夫は、大小の二振りを収めた刀袋を膝におき、国包へ改まった眼差《まなざ》しを寄こした。豆吉は、へい、と頷いた。

武蔵国包の値段は、大刀の本身が三両二分で、半額を注文の折りに受けとっている。だが、柄、鍔、鞘、諸金具それぞれの職人に頼み、拵えは本身より高くつき、四両以上がかかった。

「それで、一戸前さま。先だってお訪ねした折りの、もうひとつのお頼みは……」

肝心な話をまだ聞いていない不安が、熊太夫の口ぶりにまじっていた。

「熊太夫さんのお訊ねの小さ刀は、二十五年前、わたしがまだ師匠の下で修業の身であったときの稽古刀、大小二振りの小さ刀に相違ありません」

国包が言うと、熊太夫は聞き漏らすまいとするかのように国包へ身体を傾け、首をかしげた。

豆吉は揚幕の下に畏まり、肩をすぼめて聞いている。

「わたしはのちに、師匠の養子に入った身にて、そのころは一戸前国包にはあらず、刀鍛冶の銘もありませんでした。銘も持たぬ修業中の刀鍛冶の稽古刀に、国包、とそれらしく銘を入れたのは、師匠が刀を卸す備後屋と申す刀屋の今の主人です。赤鞘と白柄、二つ巴紋の鍔などの拵えは、それを買い求めた侍が、拵えをそのようにと指示し、備後屋が拵えさせました。大小二振りを買い求めた侍は、そのころはまだ元服前の十六歳だったと思われます。名は小寺基之と申されます。ただ今は、旗本四千三百石小寺家のご当主にて、幕府御書院番頭に就いておられます」

揚幕の下の豆吉が、「ええ?」とすぼめた肩から才槌頭を持ちあげた。まばたきもさせず瞠った目を、熊太夫に向けた。

しかし、熊太夫に驚いた様子はなかった。むしろ、安堵《あんど》した素ぶりで、傾けた身体を戻した。豆吉が、肩を落としてため息を吐いた。狭い楽屋は、物憂げな沈黙に包まれた。

国包に、それ以上の言葉はなかった。

「お伝えいたすのは、それだけです」

すると、国包の言葉を止めるように熊太夫が言った。

「一戸前さま、卑しい旅芸人の縁者に、四千三百石の旗本のお侍さまがいたとしたら、おかしいでしょうか。そのお侍さまが、将軍さまのお側近くにお仕えする御書院番頭だとしたら、畏れ多いことでしょうか」

「熊太夫さん、それがまことなら、小寺基之どのを、訪ねるおつもりなのですか」

国包は訊きかえした。

熊太夫は目を伏せ、こたえなかった。

捜していた縁者が小寺基之と知れ、その身分の違いに、熊太夫は戸惑い、畏れ入っているのかと、国包は思った。

だがすぐに、いや、そうではない、と思いなおした。

熊太夫は、捜していた縁者がわかって初めて、わからなければよかったと、気づいたのだと思った。重たい実事に向き合うことに、熊太夫はたじろいでいた。

熊太夫は江戸の武家の縁者を知らなかった。なぜ知らなかったのだ……

国包は、熊太夫を哀れに思った。

「熊太夫さん。その小さ刀が、二十五年前、旗本の小寺基之どのに買い求められたひと振りとわかったとき、初めは、熊太夫さんの言われた江戸の武家の縁者が、小寺基之どのとは思えませんでした。無礼をお許しください。お訊ねのとおり、身分がかけ離れすぎていると、思ったのです。小寺どのが刀を手放し、様々な人の手をへて、熊太夫さんの手に入ったのであって、熊太夫さんはその中の誰かを捜しておられ、その誰かが、熊太夫さんの言われた縁者なのだろうと、この十蔵ともそういう推量をしておりました」

熊太夫は、目を伏せたままである。

「ですが、今はそうは思っておりません。家禄四千三百石の名門の旗本にて、将軍のお側近くに仕える御書院番頭の小寺基之どのが、熊太夫さんの縁者に違いあるまいと、わけも知らずに推量しております。勝手な推量をお許しください。刀鍛冶は刃鉄を真っ赤に沸して、刃鉄の中の混じりけを叩き出し、混じりけのないぎりぎりまで打ち鍛え、硬い刃鉄に仕あげるのです。ご注文のひと振りを鍛えて日を重ねるうちに、勝手な推量の混じりけが叩き出され、刃鉄のような硬い確信に変わっていきました。熊太夫さん、身分の違いがおかしくとも、畏れ多くとも、まことの縁者であれば、縁者に変わりはありません。そうではありませんか」

国包の言葉に、熊太夫は伏せていた目をあげた。二刀の刀袋を、浴衣の襟元がはだけた白いふっくらとした胸に、まるで童女が愛おしむように抱えた。


国包と十蔵は、門前町と神前町の参道を戻った。

高い空に八重桜の花弁がちらほらと舞い、のどかな春の午後が続いている。

神明の参道には、土産物屋や休みどころの茶屋、前垂れをした女が客を呼ぶ水茶屋、菓子処、焼き餅の香ばしい煙がのぼる店、薬種店、神棚や仏壇・仏具の店、陶器屋などの、どれも小店《こだな》が、軒をつらねている。

国包は晴れた空を仰ぎ、後ろに従う十蔵にふり向き、聞いた。

「十蔵、どう思う」

十蔵は、俯《うつむ》き加減に少し物思わしげだった。

間をおき、やおら、十蔵はこたえた。

「人の不幸は様々だと、身につまされました。それがしも……」

と、十蔵は言いかけて止めた。

国包は、参道の後方の鳥居へ目を投げた。鳥居の先に、社の檜皮葺屋根と青く繁る木々が見える。

それから、国包は前へ向きなおり、背中で呟くように言った。

「気が重い」

「わかります。旦那さまの背中にそのように書いてござる」

「背中に書いてあるか」

「はい。小屋を出てから、ずっと。はっきりと読めます」

「修業が足りん。未熟だな」

しかし、国包はすぐに続けた。

「熊太夫が江戸の縁者を知らなかったのは、なぜなのだろう。小寺基之の名を、誰にも教えられなかったのだな。ならば、なぜ、江戸に武家の縁者がいるとわかったのだろう」

「さて、なぜなのですかな」

「熊太夫は、誰にも教えられなかった江戸の縁者を訪ねて、何をするつもりなのだろう。気になる」

「旦那さまに、かかり合いのないことです。気になさいますな。旦那さまは、人の心を捉《とら》える名刀を鍛えられた。名刀だからこそ、人がかかり合い、物語が生まれたのです。物語が生まれたのは、旦那さまの所為《せい》ではありません。稽古刀ですでにそれほどの名刀を作っていたことを、自慢に思いなされ」

十蔵が国包の背中に言った。

「十蔵は褒め上手だ」

国包と十蔵は、参道の木戸門をくぐった。

第三章　父と倅

一

半蔵御門を出て、濠《ほり》に沿った往来を北へ折れ、数家の大名屋敷の土塀と壮麗な長屋門の門前をすぎたあたりが、大家の旗本屋敷が続く堀端一番丁である。

将軍のお側近くに仕える書院番頭旗本・小寺基之の屋敷が、堀端一番丁の往来に片門番所の長屋門をかまえていた。門前の往来と濠の向こうに、曲輪《くるわ》の石垣と白壁が廻《めぐ》り、曲輪内のそのあたりは代官《だいかん》町通りが吹上御庭《ふきあげおにわ》を囲んでいる。

その午前、青紫に鱗《うろこ》文の裃《かみしも》を着けた身の丈六尺五、六寸はありそうな、春の天を衝《つ》く大男と、今ひとり、これは才槌《さいづち》頭の子供のような小男で、梵天帯《ぼんてんおび》に黒看板の中《ちゅう》間《げん》風体に拵《こしら》え、肩に桐の縦に長い筥《はこ》をかつぎ、家禄《かろく》四千三百石の旗本・小寺基之の拝領屋敷を訪ねた。

中間風体は、片門番所の物見に声をかけ、番人に取次ぎを頼んだ。

門番所の番人は、物見の小窓を開け、小窓の敷居よりも下に白髪髷《まげ》の才槌頭があり、二間ほど離れた門前に、肥満した見あげるほどの大男が佇立《ちょりつ》している姿を認めて、一瞬、啞然《あぜん》とした。

大男は、豊かな総髪に小壺《こつぼ》の形の髷を乗せ、鏡餅《かがみもち》のように白い容顔をやや伏せ気味にして畏《かしこ》まり、隙のない裃姿に正装していた。

ただ、腰に帯びた大小の黒鞘《ざや》は、あまり艶やかではなく、古びて見えた。

物見の小窓を見あげる中間は、五十年配に思われ、張り出た額に窪《くぼ》んだ眼窩《がんか》、獅《し》子《し》鼻《ばな》と分厚い唇が不気味な相貌《そうぼう》を見せていた。

門番は気をとりなおして質《ただ》した。

「お名前とご用件をおうかがいいたします」

中間風体の小男が、門番から目をそらさずこたえた。

「こちらは、主人の小寺熊太夫さまでございます。ただ今は、どちらのご家中にも仕えておられず、浪々の身ではございますが、ご当主・小寺基之さまに所縁《ゆかり》ある方にて、本日は小寺基之さまにお目にかかるため、推参いたしました」

「小寺、熊太夫さま?」

門番は繰りかえして首をひねった。戸惑いつつ言った。

「所縁あると、いきなり言われましても。あの、どなたかの添状《そえじょう》などを、ご持参でございますか」

「申しましたとおり、わが主《あるじ》・小寺熊太夫さまはただ今浪々の身にて、どなたさまの添状も持ち合わせてはおりません。しかしながら、わたくしのかついでおりますこの筥には、大小二振りの打刀《うちがたな》を納めており、大刀ひと振りは、わが主より小寺基之さまにご挨拶《あいさつ》の献上品にて、小さ刀ひと振りは、小寺基之さまよりわが主にいただいた品でございます。これをお確かめいただければ……」

と、中間役の豆吉は、濃紫の組紐《くみひも》を飾りのようにくりつけた桐筥を短い両腕に捧《ささ》げ持って見せた。

「小寺熊太夫さまが、ご当主・小寺基之さまの所縁ある者に相違ないことを、おわかりいただけるはずでございます。何とぞ、小寺基之さまへご対面のお取次ぎをお願い申し上げます」

豆吉は桐筥を捧げ持って、才槌頭を折れるように垂れた。

「当家に所縁ある方なら、殿さま以外に、当家のどなたかとご面識はございませんか。その者の名をお聞かせ願えれば、うかがってまいりますが」

「いえ。小寺熊太夫さまは、ご当家をお訪ねいたすのは、初めてでございます。のみならず、小寺熊太夫さまはゆえあって他国で生まれ育たれたため、江戸出府もこのたびが初めてでございます。ご当家に面識ある方は、おられません。しかしながら、こちらに納めました小さ刀は、小寺基之さまと小寺熊太夫さまとの所縁を明かすまぎれもない証拠の品にて、ただ今申しましたように、お確かめいただければ、間違いなしとおわかりいただけます。わたくしどもは、決して胡乱《うろん》な者ではございません。何とぞ、お取次ぎをお願い申し上げます」

小男に言われ、門番は迷った。

名門の旗本である小寺家に、このような奇妙な客が訪ねてきたのは初めてだった。普段なら、不意の訪問客は、余ほど火急の用か、相応の相手でなければ取次がなかった。訪問するほうも、添状を持参するか、前もって知らせて許諾を得ておかなければ、いきなり訪ねる不仕つけなふる舞いは控えた。

それが、武家同士のたしなみというものだった。

「はあ、さようで」

門番は、目の下の中間から門前の大男を見やり、不審そうに呟《つぶや》いた。

それにしても、でけえな、と改めて呆《あき》れた。

長屋門の庇《ひさし》の梁《はり》に、鬢《びん》づけの艶《つや》やかな総髪に小壺ふうの髷を結った頭が、届きそうなほどに感じられた。しかも、たっぷりと肉がついて肥満し、手足も拵え物のように大きく、相撲取りにもこれほどの巨漢は知らなかった。

だから、余計に妖《あや》しく感じられた。とは言え、殿さまの所縁の者と堂々と名乗られれば、無下に追いかえすわけにもいかなかった。

「では、家中の取次ぎの者に伝えてまいります。これにて、少々お待ちください」

門番は熊太夫と豆吉を門前に残し、物見の障子戸を素早く閉じた。

しばらく待たされた。濠に浮かぶ水鳥の鳴き声が聞こえていた。往来に人通りは見えず、屋敷は静まりかえっていた。

だいぶ待たされてから、表門わきの片開きの潜戸が開かれ、地味な小袖《こそで》に袴《はかま》姿の侍が、応対に現れた。肩をいからせた若い男だった。熊太夫と豆吉を、首を上下させて冷やかに見比べ、熊太夫へ形ばかりの辞儀を寄こした。

「小寺熊太夫さまに、ございますか」

口ぶりだけは慇懃《いんぎん》だった。

「さようでございます。こちらが小寺熊太夫さまにて、ご当家の小寺基之さま所縁の……」

若侍は豆吉が言うのを、おまえに訊《き》いてはおらぬ、というふうな一瞥《いちべつ》を投げて黙らせ、熊太夫をなおも冷然と見あげた。

「殿さまに所縁ある方とうかがいましたが、その証拠となる品をお持ちだそうでございますな。それを見せていただけますか」

熊太夫は若侍へ静かに黙礼し、

「お見せしなさい」

と、張りのある声で豆吉に言った。

豆吉は若侍の厳しい眼差《まなざ》しに身体をすくませ、おずおずと桐筥を差し出した。

若侍は、こんな物、というふうな仕種《しぐさ》を露《あら》わにして桐筥を片腕に抱えとり、濃紫の組紐をぞんざいに解いた。蓋《ふた》を開けてのぞき、眉《まゆ》をひそめた。

「ずいぶん派手な拵えだな。これが殿さまの差料ですと？」

眉をひそめた顔で熊太夫を見あげた。

「おかしいな。殿さまは上さまの御側近くに仕える御書院番頭ですぞ。このような派手派手しい差料を帯びられることはないのだが」

小声で呟き、鍔《つば》や鞘を擦らせて二刀をひとつかみにした。そして、

「これはけっこう」

と、さも当然のごとくに桐筥を豆吉へ押しつけた。

豆吉は筥と蓋を庇下の石畳に落とさぬよう、慌てて抱えた。

若侍は小さ刀の下げ緒を口に啣《くわ》えてさげ、大刀の鯉口《こいぐち》をきり、一尺ほど抜いて確かめるとすぐに、ぱちん、と鳴らして納め、次に大刀の下げ緒を啣えなおして、小さ刀のほうにも同じことをした。

それから、わかったふうに頷《うなず》いて見せ、大小を無造作に両手にさげた。

「仕方がありません。上の者に訊いてみましょう」

と言ったとき、すぐ目の前に熊太夫の巨体と大きな顔が覆いかぶさってきて、きれ長な大きな目を瞠《みは》って、若侍を舐《な》めるように見つめた。吸いこまれそうなほど見開いた目が、血走っていた。

若侍は、あっと驚き、顔を仰《の》け反らせた。堪《たま》らず、一歩、二歩と後退した。

だが、熊太夫も若侍を逃がさぬように大きく踏み出したため、若侍は戸惑い怯《おび》えて、さらに数歩退き、表門の門扉に背中と佩刀《はいとう》の鐺《こじり》をぶつけた。

「な、何をする。無礼な」

咎《とが》めるように言ったが、熊太夫は顔を寄せたままだった。

「この二刀は、ご当主・小寺基之さまへ献上のひと振りと、小寺基之さまよりいただいたひと振りなのですよ。奉公人のあなたが、ご当主の刀をそのように粗略な扱いをしてもよいのですか。刀は武士の魂なのではございませんか。それとも、小寺家では武士の魂をそのように扱われるのでございますか。仮令《たとえ》、わたしをいかがわしいと思われ信じられなかったとしても、確かめもせずにそのような扱いをして、わたしの言葉がまこととわかったとき、あなたはご当主に、どのような言いわけをなさるつもりなのですか」

「いや、そんな、粗略に扱ったつもりはありませんよ。わたしはただ、ちょっとまあ、あまりお待たせしては申しわけないと思い、つい慌てて、迂闊《うかつ》なふる舞いだったかもしれませんが……」

若侍は、今にも舐めかねないほど覆いかぶさって睨《にら》みつける熊太夫から、不快そうに顔をしかめて顔をそむけた。門番所の物見の障子戸を透かし、門番が門前をのぞいていた。

「では、上役の方に、よろしくお願いいたします」

熊太夫は、血走った目をまばたきもさせず、染み透る低い声で言った。

それから身体を起こし、再びさり気ない素ぶりで門前に佇《たたず》んだ。

豆吉は、若侍に駆け寄って桐箔を差し出し、二振りを箔に納め、濃紫の組紐を結んでやった。若侍がいからせていた肩をすぼめ、桐箔を片わきへ抱えて小門をくぐっていく後ろ姿へ、豆吉が深々と腰を折った。

門番所の物見の障子戸が、いつの間にか閉じられていた。

「吃驚《びっくり》したぜ、熊太夫。何をするのかと、思ったよ」

豆吉が熊太夫にささやいた。

「丁寧に扱ってほしいだけさ。あっしらがそれほど目障りで、迷惑なのかい」

「そうだよな。こんな大きなお屋敷をただでもらってさ」

熊太夫が息苦しそうに少しうめき、すぐに身体をのばして深い吐息をついた。

「疵《きず》が痛むのかい。やっぱり無理しちゃあ、いけねえぜ」

「ずっと休んでいるから、ずいぶんよくなった。無理なんかしてない」

心配そうな豆吉へ、熊太夫は、平気さ、という素ぶりを見せた。

だが、それから二人は、さらに四半刻《しはんとき》近くも門前で待たされた。

熊太夫は立像の阿弥陀如来《あみだにょらい》のように佇立し、ひたすら経を唱えるかのように身動きひとつしなかった。豆吉は門扉に凭《もた》れかかり、とき折り欠伸《あくび》をした。

邸内から物音ひとつ聞こえず、門を固く閉じ、人の出入りもなかった。

ただ、門番所の障子戸が、門前の様子を探るのか、とき折りわずかに開き、すぐに閉じられた。

「ちくしょう。馬鹿にしやがって」

豆吉は門番所の物見を睨み、いまいましそうに吐き捨てた。

そのとき、張りつめていた気がふいに解けて、熊太夫は呼吸に合わせて肩を波打たせた。

「どうしたんだい」

豆吉が即座に言った。

「なんでもない。でも、やっときた」

すると、小門の蝶番《ちょうつがい》が軋《きし》み、邸内から先ほどの若侍と、もうひとりの若侍が出てきた。刀を収めた桐筥は、もうひとりの若侍が抱えていた。

二人の素ぶりは、重苦しく、それでいて素っ気なかった。

豆吉が小走りになって、熊太夫の後ろに控えた。

ところが、その後ろから、今ひとりの侍が小門をくぐり出てきた。濃い鼠色の羽織と茶袴に両刀を帯びた、痩身《そうしん》の老侍だった。ごま塩になった頭髪に、髷が細く、肉の落ちた浅黒い頬骨と顎《あご》が尖《とが》り、窪んだ眼の下の弛《たる》みが、老いを感じさせた。

侍は小門をくぐるときから、若侍の間へ進み出て、枯れた咳払《せき》いをするまで、探るような目を熊太夫からそらさなかった。

その瞬間、熊太夫はもしやと思ったのだった。

けれども次の瞬間、違う、絶対に違うと、思いなおしていた。

熊太夫は老侍へ、ゆったりと背中を丸め、辞儀をした。豆吉が倣った。

対する老侍は、辞儀も会釈もかえさず、熊太夫を冷たく見あげていた。

両者には、三間ほどの間があった。

「橋川周右衛門《はしかわしゅうえもん》と申す。わが主・小寺基之さまにお仕えいたしております。小寺熊太夫さんですな」

熊太夫は、「はい」と頭《こうべ》を垂れて言った。

「そこもと、浪々の身と言われたそうだが、まことに侍か」

冷たく問い質す口調だった。

熊太夫はこたえなかった。ただ、こたえに窮したかのように、眉をひそめた。豆吉が不安げに熊太夫に寄り添った。

「小寺熊太夫と言われる変わった名は、ご本名でござるか」

さらに橋川は問いつめた。

「いえ。小寺熊太夫ではございません。名は熊太夫でございます。熊太夫一座の座頭を務めております旅芸人でございます。そのように名乗らねば、わたくしごとき卑しき者が、ご当家を突然お訪ねいたしても、門前払いになるであろうと思われましたゆえ、恐れながら」

　熊太夫は目を伏せ、こたえた。

「では、侍も偽りですな」

「旅廻《まわ》りの役者でございます。差料は狂言の小道具の、なまくらでございます」

「さようか」

　橋川の声が嗄《か》れていた。先ほどの若侍が、「旅芸人か」と、いまいましげに呟いた。桐筥を抱えた侍は、眉をひそめて熊太夫を睨んでいる。

　間をおき、橋川が物憂く言った。

「勝手に、当家の名を騙《かた》られては、迷惑ですな」

「騙るつもりはございません。何がしかの真実があるのでは、と思っております。やむに已《や》まれぬ気持ちでございました」

「何がしかの真実？　解せぬな。真実とは？」

「そちらの大刀は、京橋南の弓町にて鍛冶《かじ》場を開いておられます、刀工・一戸前国包さまにお願いして作ったひと振りでございます。銘は武蔵国包と、刻まれております。また、小さ刀は、二十五年前、一戸前国包さまがまだ先代の刀工・一戸前兼貞さまのお弟子であったころ、稽古《けいこ》刀として作った大小二振りの、小さ刀《ちいがたな》でございます。一戸前国包さまは弟子の身ゆえ銘はなく、刀屋がそれを数打物《かずうちもの》とともに売り払う折り、稽古刀と思えぬでき栄えに驚き、無銘にしておくのは惜しいと考え、勝手に銘を入れて業物のごとくに売ったのでございます。刀屋が彫った銘は、国包、とそれのみにて、一戸前国包さまご自身が刀屋にお確かめになったところ、一戸前さまの作った稽古刀に相違ございませんでした」

「刀工・武蔵国包の名は聞いておる。銘を調べていたゆえ、お待たせした。二振りともよきでき栄えだ。まがい物ではない」

「大刀ひと振りは、小寺基之さまにお会いいたした折りに献上いたし、小さ刀は、わが身を明かす証拠の品としてお見せするため、持参いたしました。仰《おっしゃ》られたとおり、刀はまがい物ではございません。刀にまつわる人の定めもまがい物ではございません。何がしかの真実とは、まがい物ではない人の定めを申しております」

若侍が鼻先で笑った。

「よさぬか」

橋川は若侍をたしなめた。一度目を伏せ、再び見あげた。

「熊太夫どの。小さ刀はどなたより、いかなる子細があって手に入れられた」

「わが母親より譲り受けました。わが母親は桜太夫。旅芸人でございます。桜太夫が亡くなる折り、形見にせよと」

「桜太夫よりな。母御は亡くなられたのか」

「はい。十年前、旅の途中にて……」

「熊太夫どのは、いくつになられた」

「この春、二十五歳に相なりました」

橋川は、いっそう険しい顔つきになった。

「桜太夫、いや、母御より、小さ刀にまつわる人の定めを、どのように聞いておられるのだ」

「お母《かか》の桜太夫は亡くなる前まで、なぜか小さ刀を隠し持っておりました。わたくしは、お母がそのような小さ刀を持っていたことも、その子細も知らなかったのでございます。あれは、旅の途中の古い御堂でございました。お母は、わが腕の中で息を引きとりました。息を引きとるまぎわ、小さ刀をわたくしに見せ、小さ刀にまつわるお母の定めを聞かせてくれました」

「聞かれた定めとは……」

「橋川さま。お母の定めは、倅《せがれ》のわたくしの定めでもございます。それは、小寺基之さまにお会いいたし、直《じか》にお伝えいたす所存でございます。そのうえで、わたくし自身、小寺基之さまにお訊《たず》ねいたしたい儀もございますゆえ」

熊太夫は、橋川へ向けていた燃える目を、静かに石畳へ落とした。

「相わかった。わが主・基之さまはただ今、御城勤めに出仕いたしておられる。今宵《こよい》、屋敷に戻られ次第、この件はお伝えいたす。それまで、こちらの刀をお預かりいたすが、よろしいな」

「何とぞ、よろしいように」

「明日、いや、明後日、同じ刻限に今一度お訪ねくだされ。わが主がお待ちいたされるであろう」

「承知いたしました。では、これにて」

熊太夫と豆吉は踵《きびす》をかえし、堀端の往来をなだらかにのぼる半蔵御門のほうへ戻っていった。

橋川は動かなかった。立ち去っていく大男と小男の二人連れを、いつまでも見送った。たまたま通りかかった士《さむらい》が、熊太夫の巨体に驚き、道端へよけた。

「橋川さま、よろしいのですか。あんな者らを」

「どういうことなのですか。橋川さま」

二人の若侍が、佇み続ける橋川に不審を見せて問いかけた。

橋川は堀端の往来より、空《うつ》ろに目を泳がせた。

「おぬしらは知らずともよい。おぬしらにはかかわりのないことだ。むろん、小寺家にもだ。ただし、この件は他言無用だ。よいな」

と言い捨て、そそくさと小門をくぐっていった。

二

翌日、生温かい南風が吹きすさび、ご近所のどこかの開き戸が、風に吹かれて開いたり閉じたりし、そのたびに戯れるような音をたてていた。

国包はふいごの把手《とって》を押し引きし、火床の松炭の炎を吹きあがらせていた。

火床に差し入れた刃鉄《はがね》が、見る見る赤く沸いていった。心鉄《しんがね》を皮鉄《かわがね》で包み、甲伏《こうぶ》せの鍛え着せにかかっていた。熱く沸しては叩《たた》き延ばす鍛え着せを繰りかえし、打刀の姿が次第に見えてくるまで素延べをする。

国包は、松炭の火の粉を巻いて真っ赤な刃鉄を引き出し、横座の槌《つち》を揮《ふる》った。千野と清順の向こう槌が、続いて打ち落とされ、赤く沸いた刃鉄が、怒りの火花を散らした。

横座の槌を揮いながら、国包は、戸を両引きにした鍛冶場の戸口に立っている二人の侍に、すでに気づいていた。二人は表の小路に舞う砂埃《すなぼこり》を背にし、国包の仕事が一段落するまで、声をかけるのを控えているようだった。

頭巾《ずきん》をかぶり、表の明るみを背にしたせいで、二人の顔は見分けられなかった。にもかかわらず、現れたか、と国包は思った。

ほどなく、怒りを鎮めた黒い刃鉄を、国包は軽く叩いて形を整えた。もう一、二度、素延べをして、それから鋒《きつさき》を作るところまできていた。ところが、

「今日はこれまでにする。あとは二人の稽古刀にかかれ」

と国包が言ったので、千野と清順は意外そうな素ぶりを見せた。鍛え着せの素延べの過程は、鋒までを一日で終らせる。それを明日に延ばすのは珍しい。

国包は横座を立ち、まだ熱を持った刃鉄を藁灰《わらばい》へ差すと、戸口の二人から目を離さず、清順に命じた。

「清順、客がきた。十蔵に同席するよう伝えよ」

そして、二人の侍へ黙礼を投げた。

二人の後ろの小路に、風に吹かれて砂埃が舞っている。ふと、芝神明の八重桜は散り急いでいるだろうと思った。

客座敷の閉じた障子戸が、庭を舞う風に敲《たた》かれ震えていた。

二人の侍は、白い日のあたる障子戸の前で、濃い影に隈《くま》どられていた。ひとりは柴色《ふしいろ》の羽織を着け、今ひとりの老侍は黒羽織を着けている。

二人ともに、砂埃除《よ》けの頭巾をとり、右わきに寝かせた刀の上においていた。

国包は二人と対座し、双方の間に縦長の桐筥がおかれていた。桐筥はかけた濃紫の組紐を解き、蓋が開いており、納めた大小二振りが、客座敷の質素な明るみに赤鞘と白柄の華やかな色合いを放っていた。

二人は茶を喫し、客座敷の片側の、床の間にかけた葦雁《あしかり》の墨絵の掛軸へ、さり気なく目を遊ばせた。床わきの棚の花活《い》けには、今日は桜草の花が活けてある。

俤《おもかげ》がある、と国包は正面に着座した小寺基之の顔だちに感じていた。

今年四十一歳なら、二十五年前は元服前の十六歳の若衆だった。

色白のやや下ぶくれの顔に、きれ長の目と通った鼻筋から結んだ唇まで、若いころはさぞかし涼やかな相貌であったろう。熊太夫が肥満していなければ、きっともっと、基之に似ているに違いない、という気がした。

「十蔵でございます」

国包の後ろの襖《ふすま》ごしに、十蔵の声がかかった。

「入れ」

とかえし、襖が引かれた。国包は十蔵へ、ここへ、と手を隣へ差した。

「畏《おそ》れ入ります」

十蔵は隣に膝《ひざ》を進め、国包に並んで着座した。

「御書院番頭の小寺基之どのと、小寺家にお仕えの橋川周右衛門どのだ」

国包が十蔵に言い、二人へ向きなおった。

「この者は伊地知十蔵と申し、わが郎党ではありますが、わたくしの若き日の剣術の師でもあります」

「伊地知十蔵でございます。お初にお目にかかります」

と、十蔵は二人へ深々と辞儀をした。

小寺基之と橋川周右衛門は、十蔵へ黙然と頭を垂れた。

「昨日、熊太夫さんが小寺家を訪ねたそうだ。小寺熊太夫と名乗り、この二振りを携えてだ」

「ああ、小寺熊太夫と、名乗られたのですか」

十蔵は桐筥に納めた大小へ落とした眼差しに、かすかな憐《あわ》れみを浮かべた。

橋川周右衛門は、しかめた眉間《みけん》がそのまま皺《しわ》になった浅黒い老顔を重たそうに持ちあげ、十蔵に言った。

「伊地知どのも、やはり、こちらの小さ刀が、わが殿・基之さまの差料であったことをご存じなのですな」

「存じております。備後屋と申す数寄屋河岸の刀屋より、まだ元服前の、前髪姿の小寺基之さまに売った大小二振りの小さ刀に相違なし、と聞きましたのはそれがしにて……」

十蔵が言い終らぬうちに、橋川は国包に質した。

「そのことを、熊太夫どのに話されたのですな」

「はい。それが小寺家に、何か差し障りがあったのでしょうか」

「何もござらん。上さまのお側近くに仕える御書院番頭を代々務める名門・小寺家と旅芸人の熊太夫どのでは、身分が違いすぎます。かかり合いなどあるはずがないのですから、差し障りなど、何もありません。ただ、昨日、あの大男の熊太夫どのが子供のような小さな豆吉とか申す男を従え、小寺家を訪ねてこられた。見世物じみた奇怪な風体ゆえ、町家の盛り場ならばいざ知らず、小寺家の門前にはいかにも不似合いにて、それがいささか迷惑でした」

小寺基之は唇を一文字に閉じ、沈黙を守っていた。

ところで……

と、橋川はまた質した。

「一戸前どのは、先代の一戸前兼貞どのの下で刀鍛冶の修業をしておられ、この小さ刀は、そのころに一戸前どのが鍛えた稽古刀と、熊太夫どのは申されていた。それはまことなのですか」

「さようです。数打物とともにひとくるみにして、刀屋に卸したわが稽古刀です。刀屋が国包と銘を彫り、業物《わざもの》のごとくに売り払っていたとは、存じませんでした。思いもよらなかったことゆえ、このたびそれを知り、戸惑っております」

「基之さまは、もっと戸惑っておられるのですよ。一戸前どのが熊太夫どのに、小寺家の名を話されたからです。旅芸人が小寺熊太夫と、恰《あたか》も小寺家の身内のごとくに名を騙るなど、とんでもないふる舞いでござる。むろん、それしきの騙りなど、相手にするまでもありませんが」

国包と十蔵は、思わず顔を見合わせた。

「熊太夫さんは、小寺家と旅芸人の身分がかけ離れすぎていることは、承知しておられると思うのです。しかし、そうまでして、小寺家を訪ねようとした謂《いわ》れが、熊太夫さんにあるのでは……」

「小寺家にも、基之さまにも、思いあたるいかなる謂れもないゆえ、迷惑に感じておるのです。ばかりか、見た目にいかがわしき風体の者にたびたび訪ねられては、ご近所への体裁もござる」

「小寺家ほどの大家が、卑しき旅芸人に訪ねられて、それほどご迷惑でしたか。ならば、お詫《わ》びいたします。では、本日、わが店に見えられたわけは、わたしのほうより熊太夫さんに、小寺家には心あたりの謂れはなく、のみならず、迷惑に思っておられるゆえ、明日の小寺家への訪問をとり止めるようにと伝え、こちらの二刀を届ければよろしいのですか」

「いや、そうではござらん」

橋川は即座に、殊さら冷淡な口ぶりを装った。

「申しあげたいのは、一戸前どのが熊太夫どのより、小寺家と熊太夫どのとのかかり合いについて、何を、どのような事情を伝え聞かれようとも、それを口外なさらぬようにお願いしたいのです。ありもせぬかかり合いを勝手に言い触らされて、万が一、上さまのお耳を汚すような事態にいたった場合、基之さまの御書院番のお役目に差し障りをおよぼしかねません」

「相手にするまでも、ないのでは」

「小寺家が代々上さまの御側衆の番頭を継ぐ名門の家柄でなければ、何を言い触らされようと、一々相手にはしません。とるに足らぬことゆえ、放っておきます。しかし、このことが、次の代、その次の代へと御書院番頭のお役目を継ぐ瑕疵《かし》になっては、小寺家の不名誉でござる。ありもせぬかかり合いを言い触らされ、それが蟻の一穴のような事態にならぬよう、用心が肝要と……」

「それを言われるために、わざわざ見えられたのですか」

国包は、橋川から基之へ向いた。

「元より、この一件を他言する気はございません。重々、承知いたしました。じつのところ、この小さ刀が小寺基之さまの手にわたった事情を十蔵より知らされ、十蔵は少々心配しておったのですが、わたしは熊太夫さんに伝えることを、はばかりませんでした。小寺基之さまと旅芸人の熊太夫さんとでは、あまりに身分がかけ離れており、小さ刀が小寺さまの元から熊太夫さんの手に入るまでの間に、様々な人の手や、子細経緯をへているに違いなく、小寺さまと熊太夫さんに人知れぬ謂れ因縁など、あるとは思われなかったのです」

基之は沈黙を守りつつ、そのときわずかに眉をひそめた。

風がしきりに、障子戸を敲いていた。

「一方で、相反することを申しますが、身分のかけ離れた小寺さまと熊太夫さんのかかり合う謂れ因縁を、この稽古刀が恰も狂言の小道具のごとくに明かしているかに思われ、稽古刀を作ったわたしにも、何がしかのかかり合いが感じられてならなかったのです」

「それで?」

橋川が不機嫌そうに、口を挟んだ。

「ゆえに、わが稽古刀をお買い求めになられたころの、小寺さまの若き日のご様子を、知人に訊ねました。その折りに、熊太夫さんがこの小さ刀の前の持ち主のどなたかを捜している子細を、知人に伝えました。お許しを願います」

「知人のその方より、基之さまの若き日の様子をどのように聞かれたのです」

「派手派手しい佩刀に、異相異風の華美な装いに拵え、同じ仲間らと盛り場や遊里、賭場《とば》に出入りして、ご両親を悩ます遊蕩《ゆうとう》の日々を送っておられたと、うかがいました。小寺さまが元服前の、十代半ばのころと思われます」

「基之さまの若き日の遊蕩と、熊太夫どのとなんのかかり合いがあるのか、合点がいきませんな」

「熊太夫さんは、江戸の武家に縁者がいると言っておられた。しかしながら、熊太夫さんは、その縁者が誰か、名も知らず、身分も知らず、申すまでもなく会われたことはありません。その縁者を見つける唯一の手がかりが、この小さ刀でした。熊太夫さんは、この小さ刀の前の、いや、元の持ち主が自分の縁者と教えられ、その縁者に会うため、江戸に出てこられた。すなわち、わたしが伝えた元の持ち主の小寺基之さまに会うためにです」

「戯言《ざれごと》を申されるな。何を証拠にそのような」

「すべては推量です。仰るとおり、証拠はありません。しかし、事実は明らかなのではありませんか。一介の刀鍛冶にすぎぬわが店に、小寺さまがわざわざ見えられた。いつかは見えられると、そういう気がしてなりませんでした。先ほど、鍛冶場の戸口に立たれた姿を拝見して、ついに見えられたかと思いました」

迷惑だ……

と、橋川は小声で呟いた。

基之は、国包に向けていた冷やかな目をやわらげた。それから、

「刀工・武蔵国包の名は知っております。江戸屈指の名工と、評判を聞きました。一戸前どのは、小姓組番頭の友成家とはご縁があるのですか」

と、穏やかな口ぶりで訊ねた。

「友成家隠居の数之助は、わたしの伯父《おじ》にあたります。伯父から家督を継いだ友成正之は従兄《いとこ》です。わたしの父は友成家の三男で、藤堂家に仕える藤枝家に婿入りし、わたしは藤枝家の部屋住みの身でした。刀鍛冶になるため、一戸前兼貞に弟子入りし、兼貞に倅がいなかったため、乞《こ》われて一戸前を継いだのです」

「そうでしたか。一戸前どのの話しぶりが、町家の自由鍛冶とは思えなかった。小姓組番頭の友成正之さまは、よく存じあげております。書院番衆と小姓組番衆の違いはありますが、ともに上さまの御側近くに仕える役目ゆえ、様々なご指導を受けました。わたしが書院番衆として御城勤めを始めたとき、友成正之さまはすでに、小姓組番頭に就いておられました。わたしの若き日の様子を訊ねた知人とは、友成正之さまですね」

はい、と国包は頭を垂れた。すると、基之は黒鞘の佩刀を右手にとり、

「一戸前どの、これを見てください」

と、桐笥の横に並べて寝かせた。

国包は基之のふる舞いを訝《いぶか》しみ、すぐには手を出さなかった。十蔵も、意外そうに佩刀と基之を見比べた。橋川は目を落としている。

佩刀は、角頭掛巻《つのがしらかけまき》の黒撚糸の柄と竪丸形無文の鍔に、黒蠟《くろろ》色塗鞘《ぬりざや》の打刀である。

「一戸前どの、どうぞ手にとり、本身もご覧になられよ」

基之は真顔で言った。

「拝見いたします」

国包は黒蠟の塗鞘をにぎり、重厚な重みを感じた。黒撚糸の掛巻の柄を掌《てのひら》に包んで、竪丸形無文の鍔に左の親指をあて、鯉口をきった。つっ、と手ごたえを指先に感じ、本身が鞘をなめらかにゆっくりとすべった。

本身を抜き、障子戸を透した庭の明るみの中にかざした。ぬめるような肌に鈍い光がはねかえった。丁子《ちょうじ》乱れ刃紋が上身に不気味な彩りを見せている。

国包は刀を凝《じ》っと見つめ、一度、二度、柄を廻した。それから納刀し、膝の前に寝かせ、

「小寺さま、熊太夫さんの小さ刀を拝見いたします」

と、基之に断った。

どうぞ、と基之がこたえた。

国包は桐箆より小さ刀をとり出し、赤漆塗鞘の本身を静かに抜いた。

それを、同じように、障子戸を透した庭の明るみの中にかざし、刀身に鈍い光を映した。丁子乱れ刃紋が、上身を走っている。柄を廻し、しばし見つめた。

「あっ」

隣で見ていた十蔵が気づき、声をもらした。

国包は小さ刀を納刀し、桐箆に戻した。そして、黒蠟の塗鞘の大刀を基之の膝の前へおいた。

「そうでしたか。拵えを作り替えられましたが、同じ刀ですね」

国包が言うと、基之は真顔を頷かせ、大刀を両手で握って膝の上においた。

「わたしが、数寄屋河岸の備後屋という刀屋の若い手代に、江戸では知られていないが、今は無名ながら、将来必ず一派を成す国包という名工が作った、渾身《こんしん》の打刀二振りですよ、と勧められ、このように目だつ拵えを作らせて買ったのは、十六歳のときでした。そのころわたしは、同じ公儀旗本御家人のあらくれ仲間と、覚えたばかりの酒や博奕《ばくち》、遊里遊び、盛り場の地廻りらとの喧嘩《けんか》、ときにはたかりまがいのふる舞いなど、親の目を盗んで屋敷をこっそり抜け出し、遊び惚《ほう》けておりました。小遣いに不自由しませんでしたし、仲間と徒党を組んでおりましたので恐いものはないし、盛り場や遊里では、客引きや脂粉の香る女らに坊ちゃん坊ちゃんとおだてられ、毎日の遊興が面白く、ひとりでもうおれは一人前だと、そんな気になっておりました」

風が障子戸を震わせ、鍛冶場から千野と清順の槌音が聞こえてきた。

国包は、色白で涼しげな風貌《ふうぼう》の若衆が、腰には白柄と赤漆の鞘が鮮やかな差料をおび、盛り場を仲間らと闊歩《かっぽ》する基之の姿を思い浮かべた。

「元服前の、前髪を落とさぬ若衆ながら、あらくれであればあるほど自慢でき、町家の銭屋で借金をしてでも、自前の大小を、それも名のある刀工の大小二振りを買い求め、できるだけ派手な目だつ拵えにして腰に帯び、刀の善し悪しもわからぬ若蔵が好き勝手に自慢し合っておりました」

基之は言って、一瞬、若き日を忍ばせる瑞々《みずみず》しい笑みを見せた。

「刀屋の若い手代の言葉を、真に受けたのではありません。十六歳の若蔵でも、それぐらいの用心はできました。ですが、これは名工国包が作った渾身のと、言葉巧みに勧められて国包を見たとき、ああ、これはよい刀だとなぜか思えたのです。たぶん、若蔵は若蔵なりに未熟は未熟なりに、感ずる何かがあったのでしょう。国包の両刀を腰に帯びてから、二十五年、足かけ二十六年の歳月がすぎました。十六歳の暮れに、前髪を落とし元服をさせられました。十七歳の新年より、父の供を命ぜられ、御城勤めが始まったのです。あらくれ仲間らとの遊蕩の日々は、二年足らずで終りました。御城勤めに、朱鞘の刀は帯びていけません。麴町の刀屋で、拵えをこのように作り替えたのです。麴町の刀屋の主人は、国包と彫った銘を、存じませんな、とおかしそうに言っておりました。しかし、その主人が、なかなかのよきでき栄えですと言っておりました。この刀は手放せません。若き日のわたしが自ら選んだ唯一の刀であり、忘れられぬ刀で……」

基之は沈黙した。そして、膝の刀を慈しむようにひとなでした。

「わたしは、書院番衆となり、三十歳になる前に書院番頭に就いて四十一歳のこの歳まで、刀を抜いて斬り合ったことはありません。あらくれ仲間らと刀を抜いて地廻りを追いかけ廻すのとは、わけが違う。剣術の稽古はやりましたが、刀を抜くのは、手入れをするときだけです。この刀が、名工・武蔵国包が刀鍛冶の修業で鍛えた稽古刀だったと知ったのは、昨夕、屋敷に戻って、橋川に聞かされてです。昨日訪ねてきた熊太夫が、そう言っていたと。しかし、そうであったかと思ったのみにて、国包のこの一刀は何も変わりはしません。わたしにとって、このひと振りは、稽古刀であったとしても、手放せぬ名刀なのです」

「小寺さま、小さ刀を手放されたわけを、話していただけぬのですか」

基之の顔つきに、ほのかな悔恨がにじんでいた。

しばしの沈黙があった。それから、基之はさり気なく、静かに言った。

三

「十六歳のあのころ、わたしは、ある女と懇ろになりました。夏の終りから秋にかけての、わずかひと月余のことです。麴町天神に、熊太夫一座という旅芸人の一座が、小屋掛けの興行を打っておりました。その女、と言ってもまだ娘の初々しさをとどめた二十歳で、引き締まった小柄な身体に、若衆のような凜々《りり》しさと、どこか物悲しさと愁いの溶け合った愛くるしい面差しが、わたしの胸を締めつけずにはおかなかった。座頭の熊太夫のひとり娘でした。名は桜太夫。境内に小屋掛けした粗末な舞台にあがり、澄んだ美しい声で歌い、童子のように無邪気に語り、軽やかにはずませ踊る様を、今でも忘れはしません。桜太夫が舞台にあがれば、粗末な舞台が華やかに輝き、馥郁《ふくいく》たる香が小屋中にたちこめるかのようでした。わたしは、桜太夫の舞台に、桜太夫に魅せられたのです」

「基之さま、おやめください。お立場をお考えください。それはなかったことなのです。今ここで話すことではありません」

橋川が戸惑いを隠し、基之を厳しく止めた。

すると、基之は橋川をなだめるようにかえした。

「橋川、武士の本分は上さまへの忠義ぞ。忠義に卑しいも高貴もない。人の心映えにも、身分の違いなどない。もうよいではないか。一戸前どのも伊地知どのも、熊太夫が何者か、すでに気づいておられる。熊太夫はきたのだ。熊太夫がきたのは、わたしが負わなければならない世の定めだ。これが表沙汰《おもてざた》になって家名に疵がついたとて、何が苦しかろう。何が惜しかろう」

橋川は言いかけたが、言わぬまま目を伏せた。

「二十歳の桜太夫と十六歳のわたしが、出会って深い馴染《なじ》みとなった成りゆきに、特別な子細はありません。偶然、麴町の繁華な往来で出会い、偶然、そのときわたしはあらくれ仲間からはずれたひとりで、偶然、桜太夫もひとりだった。そのときわたしは、素知らぬふりを装って立ち去ることも、笑って話しかけることもできずに、桜太夫と目を合わせ、まごついて、顔を赤らめていたのでしょう。桜太夫が先に、芝居のお客の中にいましたね、舞台からあなたを見ました、と言って笑いかけたのです。恥ずかしながら、わたしは桜太夫にどのようにこたえたか、覚えておりません。わたしと桜太夫は、二言三言、もっと沢山の言葉を往来の立ち話で交わしたはずなのです。なぜなら、わたしと桜太夫は、その日の小屋掛けの舞台がはねて暗くなった宵、麴町天神の社殿の裏手で会う約束を交わしておりましたから」

基之は、黒蠟塗の鞘を愛《いと》おしむようにまたなでた。

「特別なことなど何もない、いかにもありふれた偶然のもたらした出会いでした。けれどもそれから、わたしと桜太夫は、毎夜、逢瀬《おうせ》を重ね、そしてそれは、その場限りの喜びと、息苦しいほどのときめきと、見通しのない不安の始まりでもありました。わたしは社殿裏手の木陰に身をひそめ、桜太夫が鳥のように身体をはずませ駆けてくると、背後から忍び寄って目隠しをするのです。誰？　と桜太夫は気づいていて問いかけ、わたしは天神だ、とこたえるのです。他愛《たわい》もないそんな戯れでさえ、耀《かがや》かしいひとときでした。宵の暗がりにもかかわらず、わたしには桜太夫の容顔がはっきりと見えました。桜太夫の笑顔が喜びとなり、声が耳をくすぐり、甘い吐息が身体を震わせました。ああ、なんという不思議なときだったのだろう。あれは、恐ろしいほどの喜びでした」

基之の言葉が途絶え、座敷は沈黙に閉ざされた。

風に吹かれて開いたり閉じたりしているご近所の開き戸が、戯れるような音をたて、障子戸が震え、沈黙の固い殻を敲くように鍛冶場の槌音が聞こえた。

「ひと月余で、逢瀬は終ったのですね」

国包が促し、基之は頷いた。

「十六歳のわたしにも、終りがくることはわかっておりました。いずれは、書院番衆に就き、書院番頭を継ぐ家柄なのです。あらくれ仲間と遊蕩に耽《ふけ》っていながら、いずれはこのときがくることを、わたしも父と同じように登城し、上さまの御側に仕えるときがくることを、疑ってはおりませんでした。あらくれ仲間も、みな同じような者たちです。果敢《はか》なくすぎて、わたしも父と同じように登城し、上さまの御側に仕えるときが、桜太夫を騙《だま》していたのではありません。本心から、桜太夫を愛おしみました。夜更けに、桜太夫と別れて屋敷に戻るとき、せつなさで胸が張り裂けそうでした。桜太夫が憐れでならなかった。なぜなら、わたしは書院番頭を代々継ぐ家柄の跡継ぎなのですから。ひと月がすぎて、境内の虫の声が賑《にぎ》やかな秋の夜でした。たぶん、ややができたと思う、と桜太夫が言ったのです。わたしは一瞬、耳を疑い、自分と同じ命と向き合っていたことに気づかされました。わたしにはわたしの命があり、桜太夫には桜太夫の命があることを、改めて思い知ったのです。愚かにもわたしはうろたえ、それをとりつくろうのに、懸命でした。書院番頭の家柄の重みに、押し潰《つぶ》されそうな気がしていたのです。頭がぼんやりして、これは戯れなのかと、自分に問うておりました。桜太夫は、すぐにうろたえたわたしに気づきました。大丈夫、あなたを困らせない、と言ったのです」

基之は冷めた茶を一服し、喉《のど》を震わせた。そして、深い息を吐いた。

「茶を替えさせます」

国包が言うと、

「いえ。これでけっこうです。わたしと橋川は、出かけるところがあります。もう終ります」

と、基之は手で制した。

「父にも母にも、話すことなどできなかった。わたしは屋敷に戻り、橋川に打ち明けました。橋川は、心得ました、あとはお任せください、と申しました。しかしながらこれ以後、桜太夫と二度と会ってはなりません、ご自分のお立場を考え、そのお立場に相応《ふさわ》しいふる舞いをしなければなりませんと、厳しく咎められました」

「当然でござる。それが、それがしの役目です」

沈黙を守っていた橋川が、凍りつきそうな声で言った。

「武門の誉れ高い御書院番頭の家柄を、基之さまはつつがなく継がなければならな

い お立場なのです。卑しき旅芸人の血筋を、由緒ある小寺家に入れることなど、できるわけがない。身分の違いのけじめをつけることをお助けいたすのが、家臣としてのそれがしの役目なのです」

それを当然として言う橋川の言葉は、道理にかなっていた。だが、その道理は激烈で、悲惨でむごたらしく、不気味だった。

熊太夫へ言いようのない憐れみを、国包に感じさせた。

「桜太夫とは、それからは……」

国包は、訊かずにいられなかった。

「父はわたしに、何も申しませんでした。橋川に、わたしの元服の日どりが決まったと、伝えられました。また、来年正月のお父上の登城より、供侍として従い出仕いたすようにと、お父上のお申しつけでございます、とも告げられました。表だっては何事もなく、粛々と進むべき筋道が用意されていたのです。桜太夫への裏ぎりや負い目など、進むべき筋道をゆく大事に比べれば、とるに足らぬ、打ち捨てて何ら障りのない迷言にすぎぬのです。あのときから、わたしは変わりました。何から何に変わったのか、上手《うま》くは語れません。よい勉強をしたのかもしれません。旅芸人の桜太夫を玩《もてあそ》び、蔑《さげす》み、貶《おとし》め、踏みにじり、苦しめて、このような善き人になったのかもしれません」

基之は唇を結び、束の間をおいた。

「十日ほどがたったころ、偶然、麴町天神に小屋掛けしていた旅芸人一座が、興行を終えて江戸を去る噂が聞こえました。噂を聞き、わたしはそれ以上、偽りの自分に堪えられなかった。桜太夫になじってほしかった。気が済むまで、薄汚れたわたしを責めてほしかったのです。暗くなって月が出ておりました。人目を忍んで屋敷を抜け出し、月明かりを頼んで麴町天神へ向かいました。桜太夫と逢引《あいび》きを重ねた社殿の裏手へいったのです。ですが、内心は桜太夫がいるはずはないし、くるはずもないと思っておりました。どうせ、無駄なことだと。すべては、自分の愚かさが招いたことだと、思っておりました。ところがなんと、社殿の裏手の廻廊《かいろう》の下に、桜太夫が月明かりを浴びて、ぽつねんと佇んでいたではありませんか。ああ、なんということか。桜太夫は、恐ろしいほどに真っ白に見えました。わたしは胸をかきむしられ、なぜだと、叫び出しそうでした。しかし、わたしは怯え、慄《おのの》き、叫ぶ勇気すらなかった。桜太夫はわたしを見つけ、月明かりの下で悲しそうに頬笑んだのです。毎夜、ここにきて待っていました。必ずきてくれると思っていました。お別れを言いたかったのです。桜太夫は言いました。わたしはただ震えて、済まない、とたぶん言ったと思います。だが、よく覚えていません。あなたの子を可愛がって育てますと言ったのが、桜太夫の最後の言葉でした。わたしは、帯びていたこの小さ刀を抜きとり……」

と、基之は桐筥の小さ刀を指差した。

「これを持っていけと、桜太夫へ押しつけたのです。今思えば、何ゆえ、なんの意味があってそんなふる舞いをしたのか、自分でもわけがわからず、わたしは、できの悪い放れ狂言を演じていた愚か者です。小さ刀を押しつけ、踵をかえして逃げ出しました。逃げ出すしかなかった。なのに、一度、自分のふる舞いのむごたらしさに耐えきれず、桜太夫へふりかえったのです。すると、桜太夫は押しつけた小さ刀を抱き締めて、白い月の光の下で、わたしに辞儀をくれたのです。小さな、けれども真心のこもった辞儀をくれたのです」

基之はうな垂れて、膝の大刀の黒蠟塗鞘を強くにぎりなおした。それから、すぐに首をあげて続けた。

「一戸前どの、それで終りです。昨日、屋敷に訪ねてきた熊太夫は、母親の桜太夫は十年前に亡くなったと言っていたそうです。可哀想に。知らなかった。ですが、もうよい。胸は痛みません。負い目にも後ろめたさにも、苦しめられることはありません。わたしの中に、桜太夫は生きております。これまでもそうだったし、これからもそうです。わたしは、月明かりの下で桜太夫に見せた愚か者の放れ狂言を、今は続き狂言のように、ひとりで演じております。国包の拵えをこのように作り替え、国包の小さ刀は桜太夫、国包の大刀はわたしの差料として……」

四

芝神明の八重桜が、強い春風にあおられ激しく散り、薄紅色の花弁《はなびら》が、空を川のように流れ、地を旋風《つむじかぜ》のように舞っていた。

熊太夫一座の小屋掛けの櫓《やぐら》にも、花弁の雨が降り注いでいた。

引き廻した櫓幕がめくれてはためき、飾りの毛槍《けやり》や白の御幣は怯《おび》えたように震え、小屋に廻らした切虎落《きりもがり》の筵《むしろ》は吹きつける風に波打ち、櫓の下の鼠木戸《ねずみきど》の左右にたて並べた市川団十郎追悼興行の幟《のぼり》も、強風に打ちひしがれていた。

朝からのひどい風の所為《せい》で、門前町と神前町の参道のどの店も、風をさけるために板戸をたて、土埃が無情に吹きつける往来に人通りは途絶え、神明の境内に参詣《さんけい》人の姿は、殆《ほとん》ど見えなかった。

国包と十蔵は先をゆき、基之と橋川が少し離れた後方に続いていた。

国包は縹《はなだ》の無地染めの袷《あわせ》に紺の細袴、十蔵は目だたぬ納戸《なんど》色の小袖に黒茶色の同じく細袴である。二人はかぶった菅笠《すげがさ》を風に飛ばされぬように手で押さえ、後方の二人は風よけの頭巾に、それぞれが着けた柴色の羽織と黒羽織を、吹きつける風になびかせていた。

刀を納めた桐筥は、橋川がわきにしっかりと抱えていた。

国包と十蔵は、小屋掛けの鼠木戸の前まできて、基之と橋川を待った。二人が身体を前に傾けて木戸の前までくると、国包が言った。

「よろしゅうございますか」

基之は櫓を見あげ、小屋に廻らした切虎落を見廻した。

櫓の上の空に風がうなり、桜吹雪が乱れていた。

「麴町天神の掛小屋もこうだった。あのときの熊太夫一座が、江戸にまたきていたのだな。感慨無量だ」

基之が言うのを、橋川が聞き咎めた。

「あのときの熊太夫一座ではありません。基之さまの情義は無用です。ご身分とお立場を、わきまえねばなりませんぞ」

「わかっておる……」

言いながらも、基之は小屋をしばらく見廻していた。そして、

「一戸前どの、中へ」

と、真顔を国包に向けた。

国包が鼠木戸をくぐり、基之と橋川が続き、十蔵は三人の後ろに従った。

鼠木戸の隙間から芝居の土間に風が吹きこんで、土埃と桜の花弁の小さな渦巻きができていた。鼠木戸をくぐったところに突棒《つくぼう》と刺股《さすまた》がたて並べてあり、傍らに倒れた袖搦《そでがらみ》が、放っておかれていた。

芝居の土間を隔てた正面の、方二間の舞台に若衆髷《わかしゅわげ》の若い衆らが、踊りの稽古をやっていた。ひとりが三味線を抱え、ひとりが小鼓を片手につかんで、稽古はひとりが、踊りの手ぶりや身ぶりをほかの者につけているところだった。

若い衆は六人いて、ひとりが踊って見せ、三味線に撥《ばち》があてられ小鼓が打たれ、三人は真似るが、すぐに、

「違う違う」

と、三人を止め、みなが賑やかに言葉を交わしていた。

若い衆は、鼠木戸をくぐった国包らに気づかなかった。こうだよ、こうかい、違

うったら、と言い合っているうちに、六人はけたたましい笑い声をあげた。橋掛《はしがかり》の板縁が、舞台から揚幕の垂れた楽屋へ架けわたされていて、揚幕を払いのけて才槌頭の豆吉が橋掛に出てきた。

「おまえたち、うるせえぞ。太夫が休めねえじゃねえか。静かにしろ」

豆吉は声を忍ばせて、若い衆らを叱った。

若い衆らが声をそろえ、はあい、と橋掛の豆吉へかえし、またどっと笑った。

「聞き分けのねえがきどもめ。晩飯抜きにするぞ」

「晩飯抜きはいやだあ」

「豆吉さん、やめてください。静かにするからあ」

と、若い衆らは豆吉へじゃれつくように言った。

「稽古をするなら、ちゃんとやれ、ちゃんと。太夫がいないからって、遊び気分でやってると、いつまでたっても上達しねえぞ」

「豆吉、いいんだよ。好きにやらせておやり」

揚幕ごしに楽屋の熊太夫の声が聞こえた。

「いいんだよ、豆吉」

若い衆が口真似て、豆吉をからかった。

「しょうがねえな、もう。あっ」

豆吉が鼠木戸のそばの国包たちを見つけ、言葉をつまらせた。

国包と十蔵が菅笠をとり、橋掛の豆吉へ頭を垂れた。

「おや、師匠、今日はなんのご用ですかあ」

と、舞台の若い衆らが、国包たちのほうを向いてはしゃいだ。

だが、頭巾を脱いだ基之と橋川の物静かな様子に、笑うのを止めた。

すきま風がうなり、芝居の土間に花弁が渦を巻いた。

豆吉は、頭巾を脱いだひとりが昨日の橋川周右衛門であることに気づいて、明らかにうろたえた素ぶりだった。

「ちょ、ちょいと、お待ちくだせえ」

豆吉は楽屋へ慌てて飛びこんだ。

舞台の若い衆らは顔を見合わせ、国包たちを訝しそうに見守っていると、ほどなく、豆吉が心急《せ》いた様子でまた橋掛に現れた。

「一戸前さま、熊太夫はただ今、ちょいと臥《ふ》せっておりまして、すぐに、起きてまいります。楽屋は狭《せも》うございますので、舞台のほうで……」

豆吉は国包に言って、舞台の若い衆らへ手をひらひらさせた。

「おめえら、お客さまが使うんだ。稽古は芝居でやれ。けど、静かにな。ほたえるんじゃねえぞ。それから、庄之助、おめえは社務所で白湯《さゆ》をもらってきて、お客さまの茶の支度をしろ。玉二郎《たまじろう》、おめえは菓子処の又八《またはち》でお客さまにお出しする菓子を買ってこい。おめえらは、楽屋で熊太夫の着付けを手伝え。みな、ぐずぐずするんじゃねえ。いけいけ」

若い衆らは、豆吉をからかわなかった。国包ら四人連れに、ただの客ではない気配を感じとっていた。

「では、基之さま」

国包は基之を促し、基之と橋川のあとから、若い衆らが吹き抜け二尺五寸、方二間の舞台をおりるのと入れ替わりに舞台へあがった。豆吉は、囃《はや》し方の敷く薄縁《うすべり》の茣蓙《ござ》を敷き、塵《ちり》や汚れを手で払いながら四人を見廻し、

「生憎《あいにく》、こんな物しかありませんが、どうぞ、さあどうぞ、お坐《すわ》りなさって。熊太夫は、ただ今まいります」

と、愛想笑いを見せて言った。

基之と橋川が並んで着座し、国包と十蔵は二人の後ろに退って座を占めた。

四人の左手は、舞台正面の見所《けんしょ》である土間が広がり、右手の舞台背景の板壁に、

豆吉が狩野派を真似て描いたと熊太夫の言った老松《おいまつ》が見えている。そして、前方の橋掛をわたした先に、揚幕をおろして楽屋を隠していた。

豆吉は国包たちが着座すると、そわそわとした足どりで橋掛を戻り、揚幕を払って楽屋に消えた。

鼠木戸の隙間から絶えず吹きこむ風が、芝居の土間に花弁の渦巻きを巻きあげつつ、橋掛にも舞台にも吹きかかった。切虎落の莚が風に吹かれてゆれ乱れ、莚が竹《たけ》矢来《やらい》を絶え間なく敲いていた。

やがて、若い衆が竹竿《たけざお》で揚幕を跳ね上げ、熊太夫が大きな身体をかがめて橋掛に出てきた。

熊太夫は、御所車《ごしょぐるま》文が華やかな白小袖を着け、緋《ひ》の名古屋帯を、下腹から大きな胴体を絞りあげてだらりに結んでいた。総髪に乗せた小壺のような髷に、赤い笄《こうがい》を一本挿していた。ふっくらとした白い顔には薄化粧を施し、眉墨を細く刷《は》き、ぷっくりとした唇は艶やかな紅色が光っていた。

熊太夫の巨体が橋掛をゆっくりと踏み締め、舞台の四人へ歩んでくる。

橋掛に散った花弁を、御所車文の裾《すそ》からのぞく白足袋《たび》が踏み、橋掛の板縁をひと足ごとに軋ませた。すぐ後ろに小男の豆吉が従い、二人の頭や肩に薄紅色の花弁が降りかかった。

その様子は、滑稽《こっけい》な狂言じみた、奇妙な儀式の始まりのように見えた。

熊太夫は歩みながら、舞台の基之から冷やかな眼差しをそらさなかった。きれ長の大きな目を、まばたきさせなかった。

舞台の四人は、熊太夫のその奇異な様子に凝《じ》っと見入った。

橋掛を渡って舞台の基之の正面へ進んだ熊太夫は、大きな身体を沈めて床に端座し、手をつき、額が手の甲に触れるほど深く礼をした。

熊太夫の後ろに着座した豆吉が、同じように手をついた。

「わざわざのお越し、ありがとうございます。熊太夫一座の座頭を相務めます熊太夫でございます」

手をついたまま、基之に言った。

「小寺基之です。昨日はわが屋敷へ訪ねてこられたが、出仕いたしており、失礼いたした。橋川より熊太夫さんの訪問を聞き、お預かりした大小二振りを拝見いたし、明日とは言わず、本日、わたしのほうよりお訪ねするべきではないかと思いました。よって、一戸前国包どのと伊地知どのに、こちらまで案内をお頼みしたのです。熊太夫さん、手をあげられよ」

「畏れ入ります」

熊太夫は頭を小さく頷かせたが、顔も手もあげなかった。豆吉は、あげかけた才槌頭を熊太夫に気づいてすぐにさげた。

「卑しき芸人風情が、突然お訪ねいたし、ご門前をお騒がせいたしました無礼を、お詫びいたします。何とぞ、何とぞ、お許し願います。一戸前さま、伊地知さま、あっしの身勝手なふる舞いにより、お手数をおかけいたしました。このお礼は、日を改めまして……」

熊太夫が言うのを、国包は止めた。

「それにはおよびません。わたしのほうから、小寺さまのお供を申し入れたのです。わたしの作った刀が、思いもよらず、人の定め、人の縁にかかわっておりました。他人事《ひとごと》とは思えず、小寺さまにお許しをいただきました。むろん、熊太夫さんがご迷惑ならば、わたしと十蔵はこれにて退散いたします」

「いえ、よろしいのです。一戸前さまにそのように思っていただき、嬉《うれ》しゅうございます。まことに、一戸前さまの名刀に導かれた縁でございます。思えば不思議な廻り合わせでございます。一戸前さまの小さ刀がなければ、この廻り合わせは、この縁はなかったのですから」

熊太夫は、手をつき頭を垂れたまま言った。

「熊太夫さん」

基之が呼びかけた。

「まずは、お預かりいたした武蔵国包の大刀ひと振り、国包の小さ刀ひと振り、おかえしいたす」

橋川、と隣の橋川へ目配《めくば》せした。

橋川は強く頷き、刀を納めた傍らの桐筥を熊太夫の前へ押し進めた。

濃紫の組紐を解き、桐筥の蓋をとった。赤漆塗の鞘と純綿白撚糸の柄が、熊太夫の小袖に染めた御所車文に、華やかな彩りを添えて見えた。

「熊太夫どの、おかえしいたしたぞ」

橋川が冷やかに言った。

「畏れながら、この二振りは小寺基之さまに献上いたします」

熊太夫は懸命にこたえた。

「熊太夫さん、お志はありがたいが、わたしにはこの二振りを持つ値打ちはない。むしろ、熊太夫さんが持ってこそ値打ちがあり、意味があるのでは……」

基之が言いかえすと、熊太夫は垂れた頭をもたげ、きれ長な目を上目遣いにして基之に言った。

「なぜでございます。この小さ刀は、あっしのお母《かか》より譲り受けたひと振りでございます。あっしのお母は桜太夫。この小さ刀が、桜太夫の倅であることを明かしてくれると思っておりました。桜太夫に小さ刀を授けたのは、小寺さまでございますね。桜太夫はきっと、この小さ刀を小寺さまにおかえしするときがくることを、人知れず願っていたはずでございます。小寺さまは、桜太夫をよおくご存じでございましょう。桜太夫がそう願っていたと、思われませんか。桜太夫が亡くなって十年。あっしは、熊太夫一座を率いて旅を続けながら、いつか、江戸にいって、お母の願いをかなえてやろうと、だんだんと思うようになったんでございます。このたび、小寺さまのお屋敷をお訪ねする前に、一戸前さまにお願いして、同じ拵えの大刀を作っていただき、武蔵国包の大刀と国包の小さ刀二振りを、小寺さまに献上いたすつもりでございました。何とぞ、お受けとりくださいませ。桜太夫の志《こころざし》と、お考えくださいませ」

基之は沈黙をかえした。

そこで熊太夫は、ついていた手をあげ、大きな上体を起こした。そのとき、小さく咳《せ》きこんで、ふっくらとした身体を上下させた。

国包は、熊太夫の病が一昨日小屋にきたときより、高じているのではないかと思った。薄化粧の下の肌が、青白く透きとおり、眉墨や唇の濃い紅が、かえってやつれを浮きたたせていた。豆吉が熊太夫の後ろから、心配そうに見あげている。

橋川が、戸惑いを見せて沈黙した基之に代って言った。

「熊太夫どのは、昨日、門前にてそれがしに言われましたな。小寺基之さまにお会いいたし、熊太夫どのの定めを直《じか》にお伝えし、さらに、小寺基之さまにお訊ねいたしたい儀があると。熊太夫どのは基之さまに何を訴え、小寺家に何を求められるおつもりか。基之さまがこのように、自ら出向いてこられたのです。速やかにお聞かせ願いたい」

「橋川さま、あっしは何も訴えはしません。何も求めはしません」

「何も訴えず何も求めぬのなら、何ゆえ訪ねてこられたのだ」

橋川の言葉には棘《とげ》があった。

熊太夫は眉をひそめ、橋川から目をそむけた。だが、すぐに基之へ再び向きなおって言った。

「桜太夫が亡くなりましたのは、あっしが十五歳のときでございました。あっしの物心がついてから十五の歳まで、桜太夫がどのように生きたかを、いくつかのさわりだけでも、小寺さまに知っていただきたいのでございます」

「桜太夫がどのように生きたかと？」

　基之が訊きかえした。

「はい。たった十五年でございます。あっしと旅暮らしを続けたお母の十五年の日々を、お聞き願いたいのでございます」

「どのように生きたかなどと、埒《らち》もない。今さら、それを話して何になる」

　橋川が顔をそむけ、言い捨てた。

　だが、基之は言った。

「よかろう。熊太夫さん、話を聞かせてもらおう。桜太夫がどのように生きたか、そして、亡くなったか……」

「ありがとうございます」

　と、熊太夫は目を伏せた。しばしの黙考をおき、やがて、大きな肩を上下させながら、訥々《とつとつ》と話し始めた。

五

「この御所車文の白小袖は、桜太夫が桜太夫一座の舞台に、出雲の阿国役であがるとき着けていた衣装なんでございます。いいえ、正しくは、こんな化け物みたいにふくれあがった身体に、桜太夫の衣装では袖も裾も胴廻りも足りませんので、そっくり同じに誂《あつら》えた小袖でございますけれど。この衣装を着けた桜太夫の出雲の阿国が舞台にあがり、慶長の世に一世の傾き者と聞こえた名古屋山三郎を慕い、その不慮の死を偲《しの》んで、

光明遍照《こうみようへんしよう》十方世界《じつぽうせかい》、念仏衆生摂取不捨《ねんぶつしゆじようせつしゆふしや》、南無阿弥陀仏《なむあみだぶつ》南無阿弥陀仏《なむあみだぶつ》……

と念仏踊を踊っているところへ、芝居の客の間から、山三郎の亡霊が現れて舞台にあがり、阿国と山三郎の亡霊は昔を懐かしんで問答を交わし、ともに当世流行《はや》りの歌舞妓踊を踊り、やがてときすぎて、山三郎の亡霊は阿国と名残りを惜しみつつ冥土《めいど》へ旅だってゆくんでございます」

熊太夫は言った。

「物心がついて間もない童子のあっしが、桜太夫の舞台の覚えが残っているのは、これだけでございます。そのころは、阿国の相手の山三郎役は、じいちゃんの熊太夫でございました。筋だてがわかったのは、もっと大きくなってからですけれど、筋も何もわからなくても、桜太夫は綺麗《きれい》で、声が澄み、華やかで、でも、なんだか

とても悲しそうだった姿を、小っちゃなあっしはそれだけは確かに覚えているのでございます。本途でございますよ。小寺さまもその舞台をご覧になられたのでは、ございませんか」

基之はこたえず、身を固くしていた。

舞台に風が吹きつけ、熊太夫の総髪のほつれ毛を乱していた。

「桜太夫が座頭になって桜太夫一座になる前は、あっしのじいちゃんが、熊太夫一座の座頭でした。あっしはじいちゃんの名を継いだ二代目なんです。じいちゃんが卒中で倒れて寝たきりになってから、娘の桜太夫が熊太夫一座の座頭に就いて、一座は桜太夫一座になったんでございます。あっしが、四つか五つのころのことでございます。伜がこんなだから、意外に思われるかもしれませんが、桜太夫は小柄な愛くるしい童女のような女で、どこの土地へいっても桜太夫のご贔屓《ひいき》が多かったんでございます。旅芸人一座と申しましても、この時期は上州の湯治場、あの季節は信濃《しなの》のどこそこの神社の祭礼と、季節ごとに決まって訪ねる土地があって、そこで興行を打つと、ご贔屓が一座をちゃんと覚えていてくれて、声をかけてくださるんでございます。四つか五つだったあっしは、桜太夫が、その日の芝居のはねたあと、土地のご贔屓のお座敷に招かれて出かけていく姿を、ぼんやりと覚えております。

桜太夫が出かけたあと、小屋掛けの狭い楽屋の隅で、寝たきりのじいちゃんの番をしながら、ひとりで遊んでいたことも覚えております。あのとき、寂しかったのか悲しかったのか、平気だったのかは、もう忘れてしまいました。でもね、桜太夫がご贔屓に招かれたお座敷を務め、いただくご祝儀も一座の大事な稼ぎでした。あっしは子供心にも気づいておりました。桜太夫が綺麗に着飾って出かけていくことは、きっと大事なお務めなんだって、気づいておりましたとも」

熊太夫は目を落とし、すぎた日々を探るように沈黙した。

桜太夫一座の立者《たてもの》に、遊之助という役者がいた。

遊之助は背丈があって、目鼻だちのはっきりした男前の、ちょっと拗《す》ねた様子の優男だった。

桜太夫一座になる前から、一座は、桜太夫と遊之助が二枚看板で、先代の熊太夫が卒中で倒れ寝たきりになって以来、桜太夫の演じる出雲の阿国の前に現れる名古屋山三郎の亡霊役は、遊之助が務めていた。

桜太夫と遊之助がそれを演じると、田舎芝居の客が喜んで、旅芸人の一座でも、桜太夫と遊之助の名は、けっこう知られていたと、熊太夫は桜太夫一座がなくなってから、豆吉に聞かされて知った。

熊太夫が五歳のとき、寝たきりのじいちゃんが、遊之助の手をとって、満足に喋《しゃべ》ることのできない口を懸命に喘《あえ》がせ、目を潤ませ、桜太夫と倅の熊吉を守ってやってくれと頼んだ。

熊太夫の子供のころの名は、じいちゃんがつけた熊吉だった。

「太夫、あっしが桜太夫と熊吉を守って見せやす」

遊之助は、じいちゃんの手をにぎりかえして殊勝に言った。

それから、桜太夫と遊之助が夫婦《めおと》になり、遊之助が熊太夫の父《とと》になった。

だが、それまで熊太夫に父はいなかった。それまで熊太夫は、子供には母と父がいるということを、知らなかった。桜太夫もじいちゃんも、それまで父親の話をいっさい語らなかった。物心ついてより、桜太夫もじいちゃんも、熊太夫には母の桜太夫とじいちゃんの熊太夫しかいなかった。それがあたり前だった。

「熊吉、おまえに父《とと》ができたんだ。嬉しいだろう」

桜太夫に言われ、本途は、嬉しいともそうでないともわかっていなかった。わかっていたのは、桜太夫のためにも、「うん」とこたえなければならない、ということだけだった。

ところが、遊之助は優男の風体に似合わず、酷薄な男だった。

桜太夫だけではなく、一座の者の目の届かないところで、幼い熊太夫を、わけもなく折檻《せっかん》した。

熊太夫は、何度も何度も繰りかえし遊之助に叩かれた。

遊之助は、叩く理由を言わなかった。

初めのころはただ面喰《めんくら》い、父とはこういうものかと、叩かれるままに我慢しているしかなかった。

遊之助の酷薄なふる舞いは、殊に桜太夫が旅廻りの土地のご贔屓に招かれたときがひどかった。桜太夫だけが招かれることを気に入らず、その腹癒《はらい》せだったのかもしれなかった。

寝たきりのじいちゃんがいるそばで、熊太夫を引《ひ》っ叩《ぱた》いたり、ときには蹴《け》ったり投げ飛ばした。熊太夫を助けることも、助けを呼ぶこともできないじいちゃんが、牛のようにうなっていた。

幼いながらも、熊太夫はあの場をはっきり思い出せた。痛かった、つらかった、と言うより、今でも空恐ろしくなる覚えだった。

遊之助は、熊太夫を散々引っ叩いたあとに必ず言った。

「いいか、これは仕つけだ。がきは父《とと》に仕つけられて、おれみたいな一人前の男になるんだ。だから母《かか》に言いつけるんじゃねえぞ。言いつけたら、仕つけをもっと厳しくしきゃならなくなるからな」

あのときの、遊之助の眉をひそめてちょっと笑った顔が恐ろしかった。

熊太夫は遊之助が恐ろしくて、泣き喚《わめ》くことができなかった。物陰に隠れ、桜太夫にも、一座の者にも知られないように泣いた。

桜太夫は一座の座頭と役者を務め、ご贔屓の招きにも出かけ、ひとつの土地の興行が終るとまた次の土地へと旅を続け、寝たきりのじいちゃんの面倒も見なければならず、幼い熊太夫をあまりかまってやれなかった。

遊之助を亭主にしてみると、存外自堕落で役にたたない男だとわかったけれど、遊之助の酷薄な正体までは気づかなかった。

熊太夫は、臆病《おくびょう》で大きな声でものが言えず、寂しい子に育っていた。

遊之助が、熊太夫の七歳のとき、母とじいちゃんの蓄えていた一座のお金をそっくり持って、姿をくらました。

あれは羽州上山《かみのやま》村の神社の興行だった。

桜太夫が一座の役者と舞台にあがっていた昼間、みなが舞台に気をとられている隙に、寝たきりのじいちゃんのいる楽屋の、桜太夫の葛籠《つづら》から蓄えを全部持ち出して、姿を消したのだった。七歳の子供の熊太夫でさえ、豆吉の指図を受け、舞台の下働きをするようになっていたそのさ中である。

遊之助が蓄えを持ち逃げしたことがわかったのは、一部始終を見ていたじいちゃんが、呂律《ろれつ》も廻らないのに、一語一語、涙をこぼしながらどうにか、遊之助と言ったからだ。

蓄えを失い、一座の者に払う給金どころか、旅すらできなくなってしまったのだった。桜太夫は途方に暮れた。仕方なく、一座の金目の物を売り払って少しでも給金を払い、一座はたちまち散りぢりになった。残ったのは、桜太夫の身の廻りの物と、もしかしてまた一座を組んだときのためにと、それだけは旅芸人らしく売らなかった阿国と名古屋山三郎の衣装と小道具、桜太夫の三味線だけであった。

ただひとり、豆吉が桜太夫と七歳の熊太夫と、寝たきりのじいちゃんを見捨てなかった。

「あっしは、先代に拾われ、あとを継いだ桜太夫にも仕えやした。あっしみてえなでき損ないが生きていけたのは、先代の熊太夫と桜太夫のお陰でやす。ほかにいくとこなんて、ありやせんから……」

豆吉はそう言って、ついてきた。

わずかな荷物とじいちゃんを荷車に乗せ、桜太夫が楫棒《かじぼう》を引き、熊太夫と豆吉が荷車を後ろから押して、旅に出るしかなかった。

桜太夫は初め、江戸へ出れば、物心ついたときからじいちゃんに仕こまれた三味線の腕を活かして、暮らしていけるのではと、考えていた。

しかし、寝たきりのじいちゃんを荷車に乗せて、羽州の険しい峠を越えて江戸まで旅をするのは、容易ではなかった。すぐに、わずかな金はつき、食べる物が無くなり、江戸へいくどころではなかった。

ある夕暮れ、街道の古い御堂で宿をとったとき、桜太夫が言った。

「熊吉、じいちゃんを看《み》てておくれ。母は豆吉と稼いで、食べる物を買ってくるからね」

それから、熊太夫とじいちゃんを御堂に残し、桜太夫は三味線をかつぎ、豆吉とともに出かけていった。桜太夫と豆吉は、近在の農家を門付けして廻った。

だが、本途のあては、豆吉が客を引き、桜太夫が客の相手をして金を稼ぐことだった。桜太夫が豆吉に、こうするしかないよって、言ったのだ。

「熊吉がお腹を空《す》かしているんだもの。お父っつぁんが死んじまうもの。このままだと、四人ともに野垂れ死にするしかないもの」

そのときは、村はずれの竹藪《たけやぶ》の中だった。豆吉が少し離れたところで、桜太夫が客の相手をする間、見張りをした。

桜太夫は、旅の埃にまみれていても、器量のよさがわかった。だから、豆吉が声をかけた客は、桜太夫を見ると、みないくらだと、訊きかえしてきた。豆吉は思いっきり高く吹っかけたが、値ぎる客はいても、断る客はいなかった。

豆吉は、申しわけねえと思いつつ客引きをやったと、桜太夫が亡くなってから、それも熊太夫に話して聞かせた。

桜太夫が亡くなったのは、熊太夫が十五歳のころだった。

桜太夫が身体を張って稼ぎ、自分らを食わせていたと聞いても、十五歳になっていた熊太夫は驚かなかった。ただ、そうだったのかと、思った。

教えられなくとも、うすうす気づいていた。

背に腹は代えられないと、いくら子供でも、それぐらいのことは気づいた。桜太夫の身体を張った稼ぎのお陰で、自分もじいちゃんも豆吉も、桜太夫自身も食べることができ、旅を続けられたと、それぐらいのことはわかっていた。

しかし、四人は江戸へは出なかった。

粕壁《かすかべ》宿の近くまできたとき、じいちゃんが亡くなった。

宿場役人の配慮で、じいちゃんの亡骸《なきがら》を野垂れ死にのまま街道に放っておくわけにいかないと、無縁仏として近在のお寺に葬ることを許された。

宿場役人は、桜太夫と熊太夫と豆吉の三人連れを憐れんだ。

それまでは、寺の山門や神社の床下や、農家の納屋などが一夜の夜露をしのぐ宿だったが、宿場役人のとり計らいにより、粕壁では旅籠《はたご》に泊ることができた。

その粕壁の宿で、母が言った。

「江戸へはもういかない。このまま旅を続け、また桜太夫一座を始めるんだ。熊吉は今日から亡くなったじいちゃんの熊太夫を継いで二代目熊太夫になって、三味線を習い、芸人の稽古を積んで、立派な二代目熊太夫を目指すんだよ」

桜太夫が言うなら、熊太夫にも豆吉にも否やはなかった。

それから、荷車をわずかな金で売り払って、三人のあてのない放浪の旅が始まった。

一日の旅を終え、着いた村や町や宿場が、その日の旅のあてだった。

旅を続けながら、熊太夫は三味線の稽古を厳しくつけられた。

桜太夫の芸は、いき着いた町や村の辻《つじ》や往来で、桜太夫が三味線に撥をあてつつ出雲の阿国を演じ、豆吉が紅や墨で滑稽に顔を作って名古屋山三郎の亡霊役を務めて、二人が果敢なき恋の歌を歌いながら踊りを演《や》って観せた。

そして、熊太夫は辻に立ち止まった見物人の間を扇子を持って廻り、「ご報謝」と声をかけるのだった。ご報謝をくれる見物人もいれば、馬鹿臭《くせ》えと立ち去る通りかかりもいて、大して稼げるわけはなかった。

それからも、豆吉が客引きをし桜太夫の身体を張った稼ぎがなくては、三人の旅も桜太夫一座も続かなかった。

熊太夫は、母が二十一歳のときに生まれた子だった。

熊太夫が十歳になる前の桜太夫は、まだ二十代の若い年増《としま》だった。しかしながら、三年、四年、五年と旅を続けるうち、桜太夫は重荷と苦悩に疲れて、打ちひしがれ、どんどんやつれ果てていくのが、子供の目にもわかった。

「お母上は、病によって亡くなられたのか」

基之が訊ねた。

「ひどい災難に遭ったんです。常州《じょうしゅう》笠間《かさま》の城下はずれでした。桜太夫一座は、あっしが三味線を弾けるようになって、出雲の阿国と名古屋山三郎ばかりじゃない当世流行りの歌や踊り、小種の問答やかけ合いのような小芝居なども、辻や道端で演っておりました。城下はずれのある村の神社で、少しばかり見物人を集めていたときです。土地のやくざが七、八人、恐い顔をしてやってきましてね。おめえら、誰に断ってここで稼いでいやがる。勝手な真似をされて黙って眺めていると思っていやがるのかい、と威《おど》されました。母は、すぐにたち退きますと詫びを入れたんですが、やくざらは、稼ぎを全部出すまでかえすわけにいかねえと、引かないんです。母は、これをとられたら今夜の食べる物もないので、どうかこれだけはと頼んでも、やくざらは聞き入れず、挙句の果てに母をみなで袋叩きにしたんです」

茶と菓子の支度を済ませた若い衆が、舞台正面の土間へ坐りこみ、六人ともに神妙な面持ちで熊太夫の話に聞き入っていた。若い衆らも、熊太夫の生いたちを聞くのは初めてのようだった。

堅く沈黙して肩をすくめ、吹きこむ風に打たれても、気にする者はいなかった。

「やくざらは、桜太夫に女だからとは容赦しませんでした。目がつぶれ、鼻血と唇がきれた血で汚れ、腹を繰りかえし蹴られてうずくまった桜太夫から、わずかな稼ぎを奪って、ようやく引きあげていったんです。桜太夫が殺されなかったのは、昼間の神社の境内で、見物人が大勢いたからです」

熊太夫は続けた。

熊太夫は、桜太夫が袋叩きに遭わされるのを、震えながら見ていた。

桜太夫は、やくざらの袋叩きに遭いながら、「あんたたちはお逃げ」と叫び、熊太夫は恐ろしさにわれを忘れて逃げていた。

周りの見物人にまぎれてからふりかえると、桜太夫は木偶《でく》のようにぐったりと倒れ、それでもなお暴行を受けていた。豆吉でさえ逃げず、やくざらに打ち据えられて才槌頭を抱えてうずくまっていた。

熊太夫は震えながら、桜太夫と豆吉を見守ることしかできなかった。

熊太夫は、そのとき十三歳だった。

十歳までは小さな少年だった熊太夫の背が、十一、二歳のころから急に伸び始めていて、桜太夫がやくざらの暴行を受けた十三歳のそのとき、熊太夫の背丈は、桜太夫よりはるかに高い六尺近くになり、まだ大きくなりつつあった。分厚い肉が身体を鎧《よろい》のように覆い、自分でも驚くほどの膂力《りょりょく》が漲《みなぎ》っていた。

にもかかわらず、熊太夫の心は臆病な童子のままだった。遊之助にいじめられたときと同じ、なす術《すべ》を知らず、ただ、物陰に隠れてめそめそと泣くことしかできない子供のままだった。

やぐざらが消えたあと、十三歳の熊太夫は、痛めつけられてぐったりとなった桜太夫の傍らにおずおずと近づき、どうしていいのかわからず、戸惑うだけだった。

「おめえのお母《かか》だろう」

と、熊太夫は豆吉になじられた。

その災難に遭ってから、桜太夫は自分で歩くことが覚束《おぼつか》なくなった。老婆のように、身体を折り曲げ、ゆっくりと一歩ずつしか歩めなくなった。

やつれてはいても器量よしで、出雲の阿国を演じ、歌い踊っていた桜太夫の艶やかな俤《おもかげ》は失《う》せ、見る影もなく衰えていった。

それから三人は、熊太夫が桜太夫を負ぶって旅を続けた。

しかし、母はもう客をとることができず、熊太夫と豆吉が辻に立って稼がなければならなかった。桜太夫が言った。

「熊太夫、おまえが母のべべを着て、阿国役をお演り。小さいときから、母の歌と踊りを真似て、母に演って見せていたじゃないか。あれを、お客の前で演って見せればいいんだ。お客は喜んでくれるよ」

熊太夫と豆吉は、熊太夫が桜太夫の着物を着て、阿国役を演じて艶やかに歌い踊り、名古屋山三郎役の豆吉が滑稽に踊って見せた。

熊太夫は、厳しく稽古をつけられた三味線も弾いた。

ところが、六尺を超えつつあったすでに大男の熊太夫と、子供のような身体に異様な才槌頭の豆吉の、拙《つたな》いけれども奇妙な問答や踊りのみならず、何よりも、その奇怪な二人の風体を見物人は面白がった。

報謝が急に増えた。中には、熊太夫が懸命に三味線を弾いていると、巨体に掌を合わせて拝み、ひと袋の米をおいていく老婆もいた。それが、思いのほかの稼ぎになった。

「桜太夫、熊太夫とあっしで、当分はいけるかもしれねえ」

豆吉が、思いのほかの稼ぎに目を丸くした。

「いけるかね」

桜太夫も信じられない様子だった。

当の熊太夫本人は、拙い芸であっても、自分の身体を張って稼ぐうちに、これでいいのかと訝りつつ、一方では、奇怪な風体を指を差されて笑われようとも、だんだんとじいちゃんや桜太夫が旅廻りの舞台で演っていた、狂言や歌や踊りがどういうものか、役者とはどういうものか、芸とはどういうものかが、わかるような気がしてきたのだった。

熊太夫は、じいちゃんや桜太夫のような役者に、おれもならねばと思い始めた。

「お母、おれが熊太夫一座を始めるぜ」

ある日、熊太夫は桜太夫に言った。

「そうかい。思うとおりにおやり。江戸には四座とお上の定めた大きな芝居小屋があってね。その四座の舞台にあがる役者の中でも、市川団十郎という歌舞伎役者が、末代の役者の鑑《かがみ》と言われているそうだよ。熊太夫も稽古に励み、市川団十郎に負けないぐらい評判の高い役者になって、いつか、母に見せておくれ。熊太夫なら、きっとできるよ」

「わかった。おれは、市川団十郎にも負けないぐらい評判の高い役者になって、熊太夫一座を江戸の四座より大きな一座に育て、母に見せてやるからな。約束する。母、楽しみにしててくれ」

「楽しみにしているよ」

桜太夫はそう言って、力なく笑った。

熊太夫が十五歳の秋半ば、相州《そうしゅう》の厚木《あつぎ》から平塚《ひらつか》宿へ向かう旅の途中、桜太夫の衰弱がひどくなり、とうとう旅が続けられなくなった。

冷たい秋の雨がひそやかに木々を騒がせる、遅い昼さがりだった。

田村《たむら》と言う所のはずれの辻堂に雨をしのぎ、熊太夫は弱り果てた桜太夫を膝に抱きかかえ、ひたすら回復を祈った。豆吉は村の百姓家を敲いて事情を話し、村に医者はいないかと訊ねたが、村に医者はおらず、気つけの生薬とわずかな食べ物を分けてもらえただけだった。

けれども、桜太夫は薬も食べ物も受けつけなかった。熊太夫の腕の中で、小さな息を苦しげに繰りかえしていた。

「熊太夫……」

と、辻堂の格子戸から射す、雨の夕方の消えかかった明るみに照らされて、衰弱した桜太夫が呼びかけた。

「なんだい、お母」

「葛籠の中に、刀がある。それを出して、おくれ」

辻や往来で演じて見せるわずかな衣装や諸道具は、葛籠に入れて、豆吉が三味線などと一緒に背負って運んでいた。

その葛籠の底に、小さ刀を収めた刀袋が仕舞ってあった。

豆吉が桜太夫の葛籠から刀袋を探し出し、「これだ」と熊太夫にわたした。

「お母、これかい」

熊太夫は刀袋をつかみ、桜太夫に見せた。

「刀を出してごらん」

熊太夫は、刀袋から小さ刀を抜き出した。

白撚糸の柄に、鈍く沈んだ黒鉄の鍔、そして、灰色の薄明かりの中でさえ鮮やかな朱色の鞘が、熊太夫を驚かせた。狂言に使う小道具ではなかった。

豆吉も唖然として見守っていた。

「お母、こんな物を、どうして……」

桜太夫は、今にも途ぎれそうな声で、ようやく言った。

「何があっても、どんなに困っても、これは手放さなかった。これは売らなかったんだよ。これは、熊太夫の父《とと》が母にくれた刀だからね」

「父？　父とは遊之助のことか」

「違う。おまえの本途の父だよ。父のことを隠していて、許しておくれ。熊太夫には話さないでおこうと、じいちゃんと決めたんだ」

「あっしにも、本途の父がいるのかい」

「いたよ。江戸の、身分の高い、お侍だった。熊太夫の父は、お侍なんだ。熊太夫はお侍の子なんだよ。でも、今はもういない。父は熊太夫が生まれる前にいなくなった。母はここまでだから、これからはおまえが父の刀を持っていきなさい。父の形見だから、大事にするんだよ」

「これは父の形見なのかい。父って誰なんだい。お母、あっしの父は誰なんだい」

桜太夫は目を閉じ、苦しげな息の下で考えていた。それから、うっすらと目蓋《まぶた》を開き、おぼろげな眼差しを灰色の明るみへ向けた。

「父はもういない。だから、じいちゃんと決めたんだ。熊太夫には話さないでおこうってね。この刀を、父と思い母と思って」

桜太夫は、それだけを言って目を閉じた。苦しげなか細い息を繰りかえしもらして、再び目を開かなかった。

それから半刻ほどのち、すっかり日が暮れて暗闇に閉ざされた辻堂の、熊太夫の大きな腕の中で、桜太夫は息を引きとった。

ひそやかな雨がささめいていた。

熊太夫は、まだ温《ぬく》もりの残った桜太夫の亡骸を抱き締め、大粒の涙をこぼし、大きな獣のような声を放って初めて泣いた。

六

風がうなり、沈黙の重苦しさを芝居の片隅へ吹き払っていた。鼠木戸の上の櫓に引き廻した櫓幕がめくれてはためき、飾りの毛槍や白の御幣が今にも吹き飛ばされそうになびいていた。切虎落の筵は波打ち、竹矢来をゆさぶっていた。

芝居の土間に坐りこんだ六人の中のひとりが、かすかに忍び泣いていた。

誰にも、熊太夫にかける言葉がなかった。

国包には、基之の柴色の羽織の背中がしおれて見えた。橋川は、沈黙の重みをかつぐかのように、黒羽織の肩をわずかに片側へかしがせていた。

「それから、この小さ刀を父と母と思って、あっしは豆吉と旅を続けたんです」

熊太夫が言った。

「二代目熊太夫一座の始まりは、あっしと豆吉の二人だけでした。豆吉はあっしの相棒で、仲間で、師匠で、もうひとりの父です。お母が亡くなってから、豆吉があっしみたいなへぼ役者を、今日まで導いてくれたんです。お陰で、この十年の間に熊太夫一座の役者も増えました」

と、熊太夫は芝居に坐りこんだ若い衆らへ指を差した。

「この子らは、親も住む家もないみなしごばかりなんです。ついてくるかい、飯なら食わしてやるよと声をかけたら、みな温和《おとな》しくついてきた子たちなんです。いつの間にか六人になりました。でも、あっしがこの子たちにできるのは、下手な芝居の稽古をつけることだけで、豆吉が、あっしの面倒を見てくれたように、この子たちの面倒も見てくれたお陰で、熊太夫一座はどうにかやってこられました」

熊太夫の後ろで、豆吉は小さな肩をすぼめている。

「小寺さま、あっしは市川団十郎にも負けないぐらい評判の高い役者になって、熊太夫一座を江戸の四座より大きな一座に育ててみせると、お母に約束しました。けれど未《いま》だ、市川団十郎の足下へも寄りつけない、しがない旅廻りの役者でございます。市川団十郎は、威勢天が下に輝き、末代の役者の鏡と称《たた》えられ、数年前には給金七百両以上。今に千両役者になると、評判を聞きました。あっしも団十郎に負けない名高い役者になるぞと奮いたつと、それだけ自分の不才が身に染みて、みじめになるんでございます。先月、思いもよらず市川団十郎が亡くなり、追悼興行と勝手に幟をたて、この小屋で兵根元曾我の竹抜き五郎を演じますと、お客が笑うんでございます。舞台のあっしへ指を差し、失笑が起こるんでございます。ああ、一度は市川団十郎が筋隈《すじくま》の化粧をして、不動明王の分身《ふんじん》となって立ち現れる荒事の狂言をこの目で見たかった。江戸へ出てくるのが遅すぎました」

そう言うと、熊太夫はうな垂れた。

「熊太夫一座が江戸に出ても、目の肥えた江戸のお客さんに受け入れられるとは、稼げるとは思えなかったんでございます。でも、桜太夫にも先代の熊太夫にもおよばないへぼ役者ですけれど、どうしても江戸に出なければならないと、やむに已まれぬ気持ちだったんでございます。正直に申しますと、あっしら熊太夫一座は、役者では、ご飯をいただくことはできません。ご贔屓のお客さまのお招きを受け、お客さまのお望みどおりにお相手申しあげるのが、熊太夫一座の主な稼ぎなんでございます。舞台子《ぶたいこ》とか、色子《いろこ》とか言って、四座の舞台にも、そういう者がいると聞いております。お聞きになったことは、ございませんか」

すると、しおれていた基之の柴色の羽織の背中が、心持ち起きあがった。

基之がしみじみと言った。

「わたしは桜太夫のことを忘れたことはない。わがふる舞いを、悔まぬ日はない。恥じぬ日はない。桜太夫もその子も捨てたのに、それがどうしたと責められても仕方はないが、本途なのだ。熊太夫さん、わたしに訊ねたいことがあるのだな。それをまだ聞いていない。何を訊きたい」

熊太夫は、垂れた頭を持ちあげた。基之を上から見つめるきれ長の目が、赤く潤んでいた。ふっくらと張った頬が、薄紅色に染まり始めた。大きな顔が、だんだんと基之に迫っていった。わずか、三、四寸ほどまで顔が近寄った。

基之は動かず、熊太夫を真っすぐに見かえした。そのとき、

「熊太夫どの、無礼ぞ。控えられよ」

と、橋川の厳しい声が熊太夫のふる舞いを咎めた。

「熊太夫、落ち着け。小寺さまに粗相があっちゃあ、ならねえぞ」

豆吉が慌てて熊太夫の袖を引いた。

「かまわぬ、熊太夫さん。何が訊きたい」

基之が言った。

「小寺さま、あっしは誰の子なのでございますか。あっしの父は、誰なのでございますか。それをお訊ねするため、あっしは江戸に出てきたんでございます。小寺さま、お聞かせください」

そのとき、橋川が片膝立ち、

「退《さが》れっ」

と、熊太夫の分厚い胸を突いた。

熊太夫はびくりともせず、基之を睨み続けたが、基之はこたえなかった。

「熊太夫どのが誰の子か、基之さまにも小寺家にも、かかわりのないことだ。不埒なふる舞いは許さぬ」

橋川が怒鳴った。

芝居の土間の若衆らが、不穏な成りゆきに動揺を見せて立ちあがった。

「桜太夫は旅芸人だ。旅芸人が贔屓の客に身を売るふる舞いが、常の下賤《げせん》な生業《なりわい》であると、誰でも知っていることだ。桜太夫の身籠《みごも》った子が、誰の子かなど、わかるはずがない。熊太夫どのも、言うたではないか。熊太夫一座の常の生業は、陰間だと。われらより、熊太夫どのが存じておることだろう」

橋川の言葉には、酷薄な毒があった。

熊太夫は、橋川に見向きもしなかった。橋川が突き退けようとしても、基之から離れなかった。老侍の橋川に、熊太夫の巨体を動かすことはできなかった。

「橋川、よい。やめよ」

「やめません。旅芸人風情に、無礼を許すわけにはまいりません」

橋川は苛《いら》だちを抑えなかった。

「熊太夫、離れよ。あのとき基之さまは、まだ十六歳の元服もせぬ若衆だった。二十歳の旅芸人の女に誘われ、なびいたとしても、基之さまの所為ばかりとは言えぬ。仮令、腹の子が基之さまの胤《たね》であったとしても、桜太夫はそれを承知して、基之さまを誘い、たぶらかしたのだ」

「たぶらかした?」

橋川の言葉に、熊太夫がふり向いた。熊太夫の顔が、見る見る紅潮し始めた。血走った目が吊《つ》りあがり、赤い唇が裂けて歪《ゆが》み、苛烈《かれつ》な怒りが、それまでの白くふくよかな相貌に、くっきりと浮かびあがってきた。

国包と十蔵は、顔を見合わせた。

「ま、拙《まず》い。熊太夫、落ち着け。落ち着けって」

豆吉が焦って、熊太夫の怒りをなだめようとした。だが、橋川は熊太夫の変化に気づかなかった。

「そうだ。桜太夫が基之さまをたぶらかしたのだ。あのとき、それがしが桜太夫と座頭の熊太夫に説いて聞かせた。氏素性の知れぬ旅芸人の桜太夫を、上さまの御側に仕える御書院番頭の小寺家に迎えることなどできない。側女《そばめ》であったとしても、旅芸人の女では無理だ。上さまの御側近くに仕えるお役目に、障りがある。相応の金を差しわたした。桜太夫と座頭の熊太夫は拒まなかった。ただ畏れ入って、金を受けとった。その折り、生まれてくる子にも小寺家の名は決して明かさぬようにと釘《くぎ》を刺し、それも承知した。桜太夫がそれを承知したのは、基之さまのほかにも、思いあたる人物が、案外にあったからではないのか」

「橋川どの、それまでに、それまでになされよ」

国包は橋川を止めた。

「一戸前どのには、かかり合いのない話でござる。余計な口を挟まれるな。それがしには役目があるのだ」

橋川は国包の言葉を、即座にはねつけた。

「熊太夫、考えてもみよ。桜太夫は身を売って稼いでいたからこそ、そのほうらは食うことに困らなかったのだろう。そのような卑しきふる舞いに馴《な》れた女の産んだ子が、何を証拠に基之さまの胤と、言い張るつもりか。戯言《ざれごと》もいい加減にせよ」

「ああ」

豆吉が声をあげたとき、熊太夫の巨体はすでに片膝立ちに起きあがっていた。

熊太夫は悲痛な絶叫を響かせ、それは小屋の外の神明境内へと広がり、風のうなる春の空へと舞いあがった。

一瞬、ゆるやかにやわらかく浮きあがったかに見えた巨体が、気がつけばすでに桐筥の朱鞘の武蔵国包をつかみ、鮮やかに抜刀して白刃をきらめかせ、ためらいもなく橋川へ打ちかかっていた。

熊太夫の刃は、橋川の肩先と腕を裂いていた。

橋川は、悲鳴を発する間も、身をよける間もなく、ただ、呆然《ぼうぜん》と、熊太夫の体軀《たいく》が舞台の屋根を突き破るかのごとくに躍り、自分を斬り落とした白刃をひるがえして、基之にふり落とされていくのを見ていた。

真っ赤に燃えた熊太夫の相貌は、眉が吊りあがり、目を大きく見開き、鼻はふくれて歪み、口は激しく裂け、猛烈な怒りに隈どられていた。

傍らの豆吉を起きあがった勢いで橋掛へふり飛ばし、白小袖の御所車文が左右上下に乱舞した。

だが、橋川は、熊太夫の斬撃《ざんげき》を浴びたが、致命傷の深手ではなかった。刃を浴びるまさにその寸前、

「十蔵っ」

と、国包の叫び声が聞こえ、背後から力強い腕に抱えられた。そして、抱えられたまま絶えず吹きつける強風にそよぐかのように、舞台下の芝居へ転落していった

のだ。肩と腕に激しい痛みが走ったのは、そのあとだった。

「お母が、たぶらかしただと」

熊太夫が叫び、ふりかざした一刀を基之へ浴びせかけた。

咄嗟《とっさ》に、国包は片膝立ちに身を起こし、基之を背後より傍らへ押し退けた。そして、半ばまで抜きかけた自刀を両手で差しあげ、その一撃を受け止めた。

打ち合った刃と刃が、重たい刃鉄の音をたてた。そして、獣のごとく激烈に咬《か》み合った。

国包は身体を細竹のように撓《しな》らせ、覆いかぶさる熊太夫の巨体を支えた。国包の痩軀《そうく》は、今にもへし折れそうに見えた。旋風がうなり、巻きあげられた花弁が、一瞬動きの止まった舞台の二人へ降りかかっていた。

「基之さま」

舞台を見あげて絶叫するほかに、橋川になす術はなかった。

「小寺さま、逃げよ」

国包が叫んだ。

途端、熊太夫の岩塊のような肘《ひじ》が、国包の顔面を薙《な》ぎ払った。国包の身体は浮きあがり、均衡を失って舞台に叩きつけられた。

熊太夫は国包にかまわず、基之へまるで小枝を撓らすように白刃を落とした。

だが、基之はかろうじて舞台下へ転落し、熊太夫の一撃をまぬがれた。

国包がすかさず身を起こし、抜き放った鞘を捨て、熊太夫の傍らをひと回転してすり抜けていた。その瞬間、熊太夫の身体がかすかにゆらぎ、基之への一撃にわずかな間が生じたからだ。

白小袖の前身頃の片側にひと筋の裂け目が走り、白小袖に赤い血が浮き出た。

国包の咄嗟のひとあてが、熊太夫の大腿《だいたい》部を浅く疵つけていた。

「邪魔するか」

熊太夫が悔しそうに言い放った。

「熊太夫、鎮まれ。父親を斬るつもりか」

「あっしに父《とと》はいない。あっしはお母《かか》ひとりの子だ」

熊太夫の全身が、怒りの炎に包まれていた。

ひと回転して身をたてなおした国包へ、舞台をゆるがして踏み出し、白刃を縦横にふり廻してうならせた。

国包はぎりぎりに空を斬る刃を、右へ左へとよけつつ後退し、たちまち追いつめられた。舞台の板屋根を支える目付柱に背中をぶつけ、後退を阻まれた。

目付柱は、芝居側の正面から見て左手の板屋根を支える四本柱の一本である。

咄嗟に国包は身をかがめ、次の一撃を前へ突っこんでかいくぐり、再びひと回転して舞台中央へ逃れた。

一瞬遅れて、熊太夫の一撃は国包の消えた目付柱を、鮮やかに叩き斬った。

叩き斬られた目付柱が、斬り口の白い木目を見せて板屋根にぶらさがった。板屋根が苦しげな軋みをたてた。

「熊太夫、もうやめろ」

と、豆吉が金きり声で怒鳴った。

しかし、そのとき国包は瞬時もおかず、刀の柄を逆手につかんで片膝立ち、まだ横腹を見せる熊太夫へ突っこんでいた。

太い横腹へ喰らいつき、巨体を抱えあげるように一気に押しこむと、向きなおる間のなかった熊太夫の巨体が、芝居へゆらめいた。

熊太夫の巨体が横腹を突かれ、均衡をくずして舞台から芝居へ、喰らいついた国包もろともに山がくずれるように落ちていく。

わあぁ……

若い衆らがどよめいた。

地響きをたて、土間を敷きつめた桜の花弁を巻きあげ、熊太夫は転落した。巨体が苦しげに喘ぎ、ゆっくりとのた打った。

国包は、素早く熊太夫から離れて先に起きあがった。順手になおした一刀の鋒を後方へ引き、上体を喘ぎつつ起こした熊太夫へ身を低くして相対した。

熊太夫の身体が、激しい呼気に波打った。

「熊太夫、怪我をしているのだな。今わかった。これ以上は無益だ。おぬしと斬り合うつもりはない。疵の養生をして、江戸を去れ」

国包が言った。

「知ったふうに言うな。一戸前さまに何がわかる。あっしの何を知っている。無益か無益でないか、生きるか死ぬか、あっしの決めることだ」

熊太夫が、見あげる巨体を再び持ちあげた。

髷が解け、漆黒の豊かな総髪がざんばら髪になって、大きな両肩を覆って背中に垂れ、ざんばら髪には朱の笄がぶらさがっていた。

熊太夫は、巨体を激しくゆらして国包に迫った。

ざんばら髪と笄をふり乱し、怒りに歪んだ顔を真っ赤に燃えたたせ、白小袖の裾が割れ、剝《む》き出しの白い足下に散った花弁が、煙のような旋風を巻いた。

熊太夫の一撃を受け止めた瞬間、国包は巨体の凄《すさ》まじい衝突に身体ごと吹き飛ばされた。国包の身体は数間を飛び、筵を垂らした切虎落の竹矢来へぶつかって、跳ねかえされた。

国包は体勢をくずして尻餅《しりもち》をついた。だが、即座に起きあがった。身を立てなおし、熊太夫の攻撃に備えた。

「太夫に加勢するぜ」

若い衆が、突棒をとって喚いた。

呼応した周りが、刺股と袖搦をつかみ、ほかの者は鼠木戸の外にたてていた幟を得物に持ちこんだ。

「馬鹿野郎、やめろ」

豆吉が舞台から飛び降りてきて、若衆らを止めたが、豆吉は若衆らの勢いにたちまち蹴散らされた。

「鎮まれ。動くな。動く者は斬り捨てる」

そこに十蔵が立ちはだかった。十蔵は抜刀の体勢で身がまえたが、気を昂《たか》ぶらせた若い衆らは、十蔵に襲いかかった。

「どけえっ」

突棒を十蔵の顔面へ突き入れた。

十蔵は抜き放ち様に突棒を打ちあげ、上段から突棒の半ばを叩き割った。

あっ、と若い衆は二つになった突棒を見比べ、目を剝《む》いた。十蔵が刀をひるがえして再び上段へとると、慌てて仰け反った。

十蔵は純白の髷を結んだ老侍だった。老いぼれひとりがと、見くびったのが誤りだった。そのとき、

「斬るな。十蔵、斬ってはならん」

と、国包の声が聞こえた。

十蔵は打ち落とさなかった。上段にかまえたまま、鋭く踏みこんだ。

仰け反った若い衆は悲鳴を甲走らせ、一撃を恐れて自ら横転して逃れた。

その間隙に、袖搦と刺股が十蔵に打ちかかってくるのを、十蔵は鋭く左右へ打ち払い、さらに一歩を踏みこんで身を高く躍らせ、

「ええい」

と、花弁の舞う風塵《ふうじん》の中へ閃光《せんこう》を走らせた。

国包は、今一度、熊太夫の衝突を受けたら、身が持たぬとわかっていた。

熊太夫の突進は、斬るなら斬れ、と覚悟を決めて、国包に迫ってきた。白刃を小枝のようにふり廻し、防御はもうまったく考慮していなかった。刀をふり廻すたびに、ざんばら髪が舞い狂い、笄が乱舞した。

国包は熊太夫がふり廻す刀をはじきかえしては、熊太夫を軸に廻りこむように逃げ、またはじきかえしと、四合、五合、六合と打ち合った。

熊太夫の喘ぎが、国包を追い廻して次第に荒々しくなっていた。

七合目は体を躱《かわ》し、八合目を薙ぎ払ったとき、熊太夫の突進が止まった。国包の息も荒くなっていた。

「熊太夫、十分だ。頼む、これ以上はやめてくれ。おぬしを斬りたくはない。斬らせないでくれ」

「一戸前さまが、邪魔するからだ。邪魔するな」

熊太夫が叫ぶや否や、勢いよく踏み出した。両手に天を抱えるようにかざし、白刃をひるがえした。熊太夫の動きに合わせ、国包は左膝を折り曲げ、右足を大きく引いた。身体を低くして身がまえた。そのとき、

「熊太夫、許せ」

と、熊太夫の背後に迫った基之が抜き放ち、御所車文の白小袖を右肩から背へ袈《け》

裟懸《さがけ》にした。

熊太夫は顔を悲しげにしかめて肩をすくめたが、悲鳴もうめきもなく、ふりかえり様に基之へ斬りつけた。それを受けた基之の刀を力任せに払い、瞬時もおかずに刀をかえして二の太刀を見舞った。

刃鉄が鳴り響き、基之は二の太刀をすれすれに受け止めた。

しかし、覆いかぶさる凄まじい重圧を堪えきれず、基之は膝を折った。刃が首筋に迫り、下へ下へと沈んでいった。

「お母が、たぶらかしただと」

熊太夫が凄まじい怒声を放った。

「基之さま……」

と、血まみれの橋川が、起きあがろうと虚《むな》しくあがいた。

その刹那《せつな》、基之の沈みかけた身体が止まった。

「熊太夫、これまでだ」

国包が後ろから言った。

国包は、引いていた右足を大きく一歩進め、左足を後ろに残したかまえで、基之の袈裟懸を浴びてひと筋の血に染まった熊太夫の背中に、突き入れていた。

鋒は熊太夫の分厚い肉をかき分け、致命傷となる身体の奥深くへ達していた。

熊太夫は、ひと声、苦しそうにうめいた。かざしていた白綿撚糸の柄に二つ巴《どもえ》紋の刀を、力なく垂らした。そのまま両膝を折り、刀が土間に転がった。

「熊太夫」

豆吉が唖然として、呟いた。

十蔵と睨み合っていた若い衆らが、太夫、太夫……と口々に叫んだ。

「済まぬ。熊太夫」

刀を引き抜くと、疵口から血が噴きこぼれ、御所車文の白小袖に流れ落ちた。

熊太夫は、静かな、途ぎれ途ぎれの言葉を基之へ投げた。

「なぜじゃ。何も望みはないと、言ったではないか。あっしはただ一度だけ、お母が好いた父に、江戸の父に、会いたかっただけじゃ。父はなんで、あっしを邪魔にする。そんなに汚がる。そんなに貶める。そんなに忌み嫌う。あっしは、化け物じゃない。父の倅じゃ。そうじゃないのか。なあ、とと……」

それから、天を仰ぐように顔を仰け反らせ、ゆるやかな弧を描いて芝居に横たわった。花弁が大きな身体の周りに吹きあげられた。

熊太夫の顔は、真っ赤に燃えたぎる怒りが消え、透きとおるように白い相貌に戻っていた。きれ長な目を薄く見開き、物憂げで悲しげな眼差しを空へ向けていた。

熊太夫のそばへ走った豆吉と若い衆らが、熊太夫の周りを囲んでとりすがり、繰りかえし名を呼びながら泣き喚いた。

「旦那《だんな》さま……」

十蔵が近寄り、国包に声をかけた。

「無益だ」

と、国包はそう言っただけだった。

基之と橋川は、熊太夫の亡骸を見つめ、言葉を失っていた。

鼠木戸から吹きこむ風が、花弁のつむじ風を巻きあげ、小屋の中の男たちに吹きつけた。

終章　元年

弓町の国包の鍛冶《かじ》場に、豆吉が六人の若い衆を引き連れ訪ねてきたのは、五日ほどがたってからだった。

焼き入れが済んで鍛冶押しをする前の、刀身のひずみをとり、反りや曲がりを整えていたとき、表戸の外の小路に、豆吉に率いられた若い衆らの人影が、ぞろぞろと現れ、鍛冶場をのぞく素ぶりを見せた。千野が最初に気づき、

「師匠」

と、小路の人影を見つめて言った。

国包は、金床の刀身にあてていた槌《つち》を止め、「うむ?」と千野を見あげ、それから小路のほうへ顔をひねった。清順も小路の人影を見やり、

「あ、先だってのあいつらだ」

と、険しい目つきになった。

国包は人影から目を離さず、槌をおいた。

豆吉が脱いだ菅笠《すげがさ》をわきに抱え、白髪髷《まげ》の才槌《さいづち》頭を鍛冶場の国包へ小路の地面につきそうなほど、さげて見せた。豆吉にならって、若衆らも不ぞろいの、決まり悪げな辞儀を寄こした。

豆吉も若い衆も、尻端折《しりはしょ》りの手甲脚絆《きゃはん》、草鞋《わらじ》がけに、縞《しま》や紺の合羽《かっぱ》を羽織った旅姿だった。豆吉は腰に小さな荷をくくりつけ、若い衆らはみなかなり大きな葛籠《つづら》や行李《こうり》を肩にかつぎ、背中に背負っていた。

国包が横座から立って辞儀をかえすと、豆吉が先に鍛冶場へ入り、後ろに続く若い衆らへふりかえって、睨《にら》みつけて言った。

「おめえらは、ここで待ってろ。いいな。温和《おとな》しくしてるんだぞ」

「へえい」

と、若い衆らは思い思いに返事をした。そうして、千野と清順のほうへ、気まずそうな会釈をばらばらに投げかけた。

千野と清順は、若い衆らを睨んだだけで、会釈はしなかった。

豆吉が、小男の身体にまとった縞の合羽の裾《すそ》を左右にひらめかせ、国包の前にきて、また小腰をかがめた。

国包が豆吉を見おろし、先に声をかけた。

「やあ、先だっては……」

「一戸前さま、お仕事中にお邪魔をいたします。本日は、若い衆らともども、お別れのご挨拶《あいさつ》におうかがいいたしました。長らく、お世話になりました。あっしら、これからまた、旅暮らしに戻ります」

「そうですか。また旅暮らしに戻られますか。次はどちらへ」

「へい。以前、熊太夫が越後《えちご》へと申しておりました。越後へいき、越後から越中越《えっちゅうえち》前《ぜん》と足を延ばし、できたら、京へもいってみようかなと、思っております。京は旅芸人が多く集まりますし、なんと申しましても歌舞伎の本場です。若い衆らの将来のためにも、何かの役にたつんじゃねえかと、思いまして」

「京は面白そうですね。確かに、いい機会になりそうだ」

「へい。あいつらが、てめえの考えで、てめえ勝手に暮らしていけるようになるまで、もう少し面倒を見てやるつもりでおります」

国包は若い衆らを見やり、頷《うなず》いた。

「一戸前さまには、お世話になったうえに、とんでもねえご迷惑をおかけしちまい、まことに相済まぬことでございました」

「迷惑ではありません。このたびのことは、わたしにとっては他人事《ひとごと》とは思えず、自らかかわり、このような始末になったのです。そのためかえって、豆吉さんや若い衆のみなさんを、辛《つら》い目に遭わせてしまいました。なんと申しあげてよいのか、言葉が見つかりません」

「とんでもございません。あれは仕方がなかった。定めだったんでございます。あのとき、一戸前さまがああしなけりゃあ、誰も熊太夫を止められませんでした。一戸前さまが止めてくださらなきゃあ、もっととんでもねえ始末に、なっておるところでございました。お気づきだったでございましょうが、熊太夫は怪我を負っており、怪我の具合がよくなかったんでございます。ていうか、ちょっとこじらせちまって、起きるのもやっとだったんでございます。あんな容体でも、熊太夫が一旦《いったん》怒り出したら、あっしらじゃあ、手に負えません。怒りに囚《とら》われたら、てめえの身がどうなろうと、かまっちゃいねえ。自分で自分がどうにもならなくなっちまう。そんな男なんでございます。もしかしたら、熊太夫自身、もう助からねえと思っていたのかもしれません」

「それほどに？」

豆吉は、しょ気たように才槌頭を傾けた。

「ですが、一戸前さま。じつは、熊太夫のお骨は、小寺さまにおとり計らいいただき、歌舞妓役者市川団十郎のお墓がございやす増上寺常照院に、葬ることができたんでございます。小さなお墓ですが、善熊入楽正覚信士の法名もいただき、小寺さまより、俗名を小寺熊太夫と名乗ることを許されたんでございます。ああ、ありがてえことでございます。熊太夫がいつか自分も市川団十郎のような役者にと、憧《あこが》れの歌舞妓役者市川団十郎と同じお寺に葬られ、小寺さまにも倅《せがれ》と認められたんでございますから」

「おう、小寺熊太夫を名乗ることが許されたのですか。それはよかった」

虚《むな》しさが去来したが、国包はそれをふり払って言った。

「はい。また、国包の小さ刀《ちいがたな》と武蔵国包の大刀は小寺家に献上することもでき、熊太夫の思いがいく分なりともかなえられ、せめてもでございます。それから、橋川周右衛門さまは、疵《きず》も順調に癒《い》えて、ご回復に向かっておられるそうでございます。安心いたしやした」

そんなわけで、と豆吉はまた頭《こうべ》を深く垂れた。

「一戸前さま、本途に、お世話になりました。これから旅だつ前に、不仕つけご迷惑とは思いつつ、ひと言お礼を申しあげなけりゃあ気が済みませんで、立ち寄らせていただきました。伊地知十蔵さまにも、よろしくお伝えくださいまし。お弟子さん方も、ありがとうございました」

豆吉は、千野と清順にも丁寧な辞儀を繰りかえした。

「十蔵は今、所用ででかけておりますが、すぐに戻ってきます。みなさんご一緒に、わが家で少しくつろいでいかれては」

「いいえ、お気遣いはけっこうでございます。一戸前さまにひと言、お礼を申したかっただけでございますので。熊太夫が、江戸を去る前に一戸前さまに礼を言ってくれるようにと、催促しているような気がしてならなかったんでございます。これで、胸のつかえがとれました。今日の宿は中山道《なかせんどう》の浦和《うらわ》宿を考えております。ちょいと急ぎます。では」

みなさん、ご機嫌よう、ご機嫌よう……と、豆吉は言いつつ、土間を擦《こす》りそうな合羽をひるがえした。

「さあ、おめえら、旅は長いぜ」

豆吉が六人の若い衆に景気よく声をかけ、

「いくぜ」

と、若い衆はやっと声をそろえた。

国包と千野と清順は小路に出て、豆吉と若い衆が、小路の人通りを縫って去っていくのを見送った。若い衆らがふりかえり、紺の合羽を払って千野と清順に照れ臭そうに手をふった。

千野と清順が、若い衆らへ手を大きくふりかえした。

先頭をゆく豆吉の姿は若い衆に隠れて見えず、まだ巳《み》の刻の、近づく夏の気配を感じさせる天道が、若い衆らの紺合羽に青味を帯びた午前の光を降らせていた。

と、小路をゆく若い衆らと擦れ違い、白衣の着流しに黒羽織の町方同心が、国包たちのほうへやってくるのが見えた。鍛冶橋《かじばし》にある南町《みなみまち》奉行所の、尾崎忠三郎《おざきちゆうざぶろう》と手先の重吉《じゆうきち》だった。

「あ、師匠、お役人が……」

千野がふっていた手をおろして、国包に言った。尾崎と重吉は立ち止まり、擦れ違った若い衆らへ見かえっていた。

「そうだな。うちに用か、通りかかっただけか。よい。仕事にかかる」

国包は気にかけず、鍛冶場に戻った。

「鍛冶押しが済んだら、清順の稽古《けいこ》刀をやろう。清順が横座につけ」

「はい」

清順が声を引き締めたとき、戸口から呼びかけられた。

「一戸前さん、ちょいと御用だ。いいかい」

三人がふりかえると、黒羽織の尾崎と尻端折りの重吉が、のらりくらりとした様子で、小路の明るみから鍛冶場の薄暗さの中に入ってきた。

「これは尾崎さま、お役目でございましたか。ご苦労さまでございます」

国包が辞儀をし、千野と清順がならった。

「一戸前さん、正月以来だな。新年が明けたと思ったら、もう三月も終って夏がくる。落ち着いていられねえぜ。景気はどうだい」

尾崎が差料のわきに差した十手の朱房をゆらし、土間に雪駄《せった》を怠《だる》そうに鳴らした。

「はい。相変わらず、数打物《かずうちもの》でしのいでおります」

「一戸前さんほどの名の知られた刀工が、よく言うぜ」

尾崎は赤い唇を歪《ゆが》め、なあ、とからかうように千野と清順を見比べた。

「と言われましても、その日暮らしに追われる身に変わりはございません。お客さまのご依頼がなければ、町家のただの自由鍛冶でございます」

尾崎は、薄笑いを鍛冶場に流し、

「武蔵国包でも、そんなもんかい」

と、少し考える素ぶりを見せた。

「それしきの者でございます。尾崎さま、御用であれば裏の住まいで承ります。ご案内いたします」

「いや。ここでいい。すぐ済む。大した御用じゃねえ」

尾崎は国包より小柄な中背だった。瘦《や》せていて、頰骨のやや高めが目だった。あまり表情の見えない顔つきを、首筋をほぐすように左右にひねった。

「一戸前さん、この三月の初め、大雨の降った日があった。覚えているかい」

「この三月の初めの大雨の日……はい。覚えております」

「向島の小村井村から中川を渡った下平井村に、聖天不動がある。中川沿いの大きな寺だ。その聖天不動の北側の野中《のなか》に、平井一帯の顔役で、手下を十人以上抱えた鳶吉という貸元が一軒家をかまえていた。顔役と言えばまだ聞こえはいいが、鳶吉は真っ昼間から平井一帯の百姓らを集めて、ご禁制の賭場《とば》を開いて稼いでいて、根っ子はあぶねえ仕事でも金になりゃあ平気で手を染めると、江戸の町奉行所にも知られている破落戸《ごろつき》だ。その鳶吉が、三月初めの雨の日、一軒家に殴りこみをかけられて、鳶吉始め、大勢の手下らが殺された一件があった。一戸前さん、その一件を知ってたかい」

「いえ。存じませんでした」

「そりゃそうだ。平井の田舎で何が起ころうと、知るわけねえよな」

尾崎はまた薄笑いを浮かべた。

「平井じゃあ、町奉行所の支配外だし、どうせやくざ同士のもめ事の末の斬り合いだろうから放っときゃあいいんだが、十数人の男らの無残な亡骸《なきがら》がごろごろしているあり様だったそうで、陣屋としても何も調べねえわけにいかず、いろいろと探ったところ、どうやら、殴りこみをかけたのは、江戸からきた男らだったそうだ」

「江戸のやくざですか」

「一家をかまえるほどのやくざとは限らねえ。なんぞ遺恨があった江戸の破落戸《ごろつき》どもが、徒党を組んで鳶吉の一軒家を襲ったのかもしれねえ」

「では、賭場の寺銭を狙った押しこみ、かもしれぬのですな」

「そこがはっきりしねえ。鳶吉の亡骸の傍らにあった金箱に、寺銭はそれなりに残されていたらしい。すると昨日、陣屋支配の勘定方から町奉行所に、熊太夫という旅芸人の問い合わせがあった」

国包は思わず、目を瞠《みは》った。

しかし、尾崎は気づかずに続けた。

「鳶吉の手下に、下平井村で諏訪神社の参詣客《さんけい》相手に酒亭を営んでいる遊之助という男がいて、遊之助も鳶吉と一緒に殺されていた。遊之助の女房は鳶吉の妹で、その女房が話したところによると、一件のあった三日ほど前、熊太夫という見あげるほどの大男の旅芸人が、子供のような年配の小男を従えて、遊之助を訪ねてきていたらしい。大男と小男の、奇怪な二人連れだった。熊太夫が訪ねてきたあとから、亭主の様子がちょっと変わってずいぶん不機嫌になり、考えこんでいるように見えた。二、三日がたったその雨の日、遊之助は鳶吉親分に用がある、夕方には戻ってくると言って、鳶吉の所へ出かけ、殴りこみに巻きこまれたか、何かほかのことがあって、ごろごろと転がる亡骸のひとつになっちまったってわけだ」

尾崎が、いいかい、と確かめるような間をおいた。

「陣屋の掛は、鳶吉の手下で姿をくらました者の足どりを追うとともに、念のため、旅芸人の熊太夫の行方を探ったら、江戸の芝の神明境内で小屋掛けしている田舎芝居の熊太夫一座の座頭が、大男の熊太夫と知れた。しかも、江戸で商売をしている行商らに詳しく訊《き》きこみをしたところ、なんと昨日になって、座頭の熊太夫は急な病ですでに亡くなり、熊太夫一座は興行どころか、解散同然だというじゃねえか。で、昨日、勘定方より町奉行所に、熊太夫が急死した事情の問い合わせというか、調べの申し入れがあって、そのお役目をおれが命じられたってわけだ。神明境内の宮地《みやち》芝居の一座なんだし、寺社奉行の配下にやらせろよと思うんだが、役目を命じられたからには仕方がねえ。昨日、神明へいったら、一座の小屋はとり片づけられているところだった。一座の役者らは散りぢりになって、社務所に訊《たず》ねても、熊太夫が病で急死した以外、役者らがどこへ消えたかまではわからねえときた」

尾崎は下唇を突き出し、今朝、髭《ひげ》を剃《そ》ってすべすべしているのに違いない顎《あご》を、掌《てのひら》で心地よさそうに擦《さす》った。顎を擦りながら、尾崎はなおも言った。

「けど、調べがそれだけじゃあ恰好《かっこう》がつかねえから、今朝、茅場町の元右衛門という読売屋に訊きこみをした。一戸前さん、読売屋の元右衛門はご存じだよね」

「存じております」

国包はこたえた。

「元右衛門は神明に小屋掛けした熊太夫一座を、読売の種にしていたんだ。何か面《おも》白《しれ》え話が聞けるんじゃねえかと思ってさ。聞けたのは、旅芸人一座にありがちな裏話ばかりだった。殴りこみにも押しこみにも、かかわりがありそうもなかった。唯一、意外に思った話が、一戸前国包さんの名が聞けたことさ。こちらの奉公人の伊地知十蔵さんが、主人の一戸前さんに言われて、熊太夫一座のことを探っていたと聞いたもんだから、おれは思わず首をかしげたぜ。なんで、一戸前さんが熊太夫一座なんだって、どうも腑《ふ》に落ちなくてさ。ならばと、茅場町から弓町まで、なんでかと、話を聞きにきた。できたら、伊地知さんにも、二、三訊ねたいんで、呼んでもらえるかい」

四半刻《しはんとき》後、国包は本身の荒研ぎにかかっていた。砥石《といし》に擦れる刃が、ひと研ぎごとに耀《かがや》きを増していた。刃紋がだんだんと鮮明になり、鉄地の鈍い黒色が、本性を現すかのように、銀色の肌をさらし始めていた。

国包は、荒研ぎの途中に手を止め、本身をかざして研ぎ具合を確かめた。

よきでき栄えだと思った。

そのとき、ふと、遊之助とはあの遊之助のことかと、自分に問いかけた。そしてすぐに、おれにわかるわけがないと、笑いながら自分にこたえた。すると、

「はい、何か……」

と、国包の研ぎを見守っていた千野が、かざした本身の向こうから言った。

隣の清順が、見開いた若い目で、千野と同じように国包に問いかけている。

「どうした」

国包が問いかえすと、

「師匠が今、笑いながら何か言ったから」

千野が訝《いぶか》しげな顔つきを寄こした。

「そうか。笑いながら何か言ったか。なんでもない」

国包は荒研ぎをまた始めた。砥石に本身が擦れて、息苦しそうな音をたてた。

なんでもないのだ。

国包は研ぎながら、腹の中で繰りかえした。

その年、元禄十七年の三月十三日、改元となって元禄の世は終り、宝永元年となっていた。徳川幕府が開かれて百年余、春は去り、また江戸に夏が巡ってきた。

解説

菊《きく》池《ち》　仁《めぐみ》

読後、豊かな物語だけがもつ圧倒的な迫力に、思わず唸《うな》ってしまった。なにしろ、この辻堂魁《つじどうかい》「刃鉄の人シリーズ」は、本書で三巻目だが、巻を追うごとに読後の充実感が増すという稀有《けう》な造りとなっている。別な表現をすれば、研ぎ澄された刀をさらに鍛え上げた鮮やかな切れ味を堪能《たんのう》できるということである。これは文庫書き下ろしシリーズをホームグランドとして、修練を重ね、技術を習熟させてきた作家のたどりついた境地といっていい。

作者のこの境地は〝文庫書き下ろし時代小説〟が出版マーケティング上、選択せざるえないシリーズ化という足枷《あしかせ》を、自らの小説作法の肥やしとして成熟化の道を歩んできた賜物《たまもの》といえる。つまり、シリーズものと単行本の違いをただ単なる判型の違いにとどめず、人物像の彫りをより深く描けること。密度の濃い群像ドラマとして仕立てやすいこと。この両者をテコとする手法を自家薬籠中《じかやくろうちゅう》のものとしてきた結果でもある。

要するに本書は読みどころ満載なのである。第一は、考えぬかれた優れた人物造形である。主人公である一戸前国包《いっこまえくにかね》は家宝の刀に魅せられて以来、武士の身分を捨てて刀鍛冶《かたなかじ》に心血を注いできたという設定。加えて、天稟《てんぴん》の素質と言われた神陰流《しんかげ》の達人でもある。辻堂ファンならばこの設定が、剣の達人で算盤《そろばん》の練達者という「風の市兵衛シリーズ」の手法を踏襲したものであるのに気がつくと思う。同シリーズは主人公が二つの得意技を持っていることで、ディテールに富んだ印象的なシーンと、そこから派生する人間ドラマを質の高いエピソードに仕上げ、それが人気の的となったのである。

本シリーズも第一巻を読むと明らかなのだが、細密画を見るような刀鍛冶の場面と、迫真に満ちた剣戟《けんげき》場面が、人間の欲望や愚かな所業を包み込むような形で混在しているところから面白さが生まれている。それを際立たせ、支えているのが、

《「力およばず、道理はなく、望まれずとも、わが一個の意地はあります。意地こそわが武芸の極意。斑目どの、やると決めたのです。立ち去る気は、ありません。やるしかないのです」（第一巻・第三章「玉川原」）》

このセリフが象徴する孤高にして矜持《きょうじ》を失わぬ国包の生き様なのである。さらに意表を突くのが暗殺者としての一面をも兼ね備えているという設定。といっても暗殺を引き受けるのは事の真相を知りたいという性分からで、心憎いほどうまい造形が施されており、それが懐の深い国包の魅力となっている。

加えて、見逃がしてはならないのが、老僕にして剣の師でもある十蔵《じゅうぞう》の存在である。国包と十蔵の関係を見事に描いた場面がある。それを紹介しておこう。

《甚左は即座に攻勢に移った。

八相からの鋭い袈裟懸《けさがけ》が、国包に襲いかかった。

途端、国包は甚左へ左の肩先をぶつけるかと見えるまで懐深く肉薄し、甚左の左をすり抜けながら、袈裟懸をはずしたのだった。

両者が体を擦《こす》るようにすり抜けたとき、両者の緊迫がくだけ火花を散らした。

両者は再び立ち位置を入れ替えた。

だが、今度は反転しなかった。

甚左は袈裟懸の一刀を下段に落とし、ゆるやかになびかせた。

国包は、後ろ脚から一刀の切先まで、雲間からのぞく青空へ指すひと筋の線のように、身体を静止させていた。

十蔵はそれを知った。そして、

決した……

と、呟いた。（第二巻・第三章「大川越え」）》

剣の達人である山陰甚左《やまかげじんざ》との対決を見分していた際の十蔵の呟《つぶや》きを描いたもので、国包に影のように寄り添っている十蔵の観察眼の鋭さと、二人のピッタリ合った呼吸を描いている。もうひとつ紹介したいセリフがある。第三巻、第二章「旅芸人」に出てくるもので、経緯を書くと粗筋がわかってしまい興を削《そ》ぐのでセリフだけ抜き出すことにする。

《「旦那さまに、かかり合いのないことです。気になさいますな。旦那さまは、人の心を捉える名刀を鍛えられた。名刀だからこそ、人がかかり合い、物語が生まれたのです。物語が生まれたのは、旦那さまのせいではありません。稽古刀ですでにそれほどの名刀を作っていたことを、自慢に思いなされ」》

刀鍛治に己の生き様を投影している国包を傍で見ている十蔵ならではのセリフである。この二人の友誼《ゆうぎ》が本書でさらに深まりつつあることを示すもので、本書のヤマ場のひとつである。じっくり味わって欲しい。

作者は本書で独得の工夫を凝らした人物造形を仕掛けている。それがもう一人の主役ともいえる熊太夫《くまだゆう》の造形である。

《大男は、身の丈が天を衝《つ》くばかりではなく、大きな鏡餅《かがみもち》を重ねたように、腰から腹、胸から肩、着物の袖や袴《はかま》の裾《すそ》にのぞく大きな手足までが、はちきれんほどに肥満していた。そして、これは石仏を思わせる太い首に、頬肉の丸々としてふくよかに張った顔が鎮座し、小さな丸い壺《つぼ》のような形に結った髷《まげ》を、狭い額の上の鬢《びん》づけで艶《つや》やかに整えた漆黒の総髪に乗せていた。（第三巻・序章「歌舞伎踊」）》

異形の大男という設定に加え、初代市川団十郎《いちかわだんじゅうろう》の芸風を愛し、芝居は下手だが、かげま（陰間）の方は相当の遣手《やりて》で〝かげま団十郎〟という異名まで持つ役者だというから驚く。この熊太夫の造形は出色の出来を誇っており、これに才槌《さいづち》頭の小男で、猿回しに飼われている猿のような豆吉《まめきち》が寄り添うことで、熊太夫の喜怒哀楽が行間から立ち上ってくる。要するに本書は、国包と十蔵、熊太夫と豆吉の二組のコンビが関わり合うことで、劇的とも言える人生模様が、舞台の元禄《げんろく》時代さながらの極彩色に彩られた浮世芝居としてあぶり出されてくる仕立てなのである。見事である。

物語は、熊太夫が同じ役者仲間に刺殺され横死した市川団十郎の葬儀会場に現われた場面で幕を開ける。これが導入部で熊太夫が江戸《えど》に出てきた目的は、団十郎の芝居を見たかったからだが、それ以外にもうひとつあった。国包に自分の持つ小さ刀《ちいがたな》と柄も鞘《さや》も、刀身の刃紋も同じ打刀の大刀を誂《あつら》えてもらいたかったからである。この小さ刀を何故、熊太夫が持っているのか。国包は深まる謎を丹念に追っていく。謎の先に見えたのは哀切なる父子の物語である。

こう書くと単純な物語に見えるが決してそうではない。人物造形を読みどころとして第一に掲げたのは、国包と熊太夫という独得の造形が施されたキャラクターが交錯することで、緊張感溢《あふ》れる場面が次々と繰り出され、息を継ぐ間もないほどの展開が続くからである。特に〝傾《かぶ》き者《もの》〟としての熊太夫の怒りと哀しみが胸を打つ。本書の最大の収穫は熊太夫の造形にあると言っても決して過言ではあるまい。

読みどころの第二は、セリフのうまさである。『「風の市兵衛」誕生秘話』（祥伝社文庫　風の市兵衛シリーズ公式WEBサイト）というインタビューの中で作者は、

《ストーリーはもちろんですが、こだわりたいのはセリフです。たとえば裁判劇などの比較的動きの限られた題材を、セリフにアクションの要素を加えることで、より緊張感を膨らませストーリーにのめり込んでもらいたい。セリフのやりとりだけで人間の様々な感情を表現してみたいと思います。》

と語っている。本書ではさらに進化した大向うをうならせるようなセリフが目白押しである。すでに二例ほど紹介した。

もう一例だけ紹介させてもらう。ただしこのセリフは全編を読んで、その後に噛《か》みしめるためのものである。

《「（前略）わたしの中に、桜太夫は生きております。これまでもそうだったし、これからもそうです。わたしは、月明かりの下で桜太夫に見せた愚か者の放れ狂言を、今は続き狂言のように、ひとりで演じております。国包の拵えをこのよう

に作り替え、国包の小さ刀は桜太夫、国包の大刀はわたしの差料として……」

（第三巻・第三章「父と倅」）》

このセリフによって父子の物語は哀切さを増し、奥行のある人間ドラマとなっている。

読みどころの第三は、「序章」である。作者は、「風の市兵衛シリーズ」でも巻頭に必ず「序」を設け、事件の発端を描いている。これは錯綜《さくそう》する人間ドラマの起爆剤となる事件を伏線として仕込んでおくためである。当然、読者はスリリングな展開を期待し物語に引き込まれていくという仕掛けだ。ベテランだからこその円熟味を感じさせる小説作法と言えよう。

本書の「序章」は、物語を読み進めていく上での重要な伏線が張りめぐらされている。例えば、何故作者は百年も前の神子《かみこ》お国《くに》の勧進歌舞伎興行から書き起したのか。《傾き者》の講釈の意味していることとは。要するに作者は「序章」で熊太夫の造形の肝となることを描いているのである。

作者は第二巻『不義』で忠臣蔵《ちゅうしんぐら》外伝ともいうべきスタイルを駆使して、まったく新しい物語を紡ぐ手腕を見せてくれた。本書では、この「序章」の秀抜な描き方といい、初代市川団十郎の荒事や死をつかみとして持ってくる手法といい、鮮やかの一言に尽きる。作者が物語作家として、円熟味を増してきたことを示している。思わず拍手がしたくなるような傑作である。

本書は書き下ろしです。

あらくれ

刃鉄《はがね》の人《ひと》

辻堂《つじどう》魁《かい》

平成30年 12月25日　初版発行

発行者●郡司 聡

発行●株式会社KADOKAWA
〒102-8177　東京都千代田区富士見2-13-3
電話　0570-002-301（ナビダイヤル）

角川文庫 21365

印刷所●株式会社暁印刷
製本所●本間製本株式会社

表紙画●和田三造

ISBN 978-4-04-106353-8　C0193

◇◇◇